權力巔峰

SUPREME POWER

卷13 兩雌爭鋒

夢入洪荒 著

目錄

Contents

第一章

兩雌爭鋒

什麼！曹淑慧也要到瑞源縣來，也是六點左右到？六點到瑞源縣的大巴只有一輛，也是最後一輛，是從南華市發過來的，該不會曹淑慧和慕容倩雪兩人是坐同一輛車吧？想到這種可能性，柳擎宇的腦袋頓時一個頭兩個大。

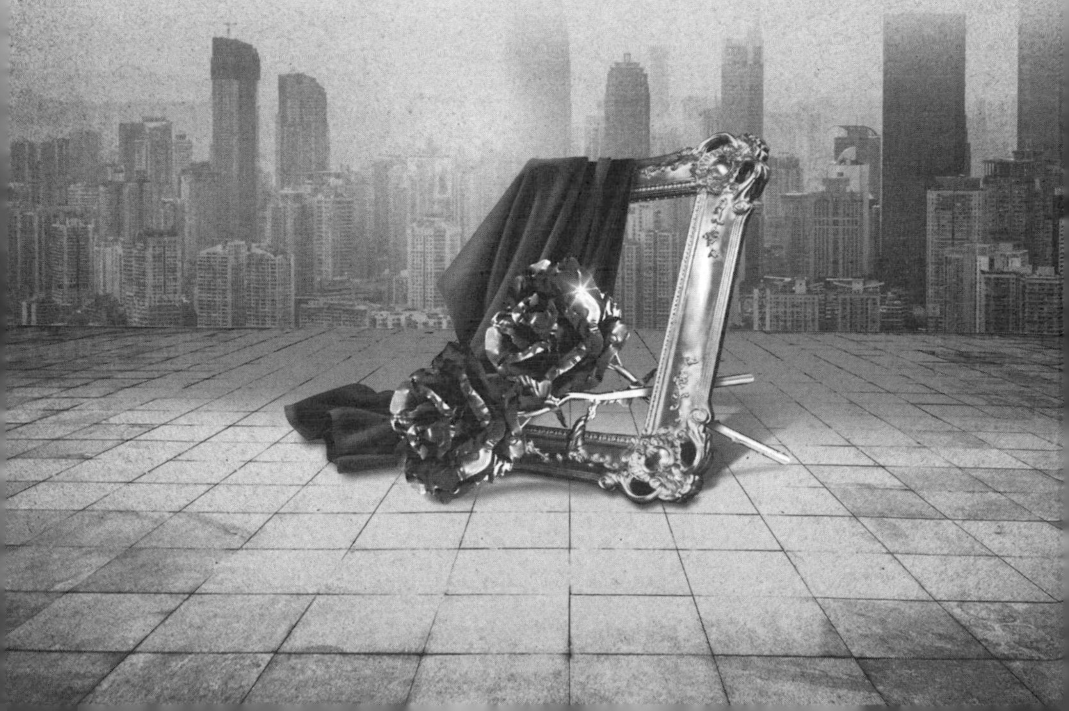

散會之後，縣委辦主任宋曉軍著手擬定了一份融資方案提交到柳擎宇的桌上，柳擎宇批准後，在宋曉軍的協調下，這份方案出現在南華市電視台的新聞節目上，並且以新聞報導的方式指出了瑞源縣正在建設的高速公路項目，向全國招商引資。

而柳擎宇也沒有閒著，他再一次給各個銀行的行長們打電話溝通，希望對方能夠支持瑞源縣的交通建設，給些貸款，然而，柳擎宇得到的都是同樣的答案——不行。

幾乎每個銀行行長都是十分直接的指出：「柳書記，不是我們不支持，而是我們沒有辦法支持。整個瑞源縣一年的存款也沒有多少，我們根本拿不出多少資金來貸款給你們，我建議你還是向市行去看看吧。」

無奈之下，柳擎宇親自跑了一趟南華市，找到各個銀行的負責人想要跟對方談一談貸款的事，對方聽到是這件事，毫不猶豫的便拒絕了。

某銀行行長更是直言不諱的說道：「柳書記，恕我直言，你們規劃的那條高速公路就算是建成了也肯定是賠錢，因為瑞源縣的交通流量太小了，高速公路只有在有充足的交通流量的情況下，才能獲得足夠的收益，我們雖然是國有銀行，但是也是有業績考核的，我們是絕不可能拿著國家的錢、拿著自己的業績考核來開玩笑的。」

柳擎宇甚至搬出了他的長遠規劃試圖說服對方，對方聽完更是輕蔑的笑了起來：

「柳書記，你這個計畫聽起來的確很美好，但是根本不可能實現，那可是十多億啊，沒有任何一家銀行，就算是省行也不可能支撐得了的；而且這個項目面臨的困難之大不是一般人能夠想像的。好了，柳書記，就談到這裡吧。」

說完，銀行的人走了，只有柳擎宇孤獨的背影在會客室內顯得那麼寂寥。

不甘心的柳擎宇咬著牙又跑到了省會遼源市，往各大銀行去跑貸款，然而這一次，柳擎宇甚至連一個主管領導都沒有見到，最友好的一家銀行只出動了一個銀行信貸部的副主任來接待柳擎宇，對方直言告訴他瑞源縣的項目沒戲。

三天跑了三十多家省市的銀行，柳擎宇腿都跑斷了，嘴皮子也快磨破了，卻是收穫寥寥，沒有一家銀行願意給瑞源縣的這個項目貸款。

夜色陰沉。

柳擎宇站在新源大酒店的樓頂上，任憑夜風吹拂著他的頭髮，吹得他的西裝獵獵作響，柳擎宇的眼神顯得那樣憂鬱，那麼凝重，那麼深沉。

從小到大，柳擎宇做任何事從來沒有失敗的時候，然而這一次，柳擎宇卻實實在在感受到那種孤立無援的感覺，偌大的白雲省竟然沒有一家銀行願意給瑞源縣貸款，這到底是為什麼呢？難道他們就看不到這個項目一旦成功將會帶來的巨大收益嗎？

柳擎宇並不知道，此時，在南華市一家酒店包間內，南華市市長黃立海與青峰縣縣委書記趙志強正面對面的談笑風生呢。

黃立海抱歉地說：「志強啊，這一次的事沒有能夠幫到你，非常不好意思啊。」

趙志強連忙道：「黃市長，您別這樣說，您已經給我們很大的幫助了，雖然最終這筆錢沒有落在我們青峰縣，但是您的這番心意我領了，我已經和我三叔說了，等有空的時候，我會安排您與他見一面的。」

黃立海聽了，臉上露出花一般燦爛的笑容，趙志強的三叔可是中組部的，如果自己能攀上這個高枝，以後前途不可限量啊。

黃立海知道是表現一下自己存在價值的時候了，立即打小報告道：

「我剛剛得到消息，柳擎宇已經前往省裡各大銀行去尋找貸款；魏宏林還說瑞源縣只要資金一到位，就會馬上進行招標，並且安排公路沿線居民的安置拆遷，排程十分緊湊，離工程啟動的時間越來越近了啊。」

趙志強冷笑道：「黃市長，您放心吧，柳擎宇就算是去了省裡，也貸不到一分錢的。」

黃立海一愣：「不會吧？省裡那麼多銀行，怎麼可能貸不到錢？」

趙志強陰著臉說：「我說貸不到就是貸不到，實話跟您說吧，省銀監會的某位領導和我叔叔是老朋友，我叔叔跟他打過招呼，讓他『重點照顧』一下瑞源縣的這個項目。」

黃立海心中對趙家的實力不由得再次高看了幾分，沒有想到趙家在省裡也有如此重量級的關係，看來柳擎宇想達成目的是不可能的了。

黃立海暗自竊喜：柳擎宇，你等著吧，只要你搞不定融資，我就能把你從瑞源縣踢走！就算你是曾書記的人又如何！一旦出包，就算曾書記也保不了你了，更何況趙家可不是那麼好惹的。」

柳擎宇自然想不到在銀行的背後有一隻看不見的黑手在運作。

這個夜晚，柳擎宇失眠了，他躺在床上輾轉反側，難以入眠。

第二天一大早，柳擎宇頂著兩個濃濃的黑眼圈，早早吃過早飯後便乘車返回瑞源縣。

剛到辦公室，辦公室的房門便被敲響了。

柳擎宇打開房門，看到是劉小飛站在外面，意外地說：「劉小飛，你怎麼來了？」

劉小飛笑道：「柳擎宇，你也太不夠意思了，你們瑞源縣有這麼好的項目也不告訴我一聲。」

「哪個項目啊？」柳擎宇不解的看向柳擎宇。

「當然是高速公路項目啦。」劉小飛笑著說道：「你們不是在電視新聞上播出了要對外招商引資嗎？」

柳擎宇這下可愣住了，說道：「怎麼，你對這個項目也感興趣？」

劉小飛淡淡一笑，「是你操作的項目，我參與定了！能給我說說你對這個項目的長遠規劃嗎？我相信，如果僅僅是建一條高速公路，這個項目肯定是要虧本的，所以我推測你應該還有別的想法和規劃。」

柳擎宇欣賞地看了劉小飛一眼，這個劉小飛果然厲害，僅僅從一點蛛絲馬跡就分析出這麼多東西，便把自己的構想毫不保留說了出來。

劉小飛聽完，伸出大拇指讚道：「高！柳擎宇，看不出你在發展經濟上這麼有前瞻性，我相信，只要是有遠見的投資商一定會選擇在這時候切入這個項目的，可惜蕭氏集團實力有限，拿不出太多的資金來，只能出三點八億入股，這是我們能夠拿出來的極限了，等後面三省樞紐工程啟動的時候，千萬不要忘了我們蕭氏集團，那時我們會有更多的資金參與的。」

柳擎宇心中頓覺暖流湧動，他為了跑融資的事，幾乎不眠不休，連口水都沒有好好喝過，然而卻一毛錢都沒有借到，現在劉小飛竟然給他送來了三億多的資金紓困，柳擎宇感動地說：「劉小飛，實話說，雖然規劃很好，但是否真正能成功運作，我並沒有太大把握，而且我能夠獲得的支持十分有限，如果最終那個三省樞紐項目無法啟動的話，你這三點八億很有可能要血本無歸的，蕭氏集團會同意你這個決定嗎？」

劉小飛坦誠道：「我也知道這個項目困難度非常大，成功的機率未知，但是，我對你有信心，而蕭氏集團對我也很有信心，我是集團的投資總監，我相信董事會會支持我的決定的，因為之前與你的合作證明，凡是你所主導的項目，沒有一個賠錢的，而且還在持續盈利中。其實，我對瑞源縣沒有任何的興趣，但是基於對你個人的信任，我願意在瑞源縣投資，因為我相信你這樣一個為國為民的官員絕對會對投資商負責、對人民負責的。我信任你！」

劉小飛的話，令柳擎宇的心更加溫暖了。他有一種感覺，自己和劉小飛就像是親兄弟一般，雖然認識的時間不長，兩人卻心有靈犀，沒有任何的交流障礙。

他看向劉小飛，真心地說：

「謝謝你的信任，現在我不敢對你做出任何保證，但是我會盡一切努力來保證投資商的合理利益。對這筆投資，你對我們瑞源縣有什麼要求嗎？」

「沒什麼要求，我只希望和其他的投資商一樣，按照股權比例享受合理的分紅，以及保持我們集團對這筆投資的監督權。」劉小飛回道。

這大大出乎柳擎宇的意料，身為第一個投資商，劉小飛大可提出許多條件，為自己爭取最大的利益，可是他卻沒有；至於監督權，這本就是合理的要求，算不上什麼條件。劉小飛的態度，正是在用實際行動證明他對柳擎宇的支持。

柳擎宇點點頭，握住劉小飛的手說道：「好，我明白你的意思了。好兄弟，謝謝你。」

劉小飛擺擺手笑道：「既然是兄弟，何談謝字，俗氣。」

兩人相視一笑，**這一刻，他們不需要再多說一個字，成了真正的鐵桿兄弟。**

劉小飛就像是柳擎宇的福星般，柳擎宇剛把劉小飛送出縣委大院，便接到慕容倩雪的電話：「柳擎宇，我今天傍晚到瑞源縣。」

乍聽到慕容倩雪的聲音，柳擎宇明顯感到自己的心跳在加速，卻也納悶她怎麼會想起要到瑞源縣來了？

慕容倩雪笑道：「我聽說你們正在進行招商引資，所以打算看看有沒有投資的機會。」

「哦，這樣啊。」柳擎宇有些失望。

就聽慕容倩雪又補了一句：「當然，好久沒見了，也想看看你，上次你救了我，我還沒有機會向你表示感謝呢。」

聽到慕容倩雪說想見他，柳擎宇心裡就像灌了蜜一樣甜，興奮地說：「你怎麼過來？大概幾點？」

慕容倩雪笑道：「我先坐飛機到遼源市，然後坐大巴過去。車票都買好了，差不多下午六點左右到。」

「到時候我去客運站接你。」

掛斷電話後，柳擎宇心中一陣火熱，再也平靜不下來。

五點左右，他的電話再次響了起來，拿起手機一看，是曹淑慧打來的。

「淑慧啊，有事嗎？」

曹淑慧開玩笑說：「怎麼，沒事就不能給你打電話啦？」

柳擎宇連忙否認：「嘿嘿，當然可以。」

曹淑慧故作生氣地說：「哼，口是心非，你們男人沒有一個好東西！」

柳擎宇辯解道：「我說的是真的，何況你的聲音這麼好聽。」

這時候，柳擎宇毫不猶豫的拍起了曹淑慧的馬屁，因為他知道，女人是世界上最喜歡被人拍馬屁的動物。

果然！曹淑慧立即換上驚喜的語氣問道：「你說的是真的？」

柳擎宇信誓旦旦地說：「真的，如假包換。」

曹淑慧嬌笑道：「既然你喜歡聽我的聲音，那我馬上讓你如願，我正在前往你們瑞源縣的路上，估計六點左右到，你來接我吧。」

什麼！曹淑慧也要到瑞源縣來，也是六點左右到？六點到瑞源縣的大巴只有一輛，也是最後一輛，是從南華市發過來的，**該不會曹淑慧和慕容倩雪兩人是坐同一輛車吧？**

想到這種可能性，柳擎宇的腦袋頓時一個頭兩個大。

柳擎宇還真猜對了。

此刻，在大巴上，慕容倩雪和曹淑慧果然坐上了同一班車，上車後，各自選了大巴前後兩頭的位子，打起自己的算盤來。

慕容倩雪之所以急匆匆的趕到瑞源縣來是有原因的，她聽說曹淑慧為了柳擎宇，竟和曹家決裂，除了佩服曹淑慧的魄力和膽氣，也意識到曹淑慧這是破釜沉舟之舉，她做出這麼巨大的犧牲，柳擎宇不可能不感動的。

雖然慕容倩雪平時表現出來的是一種與世無爭的樣子，然而除了族長和幾個核心人物外，沒有人知道她其實是慕容家族最精明的女人，掌控著相當一部分的家族產業，她具有超卓的商業才華，用相互制衡、彼此競爭的方式將旗下產業打理得井井有條，「女大學生」不過是她的掩護身分罷了。

慕容家族之所以把慕容倩雪當成家族崛起的機會，正是對慕容倩雪能力的瞭解，而且刻意把慕容倩雪的能力隱藏得極其深沉。

所以，當慕容倩雪得知曹淑慧轉換工作並在南華市就任時，就猜透了曹淑慧的心思，對方擺明了是想要用近水樓臺先得月的辦法占得先機。

身為慕容家族中的最後一根救命稻草，慕容倩雪十分清楚自己的使命，她明白，在如今這種局勢之下，**自己在與曹淑慧的競爭中絕對不能輸，否則的話，她不僅輸掉的是一個優秀的男人，還有慕容家族的未來**，於是她第一時間便和家族族長，也是她的爺爺表示要前往瑞源縣，慕容倩雪的爺爺立即答應了。

慕容倩雪看著坐在最前面的曹淑慧，秀眉緊皺，以她的聰明才智自然能夠猜得出來，曹淑慧去瑞源縣肯定是為了柳擎宇，她的內心深處充滿了不安與不滿，不過臉上卻依然是一副淡然的表情。

此刻的曹淑慧心中也不好受，她總有一種感覺，認為在慕容倩雪看似人畜無害的外表下，掩蓋著一個充滿強烈競爭欲和求勝欲的內心。否則的話，她完全沒有必要選擇這個特殊的時期前來瑞源縣去找柳擎宇。

這是她**女人的直覺**。

兩個女孩一前一後，就這麼一路坐著顛簸的大巴，想著各自的心事，向著瑞源縣行進。

瑞源縣只是一個小縣城，縣委大院到客運站只有不到兩公里的距離。柳擎宇五點四十離開辦公室，十分鐘左右便趕到了客運站。

到了客運站之後，等了足足半個小時，那輛大巴才猶如一個八十多歲患了哮喘的老爺爺一般，哼哧哼哧地駛進了客運站，柳擎宇翹首望著下車的人群。

穿著一件藍色牛仔褲、白色羊毛衫的曹淑慧從車上走了下來，看到柳擎宇後嫣然一笑：「你是來接我的吧？」

柳擎宇老臉一紅，訕笑著說：「嗯，我是來接你和……慕容倩雪的，那個……慕容倩雪也來了。」

曹淑慧白了柳擎宇一眼，嬌哼一聲道：「花心大蘿蔔。」

柳擎宇唯有苦笑，他哪會想到這兩個女孩竟然會同時來瑞源縣，還是坐了同一輛車呢！

就在這時，一身白色的慕容倩雪猶如白雪公主般，不疾不徐的最後一個走下汽車，來到兩人面前。

在車上，曹淑慧和慕容倩雪都戴著大墨鏡，遮住了大部分的容顏，此刻摘下了墨鏡，頓時全場驚為天人。兩個大美女往柳擎宇身邊一站，猶如下凡的仙女一般，嬌豔奪目，比之電視上的那些大明星還要漂亮得多，頓時吸引不少目光。

柳擎宇看著兩人說道：「沒想到你們一起來了，走，咱們先去吃飯吧。」說完，便逃也似地先向汽車走去。

兩女見到柳擎宇的樣子都莞爾一笑，彼此對視一眼，神色各異，兩人都很清楚，**對柳擎宇的競爭從現在開始已經展開了。**

柳擎宇今天用的是他自己的車，一輛長城哈弗h6，這車外觀時尚大方，內部空間很大，性能不錯，價格卻不貴。

上車後，柳擎宇直接對程鐵牛吩咐道：「去瑞源酒家。」

「瑞源酒家」是瑞源河沿岸新開的一家飯店，自從柳擎宇將瑞源河沿岸以雷霆手段清理乾淨後，這條河很快便恢復了往日的清澈，柳擎宇又讓人放了很多的魚苗，使河裡呈現出一派生機勃勃的景象，河岸兩側規劃出來的商業區內，很多酒店如雨後春筍一般冒了出來，「瑞源酒家」就是其中的佼佼者。

三人來到「瑞源酒家」，要了一間包間。

慕容倩雪先開口道：「聽說你們打算要向全國招商引資啊？」

柳擎宇點點頭。

慕容倩雪嫣然笑道：「我這次來，就是代表慕容家旗下的天宏投資集團前來的，我們準備投資二十億到這個項目上，怎麼樣，歡迎嗎？」

柳擎宇看著慕容倩雪，臉上寫滿了疑惑：「你們要投資二十億？難道你們不擔心血本無歸嗎？」

慕容倩雪口中的二十億彷彿只是兩千塊似的，眉毛都不動一下。

慕容倩雪豪邁地說：「有什麼好擔心的？這個項目是你負責的，我相信絕對不會虧本，我對你有信心。」

慕容倩雪說時，不著痕跡的看了曹淑慧一眼，隨即又把目光落在柳擎宇的身上，再次露出淡然處之的神情。

柳擎宇還沉浸在二十億的震驚之中，所以沒有注意到慕容倩雪的小動作。

但是曹淑慧卻敏銳地感覺到了，她冷冷地看著慕容倩雪，心中很確定這個慕容倩雪絕不是如她所表現出來的那樣單純，更不是那種與世無爭的性格。

雖然慕容倩雪聲稱是代表慕容家投資，但是她最後又說了句「我對你有信心」，柳擎宇聽了肯定會很感動，在曹淑慧看來，那就是對她無聲的挑釁。

柳擎宇果真感激地說道：「慕容倩雪，謝謝你，謝謝你們慕容家。」

慕容倩雪作出無所謂的樣子說道：「謝我做什麼啊，我們不是剛剛相親過嘛，雖然你還沒有給我們慕容家任何的答覆，不過我相信，以我這麼優秀的條件，你一定不會拒絕的，對吧?!不然那可是你的損失了。」

慕容倩雪半開玩笑的說，然而，這個玩笑在曹淑慧聽來卻是那樣的刺耳，覺得這是慕容倩雪對她又一次的打擊和挑釁；她這是在向自己宣示，未來她很有可能會成為柳擎宇的老婆。

曹淑慧一直沒有說話，臉色顯得更難看了。

柳擎宇聽慕容倩雪難得和自己開玩笑，不由得笑了起來。

當他的目光落在曹淑慧臉上時，心頭不禁一震，看出了現在曹淑慧的心情不太好。

正巧，服務員來上菜來，柳擎宇趕緊說道：「來來來，咱們先吃飯，你們兩個大老遠的過來，肯定餓了，我總不能讓我的朋友到了我的地盤上還餓著吧。」

然後把筷子同時遞給兩人，想岔開這個話題。

慕容倩雪默默觀察著，發現柳擎宇一看到曹淑慧臉上的表情不對，就趕緊轉移話題，可見他對曹淑慧還是很關心的，心裡不由得暗暗著急。

曹淑慧因為心情不好，始終保持著沉默，慕容倩雪也乾脆一言不發，柳擎宇見兩人都不說話，只好主動挑起話題，給兩人講了幾個笑話，卻是沒有人捧場，讓他鬱悶到不行，反觀程鐵牛，則是在外面要了滿滿一大桌飯菜，一個人飽餐一頓之後，便到車內等著了。

滿心期待的一頓飯吃得如此尷尬，柳擎宇也有些無奈。

就在三人吃完飯往外走的時候，慕容倩雪問道：「柳擎宇，你們瑞源縣的融資算上我們天宏集團投資的二十億，到現在為止還有多少資金缺口？」

柳擎宇苦笑著說：「還有二十多億呢。」

慕容倩雪嘆了聲道：「哎，要是再有一個跟我們集團實力相當，或者實力比我們更強的集團投資就好了，這樣的話，你們的高速公路項目資金問題就可以迎刃而解了。」

說話間，慕容倩雪再次避開柳擎宇視線，瞄了曹淑慧一眼，隨即，眼神中露出對柳擎宇的憂慮與關心。

慕容倩雪的話聽在曹淑慧耳裡，心中猶如刀絞一般難受。慕容倩雪是在向她傳遞一個訊息：**我們慕容家敢為了柳擎宇出動二十億的資金，你們曹家敢嗎？你曹淑慧有這種魄力嗎？**

如果是在沒有脫離曹家之前，曹淑慧的確有這種魄力，她也有絕對的信心說服曹家，但是現在自己已經脫離曹家，她便決定徹底和曹家脫離關係，不再和曹家產生任何牽連，自然也不可能動用什麼金錢的援助了。

為此，曹淑慧感到十分的糾結，一方面，她為了大局無法向曹家開口求援；另一方面，她又眼看著柳擎宇陷入困局而無法提供任何的幫助感到內疚不已。

尤其是慕容倩雪為了能夠佔據優勢，不惜投入二十億，她卻只能袖手旁觀，完全使不上力。

柳擎宇倒是很淡定地說：「沒事，不過是二十億的缺口而已，我相信，真正有眼光的投資商絕對不會錯過這個項目的，因為未來我們瑞源縣還會有更多的交通建設，凡是這次投資我們的投資商，在未來的項目中將會取得絕對的優勢。」

說著，柳擎宇簡單的把他的規劃跟慕容倩雪說了，既然慕容倩雪要投資瑞源縣的高速公路，柳擎宇便暫時把她當做投資商來看待，將瑞源縣的整體規劃告訴她，從而讓她明白，天宏集團在瑞源縣投資是多麼的明智。

慕容倩雪瞪大了美眸，臉上露出震驚之色，柳擎宇的雄心壯志也太大了吧?!

曹淑慧同樣也是震驚不已，她從小就知道柳擎宇絕非池中之物，不過，這可是高達上千億的項目啊，其中的風險和不可控因素實在是太多了，柳擎宇難道就不擔心會失敗嗎？**很多人在官場上都是不求有功，但求無過，柳擎宇卻偏偏要去碰風險這麼大的項目?!**

在震驚過後，曹淑慧也更多了幾分對柳擎宇的欣賞。因為她知道，柳擎宇這樣做的目的是為了瑞源縣的發展，甚至是為了整個南華市的發展，他是為了老百姓。

從柳擎宇身上，她彷彿看到老爸曹晉陽的影子。小時候，她經常看到老爸晚上回到家後還要熬夜工作，她曾經問過老爸：「爸，這麼晚了你還那麼辛苦工作，圖的是什麼啊？你不累嗎？」

曹晉陽當時笑道：「圖的是國家的進步，圖的是咱們老百姓都能過上好日子，我苦點累點算什麼，只要老百姓能夠富裕起來，我的人生就沒有虛度！」

看到柳擎宇如此年紀就開始沿著老爸曾經走過的路線在前進著，曹淑慧下定決心，無論遇到什麼困難，無論慕容倩雪如何打擊自己，自己都絕對不會撤出競爭。

曹家的女人從來不懼怕任何挑戰！

這時候，柳擎宇的手機突然響了起來。

柳擎宇拿出來一看，是市長黃立海打來的。柳擎宇不由得眉頭一皺，**這麼晚了，黃立海給自己打電話做什麼？該不會這老傢伙又想整什麼么蛾子算計自己吧？**

電話接通了，黃立海的聲音從電話裡傳了出來：

「柳同志，你那邊的融資情形進展得怎麼樣了？還順利嗎？」

身為市長，關心一下這件事也很正常，柳擎宇便順口回報道：「黃市長，進展得很順利，已經解決了一半的資金，剩下的一半正在解決中。」

黃立海聽了一驚，柳擎宇這麼快就籌到了一半的資金，這速度也太快了些。

黃立海裝出欣喜的樣子說道：「嗯，柳同志很不錯啊，這麼快就籌到這麼多資金，值得肯定。」

「謝謝您的誇獎，這是我應該做的。」柳擎宇不疑有他。

黃立海點點頭說：「嗯，很好，柳同志，我打電話主要是要告訴你，剩下的分資金你不用發愁了，經過我的多方努力，終於說服了一家日本銀行，他們已經表達了想要參與這個項目的意願，願意出資。」

柳擎宇聽到這個消息就是一愣，他沒有想到黃立海會帶給自己這麼好的消息，激動的說道：「黃市長，謝謝您，謝謝市領導對我們瑞源縣工作的支持。」

黃立海笑著說：「別跟我客氣了，誰讓我是市領導呢，更何況，我也是從瑞源縣出來的幹部，能夠讓瑞源縣的高速公路早日建成，就能夠讓瑞源縣的經濟更快的走入正軌，這也是我的心願。估計明天上午日方的銀行方面就會派人到你們瑞源縣去，你好好的跟對方溝通一下，儘快把融資的事情敲定，把這個項目啟動起來。」

掛斷電話，柳擎宇的心情大好，心想：黃立海雖然有諸般的缺點，但是在大局觀上還是不錯的，能夠在瑞源縣最為困難的時候想辦法為瑞源縣籌集資金，展露了一名幹部該有的氣度。

隨即，柳擎宇將曹淑慧和慕容倩雪送到「瑞源賓館」安頓好，又和兩人約了明天忙完後陪她們兩個一起去爬山，便離開了。

雖然第二天是週末，但是身為縣委書記，柳擎宇並不是每個週末都可以休息，只要有工作，他就必須要出現在縣委辦公樓內。

早上八點半，偌大的縣委辦公大樓內靜悄悄的，大部分的工作人員都休週末去了，只有部分值班人員還堅守在崗位上，大家都知道柳擎宇的習慣，所以依然像平時一樣，安靜地做著自己的工作。

這時，一陣敲門聲打破了大樓的沉寂，柳擎宇打開門，便看到三名西裝革履的男人在黃立海的秘書李毅的陪同下走了進來。

李毅道：「柳書記，我給你介紹一下，這位是日本三靈銀行華夏區白雲省分區的總裁麻生三郎先生，這兩位是他的助理佐佐木和川口督史，他們是代表日本三靈銀行來和你談有關瑞源縣高速公路的融資問題的。」

站在最前面、戴著黑色眼鏡，一臉嚴肅的男人是麻生三郎，後面胖一點的是川口督史，矮一點的是佐佐木。

接著，李毅又把柳擎宇介紹給他們。

雙方見面完畢後，李毅告辭說：「好了，給你們介紹完畢，我的任務也就完成了。柳書記，具體的事你和他們談吧，我得回南華市去了。」

柳擎宇招呼道：「李秘書，中午吃完飯再走吧？」

李毅笑說：「不用了，黃市長那邊還有事情要我去辦呢。」

等李毅走了之後，柳擎宇帶著三個日本人來到縣委小會議室，同時把縣長魏宏林、縣委辦主任宋曉軍也喊了過來，由宋曉軍負責會議記錄。

雙方坐定之後，麻生三郎用略顯生硬的中文說道：「柳書記，我們聽說你們瑞源縣正在籌建高速公路，我們對此很感興趣，有投資的意願。」

說到這裡，麻生三郎便戛然而止，目光中帶著微笑看著柳擎宇和魏宏林。

柳擎宇一愣，隨即明白過來，這個麻生三郎還真是狡猾啊，這明顯是在玩釣魚那一套把戲嘛，這是在等著談條件呢，不過他卻不主動提出條件，而是等著柳擎宇這邊提問。

如果依柳擎宇的意思，這個時候最好的辦法就是保持沉默，但是他旁邊的魏宏林卻沉不住氣了，開口說：「麻生三郎總裁，我們瑞源縣現在還缺二十多億的資金，不知道你們能夠投入這麼多的資金嗎？」

麻生三郎一副傲然地說道：「才二十億而已，對我們來說只是小菜一碟罷了。」

魏宏林立即露出興奮之色，連忙說：「那可真是太好了，我們瑞源縣熱烈歡迎你們投資這個項目。」

相對於魏宏林的興奮，麻生三郎表現得十分淡定，和剛才一樣，只是微笑著看著魏宏林，沒有說任何話。

魏宏林突然覺得自己興奮得有些早了，現場的沉默讓他顯得有些尷尬，不過他也很聰明，立刻說道：「麻生三郎總裁，既然投資對你們來說不是問題，我想，你們肯定也有你們的條件吧？」

麻生三郎聽到魏宏林的話後，這才說道：「身為三靈銀行總裁，我們的投資自然需要有回報，所以我們必須要為這筆投資規劃出最為合理的投資條件。」

魏宏林點點頭：「這是肯定的，你們的條件是什麼？」

魏宏林說話的時候，柳擎宇則一直淡定的坐在那裡，眼神在三個日本人的臉上掃過。就聽麻生三郎帶著傲氣地說道：

「我們的條件有三個，第一，我們願意投入投資，但是必須要獲得百分之五十一的控股權，如果其他投資商超出了百分之四十九的股份，那麼你們必須要讓部分資金退出；

「第二，高速公路建成之後，我們三靈銀行要負責整個項目的營運管理，以避免中國人的腐敗成為影響整個項目失敗的毒素；

「第三，在工程建設期間，我們要擁有工程的管理主動權，對於工程的材料、品質、招標要有發言權和主導權。我認為，日本人的高效和敬業才是確保項目成功的關鍵因素。」

麻生三郎說完，柳擎宇和魏宏林、宋曉軍三人都是眉頭一皺，日本人竟提出如此苛刻的條件，不但要控股整個項目，還要建成後的整體營運，魏宏林和宋曉軍不禁把目光落在柳擎宇的臉上。

柳擎宇沉思了一下，說道：「麻生三郎先生，這就是你們的全部要求嗎？」

麻生三郎點點頭。

柳擎宇義正詞嚴地拒絕道：「這些條件實在是太苛刻了，我們恐怕難以接受，我允許你們投入百分之四十九的資金，但是不可能給你們整個項目的控股權，也不可能給你們項目的營運權，更別說是主導權，你們可以參與項目的籌建、營運，但是絕對不能是主導。」

麻生三郎搖搖頭：「不好意思，我們的條件不會有一絲一毫的退步，如果你們無法答應的話，我們是不會投資的。」

柳擎宇淡淡說道：「那如果我們也不退步呢？」

麻生三郎哈哈大笑起來：「這還不簡單嘛，做生意是雙方相互妥協、相互讓步的過程，才能雙贏，如果你們不讓步，我們也不讓步，這個合作就沒有必要再談下去了。我聽說青峰縣也準備籌建高速公路，我去那邊看看吧，反正都是投資，對我們來說只要能夠賺錢，投資哪條高速公路都成。」

說完，麻生三郎帶著兩名助手起身做勢要走。

魏宏林看到談判要破局了，連忙挽留道：「麻生三郎總裁，你不要急嘛，我們可以坐下來好好談！」

麻生三郎相當高姿態地說道：「魏縣長，不好意思啊，我們的條件不會有任何改變，如果你們要是同意我們的條件的話，可以直接給我打電話，當然啦，這個電話最好是在我們和青峰縣談成之前打，如果我們和青峰縣談成的話，就不會再投資你們的項目了，畢竟我們也是需要考慮風險的。」就向會議室外走去。

自始至終，柳擎宇都一言不發。

魏宏林焦急的看著麻生三郎離去，不滿地看向柳擎宇道：「柳書記，你怎麼也不攔一下麻生三郎總裁啊，萬一他們真要和青峰縣談成的話，我們瑞源縣可就沒戲了，我們可是還差一半的資金沒有到位呢！」

柳擎宇卻是不屑一笑，問道：「魏縣長，你是不是很希望這個項目能夠得到足夠的資金好儘快啟動？」

魏宏林點點頭，反問道：「難道你不是這樣想的嗎？」

柳擎宇也點點頭：「我也希望能夠儘快融資啟動這個項目，但是，魏縣長，我想再問你一個問題，我們籌建這條高速公路的目的到底是什麼？」

魏宏林不假思索地說：「這個很簡單啊，要致富先修路，當然是為了讓老百姓能夠走上致富之路了。」

「你說得沒錯，我們是為了讓老百姓走上致富之路；同樣的，商人們投資是為了什麼，你知道嗎？」柳擎宇又問道。

「這個更簡單，為了利益啊。」魏宏林一臉不解地說。

柳擎宇分析道：「沒錯，就是為了利益。我不反對商人獲得利益，畢竟這個世界上沒有誰是慈善家，商人投資為了利益是應該的；問題在於，如果這個商人為了獲得自己的利益，卻非得要侵犯他人的利益，而他這樣做的目的是為了獲得壟斷地位，你認為他的目的單純嗎？

「你再放眼看一看現今的各個行業，凡是處於壟斷地位的行業，哪個行業的收費不是居高不下？如果我們真的讓三靈銀行獲得營運的主導權，那麼他們今後要做什麼，我們縣委縣政府還能夠說得上話嗎？我們還能夠很好的起到監督作用嗎？」

魏宏林不得不承認，柳擎宇這番話很有道理。

柳擎宇又接著說道：「我們手上目前的資金加在一起已經有三十億了，還差二十億左右，也就是說，今後不管任何人要想參與這個項目，最多只能把後面的資金補齊，我們身為地方政府，絕對不能因為不用再發愁資金問題了，就把前面的投資商踢出去，那樣的話，我們地方政府的信譽何在？

「而且，以後我們還會展開更大規模的交通工程，如果這次我們出爾反爾，那麼下一次還會有投資商願意投資嗎？就算是這家日本三靈銀行依然願意投資後面的那個大項目，到時候在沒有什麼競爭的情況下，你覺得他們不會獅子大開口？那樣，即使我們把項目建設起來了，但是老百姓真的能夠獲得真正的實惠嗎？

「這從某些地方的水務公司被外資所控制，從而不斷漲價的行為上就可以看到一絲端倪。以前自來水公司由地方負責經營的時候，水費是多少錢一噸，自從承包給外資水務公司後，他們的服務品質比之以前提高了多少？沒有！反而出現了水質嚴重污染事件，甚至隱瞞不報，等事件被媒體曝光出來之後，竟把責任推給什麼管線外漏，這不是在欺騙老百姓是什麼?!更令人氣憤的是水費還年年提高。」

說到這裡，柳擎宇的情緒有些激動起來，聲調也提高了幾度說道：

「魏縣長，你仔細想一想，以前你去超市買一瓶洗髮精需要多少錢？而現在，又要多少錢？是不是貴了至少一倍？這說明什麼？說明這些被外資壟斷的行業漲價的幅度超過了一倍！這也證明了，一旦某種行業被外資壟斷，那麼等待老百姓的將會是價格的上漲，而且在他們十分技巧的操控下，老百姓感覺不到上漲，日積月累下，上漲的幅度就很可怕了。這就是壟斷的威力！這也是我為什麼堅決不同意三靈銀行控股我們高速公路項目的原因！」

柳擎宇回到辦公室，還沒坐穩呢，黃立海的電話便打了過來，問道：「你們和三靈銀行的談判結束了嗎？結果如何？」

「談判已經結束了，不過暫時陷入僵局，還需要進行後續磋商。」柳擎宇回道。

黃立海聽了說道：「嗯，談判嘛，就是雙方相互試探妥協的過程，不過柳擎宇啊，我得提醒你一下，這個三靈銀行可是我們市裡費盡心血才談下來的，希望你一定要本著誠心合作的態度跟他們談判，絕對不能心高氣傲，否則過了這個村可就沒有這個店了。據我所知，現在他們也正在和青峰縣進行談判，如果你們抓不住這個機會的話，那可不能賴我們市裡沒有一視同仁啊，我可是先把他們介紹給你們瑞源縣的。」

柳擎宇從黃立海的話中感受到黃立海這是在向他施壓了，沉著氣說：「嗯，我知道該怎麼做，請您放心吧。」

電話掛斷後，柳擎宇不禁思考起來，以往黃立海處處都偏向青峰縣，好比五億扶植金的事，現在涉及到二十多億的投資項目，而且還是他聯繫到的，按理說黃立海是不可能把這麼好的事先介紹給自己才對。順著這個思路想下去，柳擎宇不由得開始懷疑黃立海把這家三靈銀行介紹給自己的真正目的了。

晚上，柳擎宇回到住的房間，剛打開電視機，便看到新聞正在播報一則讓他十分意外的消息。

電視上，三靈銀行的總裁麻生三郎正在接受南華市電視臺的採訪，在採訪中，麻生三郎表示自己正在瑞源縣和青峰縣兩地進行考察，並且分別和兩個縣的領導進行了談判。

記者問道：「麻生三郎先生，你認為你和哪個縣的談判比較順利？」

麻生三郎回說：「我認為青峰縣的縣委領導比較有誠意，做事比較務實。」

記者立即追問：「你的意思是瑞源縣的縣委領導沒有誠意、做事不夠務實嗎？」

麻生三郎狡猾的說道：「我可沒有那樣說。」

看到這裡，柳擎宇不由得眉頭一皺。雖然記者的提問和麻生三郎的回答都很幽默，但是柳擎宇看得出來，這個新聞絕對是針對自己而來的，是對自己公開的批評！

果不其然，柳擎宇的手機這時響了起來，是市委書記戴佳明打來的。

戴佳明聲音中帶著憤怒，質問道：

「柳擎宇，你是怎麼回事？黃市長向我反映，說他們市政府辛辛苦苦為你們瑞源縣拉來的投資商卻遭到了你的拒絕，投資商還在電視上表達強烈的不滿，這對我們的形象有很不好的影響。」

「戴書記，這件事我認為我們瑞源縣並沒有做錯。」柳擎宇冷靜地回道。

戴佳明臉色一沉：「沒有做錯？為什麼？」

柳擎宇把事情經過詳細的解釋了一遍，然後，慷慨激昂的說道：

「戴書記，我們瑞源縣的確非常缺錢，但是，我們修這條高速公路的目的是為了讓老百姓得到實惠，而不是讓它成為某些外資在我們國家肆無忌憚的攫取利益的工具。更何況日本方面的要求十分野蠻和囂張，竟然提出要求說要進行控股，他們這樣做，和直接搶劫有什麼兩樣？

「戴書記，類似的虧我們吃的還少嗎？為什麼那麼多的本土企業到最後都成了外商的囊中之物，造成許多東西被外資壟斷，使他們可以操控市場價格、肆意上漲？會成為這樣的結果，除了某些人目光短淺或者有私心之外，我還能說些什麼?!別人怎麼做我不管，但是我們瑞源縣絕對不接受三靈銀行的無理要求，只要我柳擎宇在瑞源縣縣委書記位置上一天，我就絕對不會答應！」

戴佳明一陣靜默，良久思考之後，他被柳擎宇說服了。

「你說得沒錯，我們的確需要發展，但是不能因此犧牲老百姓的長遠利益，更不能為了某些人的政績而付出沉重的代價，你按照你的想法去辦吧，我支持你。」

掛斷電話，戴佳明直接給市長黃立海打了個電話：

「黃同志，我剛才和柳擎宇同志溝通了一下，我認為柳同志的做法沒有任何問題，所以明天的常委會上有關由市裡主導瑞源縣這個項目的事，就完全沒有必要討論了，市裡可以派出監督人員，只要瑞源縣沒有違反相關的規定和流程，市裡絕對不能擅自干涉瑞源縣的項目。」

電話那頭，黃立海頓時傻眼，他沒有想到戴佳明在偌大的壓力下竟然還站在柳擎宇那一邊。這樣一來，事情就有些麻煩了。

就在黃立海苦思的時候，麻牛三郎的電話打了進來：

「黃市長，瑞源縣的事現在怎麼樣了？」

黃立海抱歉地說：「事情有些難辦啊，戴書記似乎被柳擎宇給說服了，拒絕了由市裡接手瑞源縣項目的決定，我能夠幫你的也只有這麼多了，後面的事只能靠你自己去爭取啦。」

麻生三郎聽了道：「好，我知道了，我親自去找柳擎宇談。」

第二章

死亡預警

剎那間，柳擎宇只感覺眼前金星亂晃，胸口一陣疼痛，隨即眼前一黑，四肢抽搐、口吐白沫、人事不省。老太太見詭計得逞，邁開腳步，猶如一道離弦之箭，飛快衝向她來時的那個拐角，三步兩步便消失在茫茫夜色之中。

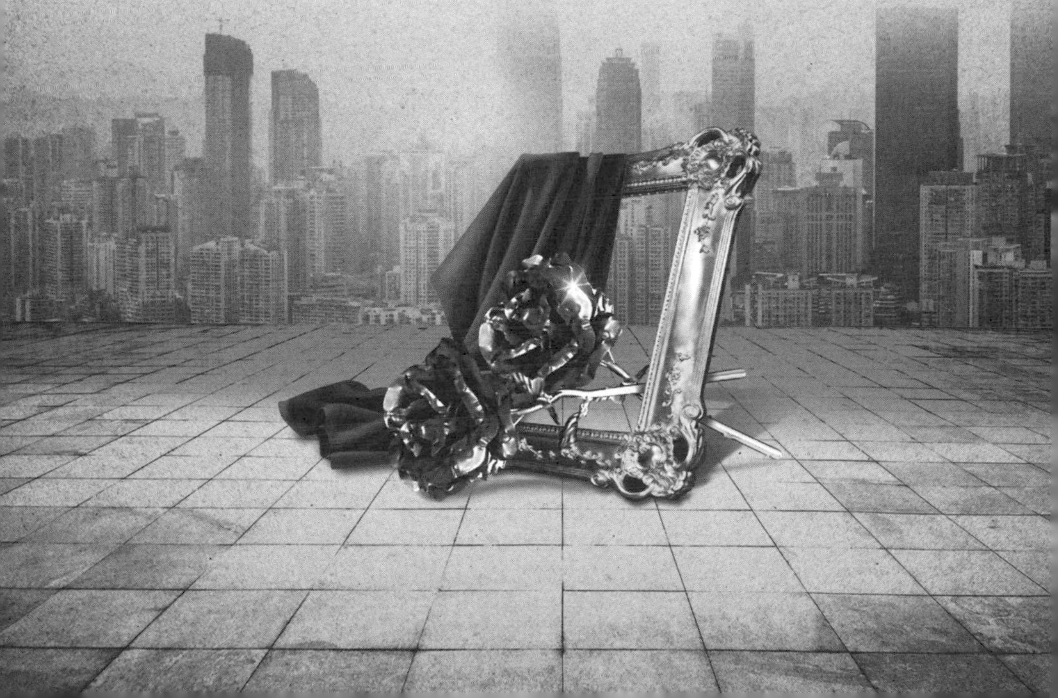

夜色朦朧，時間指向了晚上十點，柳擎宇正靠在床頭看電視，手機響了起來。

柳擎宇接通後，麻生三郎的聲音傳了出來：

「柳書記，我現在到瑞源縣了，想和你單獨談談瑞源縣高速公路項目的事。」

柳擎宇冷冷地說：「不好意思，我現在很忙，要談公事，請你在公務時間找我。」便直接掛斷了電話。

電話那頭，麻生三郎氣得把手機摔在地上，怒吼道：「八格牙路，柳擎宇，你以為你是誰啊，居然敢掛我的電話，我會讓你後悔的。」

這天晚上，柳擎宇難以入眠，腦中不斷思考著要去哪裡籌集不夠的資金。

他不知道，就在他在床上輾轉反側難以入眠的時候，日本的網路上突然出現了一則有關三靈銀行與瑞源縣談判失敗的消息，裡面寫道：

「三靈銀行為了投資這個項目，總裁麻生三郎親自出馬，帶著十足的誠意和瑞源縣縣委書記柳擎宇進行談判，柳擎宇卻表示必須給他百分之八的乾股，同時支付他五千萬的回扣，才會同意三靈銀行的融資條件。

「三靈銀行對柳擎宇的要求十分憤怒，斷然拒絕了柳擎宇的敲詐，於是柳擎宇作為報復，沒有同意三靈銀行的融資條件，並且揚言只要他在瑞源縣擔任縣委書記一天，就永遠不會讓三靈銀行進入瑞源縣的市場。」

在報導後面，記者評論：「有這樣一位縣委書記，瑞源縣怎麼可能發展得起來呢？為什麼中國的官員看到投資商就只想到要索取好處呢？」

這則報導立即被許多網友瘋狂轉載，一夜之間，柳擎宇成了日本各大媒體的關注焦點。然而，對於報導內容的真實性，卻沒有人去查證核實，全部一面倒地偏向是柳擎宇的問題。

這是因為日本媒體是掌握在大財團的手中，所以並不在意事件的真實性，他們只關心這條新聞是否有話題性，是否能夠對日本的企業和國家利益產生好處。

第二天，有關瑞源縣縣委書記索取巨額好處費導致融資談判失敗的消息，便傳遍了中國各大媒體，柳擎宇的名字一下子被推到了風口浪尖。

三靈銀行總裁麻生三郎滿臉得意的坐在椅子上，一邊喝著日本抹茶，一邊看著新聞和論壇上的留言，滿意地想，自己花了十萬美元炒作出來的假新聞終於產生了蝴蝶效應。

他相信，只要這次炒作得好，柳擎宇很有可能會被搞下去，到時候只要換一個領導來進行談判，他就有把握拿下這個項目。

身為三靈銀行總裁，麻生三郎具有超於常人的商業嗅覺，他已經知道了瑞源縣的戰略規劃，一旦這個戰略規劃得以實施，那麼這段高速公路將會成為非常賺錢的黃金通道，更不用說未來還可以把觸角延伸出去，形成控制整個東北地區的交通樞紐，這也是他為什麼想要拿到主導權和經營權的原因。

麻生三郎再次拿起手機打給黃立海。

「黃市長，你看了這兩天的新聞嗎？柳擎宇的問題很嚴重啊，你們市裡是不是該組成一個調查小組去調查一下呢？」

黃立海點點頭說：「嗯，看到了，一會兒我們馬上就要召開例行常委會，我會在會上提出這個問題的。」

麻生三郎聽了，立刻哈哈大笑起來：「黃市長，怎麼樣，我的手段還不錯吧？」

黃立海笑著說：「還可以。」

掛斷電話，黃立海不禁摩拳擦掌起來，心想一定要好好利用這個可以狠狠打擊柳擎宇的機會。

此時，柳擎宇正坐在辦公室批閱檔案，秘書長宋曉軍走了進來，手中拿著南華晚報來到辦公桌前，一臉氣憤的說道：「柳書記，您看看這個新聞！這南華晚報竟然把未經證實的消息就發到報紙上，這不是誤導輿論和群眾嘛！」

柳擎宇拿起報紙，看了眼關於他的新聞，冷笑道：「這小日本還真夠陰險的，居然玩這招**無中生有**，還讓新聞從日本傳回到國內，這樣一來，這個假新聞的可信度就變得更高了。高明，真是高明啊！」

宋曉軍看到柳擎宇這時候了還如此冷靜，不由得有些焦急的說道：「柳書記，這個新聞目前在網路上討論得極其火爆，你的名字也成了熱搜的第一名，現在輿論把矛頭都對準了你，說你是賣國賊，還說紀委應該儘快把你給雙規了。我還聽說市委已經有領導放出話來，要在今天的市委常委會上對你提出彈劾。」

柳擎宇十分淡定地說道：「天要下雨，娘要嫁人，誰也攔不住，我們只要做好我們的工作就可以了。曉軍主任，我讓你在網絡上發佈的融資廣告的事，進行得如何了？」

「我已經在三大門戶網站掛上了有關的廣告了，廣告代理商聽說是咱們瑞源縣的廣告，倒是給了不錯的折扣。」宋曉軍回道。

柳擎宇樂觀的說：「好，正常做事吧，不用理會那些亂七八糟的傳聞，我相信市委領導會給我一個公平的處置的。」

南華市市委常委會會議室。戴佳明主持本次會議。

會議一開始，黃立海便把南華晚報拿到桌上，臉色陰沉著說：

「戴書記，不知道大家有沒有看到今天的南華晚報，上面有一條新聞，說我們南華市瑞源縣的縣委書記柳擎宇同志，因為向投資商三靈銀行索取巨額回扣談不攏，便拒絕了對方的融資，這件事不僅在日本人盡皆知，在國內也開始持續發酵，引起了極大的反彈，對我們南華市的整體形象產生了極其惡劣的影響。我認為，柳擎宇的這種行為已經觸犯了我們國家的法律，所以，我建議由市紀委組成調查小組，對柳擎宇的違紀行為進行嚴厲查處，以挽回我們南華市的整體形象。」

市委宣傳部部長邱新平也面色嚴峻的說道：

「身為市委書記，我首先自我檢討，這件事出現的太過突然，以至於我們宣傳部沒能夠及時採取措施制止事件的蔓延。經過我的調查，這則新聞是當時的值班編輯擅自加上去的，並未向上級領導請示，目前該編輯已經被晚報辭退。

「有鑑於這件事造成的惡劣影響，我認為柳擎宇的行為應該受到查處，以表示我們南華市市委市政府打擊貪腐行為的決心。所以我同意黃市長的提議，由市紀委組成調查小組對柳擎宇實施雙規。」

邱新平說完，市紀委書記高景全接著說：「邱同志，我想請問，你手中掌握了柳擎宇違紀的證據嗎？根據紀委的辦案流程，只有在掌握確鑿證據的情況下，我們才能對官員實施雙規。」

邱新平反駁道：「難道各大媒體報導的新聞不能算作是證據嗎？」

「當然不能算是證據，這頂多只能算是舉報而已，我們紀委可以就此展開調查，卻不能因為媒體的報導就對柳擎宇實施雙規。」高景全同道。

這時，黃立海插口說道：「高景全同志說得沒錯，這些新聞報導只能算是舉報資料，並不能當做證據，可能邱同志誤解我的意思了，我是說是由紀委組成調查小組對柳擎宇展開調查，並不是進行雙規。不過呢，由於這次的報導炮火十分猛烈，柳同志也已經對我們南華市的形象產生了負面的影響，所以我認為，應該暫時停止柳同志瑞源縣縣委書記的職務，以平息輿論的壓力。」

常委們紛紛表示贊同黃立海的意見，在聲浪一片倒的情形下，戴佳明也不得不顧全大局，無奈地同意道：「既然大部分同志都贊同黃立海同志的意見，那這件事就按照黃同志的意見辦吧，暫時停止柳同志一切職務，由紀委展開調查；至於縣委書記一職……」

戴佳明還沒說完，黃立海就急不可待地說道：「戴書記，現在可正是瑞源縣高速公路融資的關鍵時期，絕對不能群龍無首，必須要有一個強有力的領導者率領瑞源縣繼續前進；而且這個人應該對瑞源縣的情況很熟悉，在瑞源縣也有較高的威望，我認為由瑞源縣縣長魏宏林同志來接任這個位置再適合不過了。」

戴佳明臉上露出了不悅之色，剛才他的話還沒有說完呢，就被黃立海給打斷了，這是十分不禮貌的行為，因此冷冷地說：

「黃立海同志，我想有必要提醒你一下，柳同志只是暫時停止職務，這並不代表他的縣委書記的位置就空出來了，柳同志也只是配合市紀委進行調查而已，如果調查結果證明柳擎宇同志有問題，那麼自然會按照流程進行推選接任的人選，但是如果柳同志是清白的，縣委書記的位置還是柳擎宇的。

「我看黃同志現在主持縣政府的工作十分繁忙，如果還要承擔縣委的工作就太辛苦太累了，我提議由縣委副書記孫旭陽同志暫時代理柳同志縣委書記的職務，主持縣委的工作，一切等調查結果出來後再進行最終的決斷。

「至於融資洽談的工作，也應該由瑞源縣縣委縣政府組成談判小組，協調一致後與投資者展開談判，務必確保國家利益和人民的利益不受到侵犯。這件事就這樣定了，散會吧。」

說完，戴佳明直接站起身來向外走去。黃立海不給他面子，他也不留情面，直接採取最犀利的手段進行反擊。

黃立海臉上一陣青一陣白，拳頭緊握，卻無可奈何。沒辦法，誰讓他只是二把手呢！

常委會的會議結果很快便傳到了瑞源縣，柳擎宇聽到消息後，臉色顯得異常陰沉，不過他還是乖乖地回到住處等待接受調查。

剛到住處，房門便被敲響了，打開門一看，竟然是劉小飛。

劉小飛手中拎著兩瓶酒，右手拿著飯菜，滿臉含笑站在外面，柳擎宇笑著把劉小飛請了進來。

「還沒有吃飯吧，一起喝點吧。」劉小飛把酒菜放在桌上。

柳擎宇找出兩隻酒杯，劉小飛倒滿後，舉起酒杯說道：「來，第一杯為你慶祝，恭喜你暫時脫離苦海。」

柳擎宇舉起酒杯苦笑著說：「你怎麼知道的？」

劉小飛笑道：「現在整個瑞源縣都傳遍了，我怎麼可能不知道呢?!看來你們官場真不是人待的地方啊！像你這樣踏踏實實做事的人反而被別人誣陷，而那些真正索取好處的卻可以逍遙法外，混得風生水起，真是不公平啊。」

劉小飛舉起酒杯，和柳擎宇碰了一下，一飲而盡。

柳擎宇也跟著一飲而盡，有感而發地說：「**身在官場，身不由己**，這是很平常的一件事，**官場，是一個名利場，也是一個戰場**，有的人進入官場是為了名利，有些人進入官場卻是為了展現自身的價值，為了實現自己的夢想。

「不管任何地方，任何工作，都不可能一帆風順，更不可能有絕對的公平，何況，這一次小日本這一招玩得的確非常高明，連我都沒有想到他們可以這樣玩，我棋差一招。」

劉小飛感慨道：「看來你是真的看透了官場上的是是非非了，既然你知道為老百姓做事肯定要承受巨大的壓力，為什麼不考慮退出官場呢？以你的才華，如果進入商場的話，肯定會在極短的時間內獲得巨大成功的。」

柳擎宇淡淡一笑，反問道：「你認為在商場上就有絕對的公平嗎？」

劉小飛搖搖頭。

柳擎宇道：「這不就結了，**不管是商場還是官場，其實都是利益糾葛的地方，只要有人的地方就有鬥爭**，就會面臨別人的挑釁、陷害，**唯一能夠依靠的，只有自己的智慧，還有一顆永不妥協、永不言敗之心**，才有可能在這兩種地方生存下去。」

劉小飛再次舉起酒杯：「柳擎宇，說得好，你這番話也說出了我的心聲啊，本來我今天來是想要安慰安慰你的，沒想到你自己倒想得很透徹，既然如此，我就不需要再說什麼安慰你的話了，來，咱們哥倆還是一醉方休吧！」

「好，一醉方休！」人生最大的滿足就是得一知己，柳擎宇很高興能有這樣的朋友陪伴，也舉起杯，豪爽地將酒一飲而盡。

兩人這一開喝，把兩瓶五十二度的衡水老白乾喝得一滴不剩，柳擎宇又打開他存放的一瓶山莊老酒，雖然兩人的酒量不算差，但是柳擎宇因為心情鬱悶，劉小飛也為了替柳擎宇鳴不平，所以三斤酒下肚後，兩人都喝得酩酊大醉，到後來，直接躺在地板上迷迷糊糊的睡了過去。

程鐵牛見狀，把兩人抱到沙發上，將桌上的殘羹冷炙收拾乾淨。

看著柳擎宇飽受委屈的樣子，不禁嘆道：「老大啊，你真是太辛苦了，我從沒見過你有一天睡覺超過八個小時的，你這麼努力到底為的是什麼？你這樣做值得嗎？我想不明白，為什麼像你這樣兢兢業業工作的人，卻要受到如此不公平的打擊？為了招商引資，你幾乎夜夜失眠，現在資金問題解決了大半，你卻被停職了，這個世界實在是太不公平了！哎！」

兩兄弟這一睡就是兩個小時，等他們醒來已經是晚上七點多了。

柳擎宇和劉小飛幾乎是同時睜開朦朧的醉眼，柳擎宇打著哈欠坐起身來，與劉小飛對視一眼，兩人同時大笑。

劉小飛笑道：「我們這次可真是酩酊大醉啊！」

柳擎宇回道：「是啊，我好久沒這麼痛快地喝酒了，哈哈。」

突然，房門傳來篤篤篤的敲門聲。

柳擎宇打開門，便看到五名表情冷酷的男人站在外面，為首的一個亮出了自己的工作證，表情嚴肅地說道：「柳同志，我是市紀委副書記任偉森，這位是市政府副秘書長葛振天，我們受到南華市市委指示，前來調查你違法向日本客商索取好處費的事，請你跟我們走一趟。」

柳擎宇點點頭：「好，請稍等片刻。」

說完，柳擎宇換了身新衣服，對劉小飛抱歉地說道：「不好意思啊，我不能陪你了，你去找隔壁房間的程鐵牛吧，這傢伙的酒量不在我之下。」

劉小飛露出無奈的表情，眼睜睜看著柳擎宇被紀委人員帶出房間，

柳擎宇被帶到了瑞源縣縣委招待所內。

「柳擎宇，你知道我們為什麼要調查你嗎？」任偉森開口道。

柳擎宇點點頭。

葛振天重重一拍桌子，大聲呵斥道：「柳擎宇，你這是什麼態度？任副書記問你話呢，你點頭是什麼意思？」

柳擎宇看了葛振天一眼：「只要我的意思表達到就可以了，我又不是沒有配合調查，

你咋咋呼呼的做什麼？另外，葛副秘書長，我得鄭重的提醒你一句，我並不是被雙規了，只是配合你們的調查，我甚至有權利保持沉默，所以你最好不要拿出審訊犯人的那一套來對付我。更何況，你只是調查小組的成員，根本就不屬於紀委的工作人員，最好把你的自身定位搞清楚。」

柳擎宇雖然身陷險境，脾氣卻一如既往的張揚，對於屬於自己的權利絲毫沒有退縮的意思。而且從葛振天的態度來看，這個傢伙絕對是找自己麻煩來的。

葛振天聽了，氣得滿面紅脹，用手指著柳擎宇怒道：「柳擎宇，你不要太囂張了，我告訴你，我們已經掌握了充分的證據證明你有嚴重的問題，把你雙規只是時間問題。」

柳擎宇嗤聲道：「葛副秘書長，咱們都是成年人，就不要玩小孩子的把戲了，如果你真的掌握了確鑿的證據，還會這麼費勁的找我問話嗎？恐怕早就把我給雙規了。我最後提醒你一次，我可以配合調查，但是，如果你再用這種毫無理性的問話方式，可就別怪我保持沉默了。」

對葛振天一上來就喧賓奪主、咄咄逼人的作風，任偉森也相當不滿，身為紀委副書記，自己才是調查小組的主要負責人，葛振天只是奉了市長黃立海的命令協助調查而已，便對葛振天說道：「老葛，你歇一會兒，問話的工作由我來吧。」

「柳同志，不好意思啊，剛才葛同志有些激動，希望你不要介意，下面的問話由我來負責。我想問問你，對於網絡和媒體報導的有關你向日本商人獅子大開口索取好處費的事，你怎麼解釋？」

柳擎宇澄清道：「任書記，我在這裡慎重地聲明，我絕對沒有向日本商人索取任何好處費，我之所以拒絕日本方面的融資，主要是因為他們提出的條件太苛刻，如果同意了，國家和老百姓的利益將會受到嚴重損失，這是我所不能容忍的。

「另外，有關這件事情報導的內容，你們有沒有向日本方面核實過？三靈銀行有一個人站出來證明我拿了好處嗎？我認為，身為一名紀委領導，不僅要對一切貪污行為進行查處，也應該對清白的國家幹部給予保護！你想想，假如我真的向三靈銀行索取巨額好處費了，三靈銀行會一直保持沉默嗎？他們不會向媒體指控我嗎？

「但是他們偏偏沒有，這是為什麼呢？因為第一，他們根本沒有任何證據可以指控我，所以他們不敢站出來；第二，這則不實消息是他們故意散播的，目的是為了拿下這個高速公路項目，為了製造輿論壓力，好將我從縣委書記的位置上搬開。而不管最後調查結果如何，都和他們沒有關係，因為他們並沒有對我進行指控，誰也無法指責三靈銀行誣陷我。

「我認為你們應該把三靈銀行的人也帶過來，和我一起當面對質，才不會掉入日本人的圈套和設計之中。我們不應該做那些讓親者痛仇者快的事，讓小日本坐收漁利！任書記，我希望我的提議你們能夠好好的思考一下。」

柳擎宇說完，目光直視著任偉森，想看看任偉森是用什麼樣的心態來調查這件事。

他很清楚，調查小組裡面絕對不會只有一方人馬，而調查會走向哪個方向，關鍵就在於主導者是持何種態度，屬於哪一派的人馬。

從葛振天的表現來看，葛振天很有可能是市長黃立海那一方的人，這種情況下，任偉森的態度就很關鍵了，如果他也是黃立海的人，那自己就要有面臨空前困局的心理準備了。

任偉森眉頭緊皺著，似乎是在認真思考柳擎宇的話。

這時，就聽葛振天說道：「任書記，我認為柳擎宇的說法並不正確，日本都大肆報導了，代表是真有其事，即便三靈銀行沒有正式提出訴訟，並不代表柳擎宇就沒有做違法的事，在這種情況下，我們調查的重點應該放在柳擎宇的身上，畢竟柳擎宇的行為已經引起很多民眾的強烈不滿，如果不能給老百姓一個合理的交代，勢必會引起更大的民怨。」

對任偉森而言，他是很不想接受這次任務的，因為表面上看是調查柳擎宇，實際上，背後隱含著戴佳明與黃立海這兩位市委大老的較量。而任偉森之所以被選中主持這次的調查小組，根本原因也在於任偉森一向在市紀委屬於中立派，既不向戴佳明靠攏，也不向黃立海靠攏。

任偉森早就聽說柳擎宇是個很有獨特風格的官員，從任偉森的角度來看，柳擎宇完全沒有必要去索取好處，理由很簡單，那就是他是省委領導曾鴻濤看重的幹部，前途不可限量，他不可能在這件事情上給別人留住把柄。

但是，現在的問題是，媒體的輿論壓力實在太大，而且身邊還跟著市政府的副秘書長在進行監督，所以他必須要對柳擎宇展開調查。

在官場上混了這麼久，任偉森深諳平衡之道，所以沉思良久後，沉聲道：

「葛秘書長，我看柳擎宇說得也不是沒有道理，但是呢也不能全信，這樣吧，咱們先去找三靈銀行核實一下新聞的真假，如果他們堅持認為柳擎宇存在問題，那我們就對柳擎宇展開深入調查；如果證實網路上的輿論是假的，那根本就沒有必要調查，只要開個記者會澄清一下就行了。對我們自己的幹部應該嚴格要求之外，也應該給予相當的信任和保護，不能因為輿論的喧囂就隨之起舞，失去應有的原則。」

聽任偉森這樣說，葛振天也只能點點頭道：「好，那我們就先去找三靈銀行核實一下。」又看向柳擎宇道：「不過，我認為應該暫時隔離柳擎宇和外界的聯繫，以免影響到調查的結果。」

任偉森同意道：「這個是必然的，既然是調查，就必須要嚴格保密，吳強、孫超，你們兩個負責看護柳擎宇，我和葛秘書長帶著趙虎去找三靈銀行。」

任務分配妥當後，任偉森和葛振天便離開招待所。

與此同時，瑞源縣縣長魏宏林接到三靈銀行總裁麻生三郎的電話：

「魏縣長，你現在有時間嗎？我想和你聊聊。」

魏宏林想了一下，委婉地說道：「不好意思啊，我現在有點事，暫時抽不出空來。」

麻生三郎笑道：「魏縣長，我知道你很忙，不過今天我和你見面呢，也沒有別的意思，就是南華市來了一個朋友，他說和你關係挺不錯的，所以我想要叫上你一起吃個便飯，我讓他和你說話。」

說著，麻生三郎把手機遞給旁邊的一個胖子。

就聽一個聲音說道：「我說老魏啊，一年多沒見，你的架子真是越來越大了啊。」

聽到這個聲音，魏宏林一愣，隨即說道：「原來是黃老弟啊，什麼風把你吹到瑞源縣來了。」

對這個胖子，魏宏林還真不敢托大，因為這個胖子叫黃立江，是市長黃立海的親弟弟，還是南華市交通投資集團的董事長，南華市大大小小的交通項目如果缺錢的話，找他有時候還是可以解決一些問題的。

「老魏啊，別囉嗦了，到海天大酒店來，我和麻生總裁都在等著你呢。我告訴你，這次你們瑞源縣很幸運啊，麻生先生已經決定要在你們瑞源縣投資了，這對你來說絕對是一筆巨大的政績啊！」黃立江催促道。

聽黃立江這樣說，魏宏林也只能點頭說道：「好的，老領導，我馬上過去。」

雖然夜色茫茫，身為調查組成員，任偉森和葛振天卻來不及休息，他們透過電話聯繫到三靈銀行的副總裁川口督史，並且在酒店內見到了對方。

見面後，任偉森直接看門見山的問道：「川口先生，我代表南華市紀委想向你核實一下，柳擎宇到底有沒有向三靈銀行索取巨額賄賂？請你如實陳述。」

川口督史嚴肅地說道：「沒有，絕對沒有，網路上的那些消息全都是不實的，我全程參與了談判，柳擎宇完全沒有向我們索取過任何賄賂。」

任偉森和葛振天瞪大了眼，本來他們以為三靈銀行一定會一口咬定柳擎宇索取了巨額賄賂，卻沒有想到川口督史的話截然相反，讓他們有些摸不到頭腦。

葛振天忍不住說道：「川口先生，我想我有必要提醒你，你現在所說的，是不是代表三靈銀行的態度？我們可是要將之作為調查柳擎宇的重要證據的。」

川口督史笑說道：「我當然清楚我在說什麼，我代表三靈銀行再次重申，柳擎宇的的確確沒有向我們三靈銀行索取任何報酬，我們雖然對他拒絕了我們的融資條件十分不滿，但是我們絕對不會誣賴好人，柳擎宇並沒有向我們索賄，我們不能誣賴他，網路上和新聞的報導全都是假的。」

既然川口督史這樣說，任偉森便拿出詢問記錄的文件讓川口督史簽字確認，按照流程辦完後，走出酒店。

任偉森看向葛振天道：「葛秘書長，現在日本方面否認了此事，真相已經大白，我想也不用再繼續調查下去了。」

葛振天皺了皺眉頭，說：「我看我們還是先向市委領導請示一下，看看市委領導怎麼看。」

任偉森便撥通了市委書記戴佳明的電話，向他報告調查的結果，戴佳明聽了也很驚訝，沒想到這次事情竟然開高走低，如此輕鬆的就解決了，當即毫不猶豫的說道：

「好，既然已經調查清楚，你們立刻停止一切針對柳擎宇的調查，並且明天召開記者會，宣布調查結果，為柳擎宇正名；明天的常委上，我也會提議立刻恢復柳同志的一切職務。」

這時候，葛振天也把這個消息用簡訊發給了黃立海，黃立海得知後，氣得鼻子都歪了。

此刻，黃立海正在酒店與麻生三郎、魏宏林一起喝酒，立刻不滿地對麻生三郎說道：「麻生先生，我剛剛得到消息，你們三靈銀行否認了柳擎宇向你們索取巨額賄賂的事，這到底是怎麼搞的啊？」

麻生三郎高深莫測的笑說：「黃市長，我們三靈銀行是國際性大銀行，做一切事情都要以事實為基礎，柳擎宇的確沒有向我們索取過任何賄賂，我們為什麼非得說柳擎宇索取賄賂了呢？那樣對柳擎宇來說是十分不公平的。我們也在我們的官方網站上公佈了這個消息。

「雖然我們和柳擎宇因為彼此的立場不同導致談判失敗，但是我們不能因此而遷怒於柳擎宇嘛，這樣做不是我們的做事風格。好了，不說這件事了，我們接著喝酒，還希望明天的談判，魏縣長能夠本著公平公正之心來對待我們三靈銀行，儘快達成合作協定。」

麻生三郎的態度丕變，令魏宏林有些摸不著頭緒，因為照他的理解，如果柳擎宇沒事了，那麼談判的事還是會由柳擎宇來主導，麻生三郎卻說要自己公平對待他們，這到底是什麼跟什麼啊？這麻生三郎是不是說錯話啦？

魏宏林雖然一肚子問號，卻沒有多問，因為**官場上很多事情都說不準，凡事靜觀其變為上**。

瑞源縣縣委招待所。

「柳同志，經過調查，三靈銀行證實了你並沒有向他們索賄的事，所以你現在可以回家了。對於這兩天給你造成的不便，我們深感歉意。」任偉森握住柳擎宇的手，告訴他這個好消息。

柳擎宇不敢置信地說：「三靈銀行證明了我的清白？」

任偉森點點頭。

柳擎宇有些錯愕，也有些納悶，以他對小日本的瞭解，這次的風波絕對是三靈銀行蓄意弄出來的，目的是要把自己調離瑞源縣委書記這個崗位，現在眼看就要達成目的了，他們卻又改變了風向，他們到底在玩什麼把戲？難道這小日本突然轉性，良心發現了？

一時間，柳擎宇被三靈銀行的表態給弄懵了。

不過柳擎宇是豁達之人，既然事情已經解決，他也沒有必要在這招待所待下去了，便衝著任偉森笑了笑，無視葛振天，自行離去。

從招待所走出來，柳擎宇想要攔一輛計程車回去。

此刻，是晚上八點左右，夜色蒼茫，蒼穹如墨，偶爾有三兩個路人經過，計程車卻很少，柳擎宇只能慢慢等待著。

這時候，一個頭髮花白的老太太步履蹣跚地從招待所旁邊的路口，沿著街道緩步走著，老太太手中提著一個塑膠袋，塑膠袋裡裝了許多廢紙、飲料空瓶，看來老太太是迫於生計而不得不收集這些東西，做著拾荒撿破爛的工作。

柳擎宇目光掃向老太太，見老太太年紀這麼大了還獨自一人出來撿拾垃圾，心裡很不好受，暗道：我的工作還是沒做好啊，瑞源縣老百姓的生活水準還需要大大提升才行。

老太太走著走著，突然腳下一軟，噗通一聲摔倒在地上，手中的垃圾也隨之散落在地上，老太太似乎摔到了哪裡，表情十分痛苦，掙扎著慢慢起身。

柳擎宇看到這種情形，快步衝了過去，想幫忙把老太太扶起來送到醫院。

柳擎宇檢查了一下老太太的傷勢，看到沒有明顯的傷口，這才放下心來，扶著老太太，關切的說道：「老人家，你感覺怎麼樣？要不要我送你去醫院？」

這句話剛說完，讓柳擎宇終身難忘的一幕發生了。

原本看似虛弱不堪的老太太，突然抓住柳擎宇胸前的衣襟猛的一用力，一股巨大的力量便直接撞擊在柳擎宇的胸口上，這股力量之大，遠遠超出柳擎宇的想像，柳擎宇整個身體因為巨大的撞擊向後倒飛出去，直至兩米開外的地方才跌在地上。

剎那間，柳擎宇只感覺眼前金星亂晃，胸口傳來一陣火辣辣的疼痛，隨即嗓子眼有些發甜，噗噗噗接連吐出三大口鮮血，染紅了整個地面，而他也軟綿綿的倒在地上，眼前一黑，四肢抽搐、口吐白沫、人事不省。

老太太見詭計得逞，邁開腳步，猶如一道離弦之箭，飛快衝向她來時的那個拐角，三步兩步便消失在茫茫夜色之中。

柳擎宇受傷倒地只發生在短短的幾秒鐘時間內，又正值晚上，直到兩分鐘後，才被一輛駛入縣委招待所的司機發現，趕緊撥打救護車。

這個司機屬於縣委招待所的值班司機，所以一眼就認出了柳擎宇，許多住在縣委招待所旁邊縣委大院的縣委常委們都被驚動了，紛紛趕到現場。

縣委副書記孫旭陽是最早到的，當他看到柳擎宇暈倒在地，人事不省，地上還有一灘血的時候，立刻意識到情況嚴重，所以他趕忙再給縣醫院打電話，讓他們派救護車過來救人，接著給縣公安局局長康建雄打了個電話，讓他派人過來調查此事，隨即又向市委書記戴佳明報告這件事。

戴佳明聽到柳擎宇遭到意外的消息也大吃一驚，立刻指示孫旭陽，要他必須動用一切力量確保柳擎宇的安全。

柳擎宇在十五分鐘後被送到了瑞源縣人民醫院急診室進行急救。

然而，讓醫生很頭疼的是，他們用了各種檢測儀器進行檢查，發現柳擎宇並沒有受傷的跡象，但是柳擎宇卻又一直昏迷不醒。

這讓院長張國坤感覺到壓力很大，無奈下，柳擎宇連夜被轉送到南華市第一人民醫院。

然而，第一人民醫院的醫生再次進行各種檢查後，得出的結果和瑞源縣人民醫院完全一致，沒有發現任何傷痕。

就在柳擎宇被轉往南華市醫院的時候，孫旭陽根據柳擎宇個人資料上所登記的緊急連絡電話，撥通了柳擎宇老媽柳媚煙的電話，告訴她柳擎宇受傷住院，人事不省的消息。

柳媚煙一聽，頓時淚水便掉了出來，她勉強保持鎮定，向孫旭陽打聽了一下柳擎宇的情況後，馬上搭飛機連夜趕往南華市。在出發前，柳媚煙給劉飛打了個電話，把柳擎宇住院的消息告訴了劉飛。

劉飛也驚呆了，不過劉飛實在是日理萬機，暫時無法抽身，因為很多行程都安排好了，無法更改，無奈之下，只能把諸葛豐喊了過來。

「你去一趟南華市，擎宇住院了，到現在一直昏迷不醒。」劉飛強壓著心中的悲傷和憤怒說道。

諸葛豐乍聽這個消息為之一震：「擎宇住院了？怎麼會呢？他身體一向健壯如牛啊，怎麼會住院呢？」

劉飛咬著牙說：「從目前得到的消息來看，擎宇是被人給算計了。」

諸葛豐心頭再次緊了一下，以他對柳擎宇的瞭解，這小子平時相當機警啊，怎麼可能被算計呢？

劉飛指揮說：「我這邊行程太滿，得到大後天才能抽出時間過去，這兩天你先替我去看看到底是怎麼回事，另外帶幾個精英過去，好好調查調查這件事，我要知道是誰在算計擎宇。我劉飛雖然現在脾氣好了很多，但是，不管是誰，敢動我的家人和孩子，我絕對不會善罷甘休！」

說話間，劉飛手中用力握了一下茶杯，玻璃杯被劉飛捏碎，玻璃碎片刺得劉飛的手鮮血淋漓，然而，劉飛絲毫不在意，眼中熊熊怒火在熾烈的燃燒著。

以前，柳擎宇屢次在官場上受到算計，劉飛從來沒有插手過，因為劉飛認為，柳擎宇在官場上要想走得更遠，必須自己想辦法在陰謀詭計中突圍而出，**只有經歷風雨才能見到彩虹，這是正常的官場歷練**，所以劉飛不會去干預，他希望柳擎宇能夠在困難中逐漸成長。

但是，不干預並不代表劉飛不清楚柳擎宇的事，相反，他對這個兒子十分關心，因為這小子和他一樣，不僅心懷天下，更是一心為民，他希望兒子能夠走到更高的位置，為更多的百姓造福。

卻沒有想到，竟然有人用這麼卑劣的手段來對付兒子，這是他無法容忍的。他下定決心，不管到底是誰算計柳擎宇，他都絕對不會放過對方，一定要殺雞儆猴。

柳媚煙淚眼婆娑的趕到了加護病房。

平時的柳媚煙保養得宜，風韻猶存，儘管年近五十，皮膚卻如二十歲的小女生一般粉嫩光滑，整個人看起來也就三十歲左右的年紀。此刻由於舟車勞頓加上擔心兒子的安危，只見她眼皮紅腫、頭髮蓬亂，臉色也顯得蒼白無比。

在好姐妹徐嬌嬌的陪同下，柳媚煙走進病房。

當看到柳擎宇躺在床上，呼吸罩下的兒子雙眼緊閉，臉上沒有一絲血色時，她身體一軟差點癱軟在地，好在旁邊的徐嬌嬌一把扶住了柳媚煙，才使得柳媚煙不至於倒地。

柳媚煙再也抑制不住心中的焦慮和擔憂，痛苦的抽泣起來，徐嬌嬌看到自己最疼愛的柳擎宇變成這樣，也是淚水漣漣。

護士在一旁提醒道：「請你們不要太大聲，病人需要靜養。」

柳媚煙趕忙捂住嘴掩住哭聲。

這時，柳媚煙的手機嘟嘟嘟的響了起來。怕吵到兒子，她轉身走到病房外面接通了電話。

電話裡傳出一個明顯是經過變聲技術發出來的沙啞聲音，說道：

「柳媚煙是吧？你應該已經看到你兒子了吧？我可以明確的告訴你，柳擎宇的生命最多還有七十二個小時的時間，三天後的此刻，你就等著給柳擎宇收屍吧！哈哈哈哈……」

後面是對方一連串充滿了怨毒和仇恨的話語。

聽到對方的詛咒，柳媚煙氣得柳眉倒豎，杏眼圓睜，咬牙切齒的問道：「你到底是誰？」

「你猜呢？」說完，便掛斷了電話。

柳媚煙趕緊回撥過去，結果得到的卻是對方的電話已經關機了，柳媚煙立即通過關係想要查出電話所在的位置，回報的結果讓柳媚煙十分不解，電話竟是從法國打來的。

柳媚煙意識到對方具有超強的反偵察能力，只靠這個電話是查不出任何線索的，不過它讓柳媚煙確定了一件事，那就是柳擎宇絕對是被人給算計了。

徐嬌嬌柔聲勸道：「柳姐姐，你先別急，我們的當務之急是要想辦法先治好擎宇，讓擎宇恢復健康，其他的事都可以再談，我已經給幾個頂級西醫和中醫打電話，讓他們飛過來為柳擎宇進行診斷了。」

聽到徐嬌嬌的話，柳媚煙心頭一暖，握住徐嬌嬌的手感激地說：「嬌嬌，謝謝你。」

徐嬌嬌輕輕握著柳媚煙的手，眼神中卻隱約露出濃濃的憂慮之色。

九點多，諸葛豐帶著幾名醫生來到病房，分別看了診，經過一番討論後，由一名醫生代表說道：「從病人目前的症狀來看，很有可能是神經系統受到了傷害，才導致他一直昏睡無法蘇醒，但是具體的原因還無法查清。」

隨後是三名中醫輪流給柳擎宇把脈，其中一個說道：「從病人的脈象來看，病人的身體機能遭到了嚴重破壞，生理系統嚴重失衡，而且體內氣血凝滯，經絡不暢，內外瘡瘍於臟腑積聚，照這樣下去，不出三五天，病人恐怕有性命之憂啊！」

聽到這位中醫的話，柳媚煙心倏地往下一沉，眼前有些發黑，幾乎當場暈倒，徐嬌嬌一邊扶著柳媚煙，一邊懇求道：「醫生，既然您能夠診斷出他的病症，肯定能夠治好他吧，求求您了，只要您能治好他，你有什麼條件我們都會答應的。」

這位中醫苦笑著說：「難啊，老夫行醫四十多年，還沒有遇過如此古怪的病症，而且這種病十分險惡，只要用藥稍微不對，病人立刻就會死亡，所以說是不治之症也不為過啊！我們三人真的是無能無力了。徐院長，還請見諒。」

柳媚煙勉強提起精神，問道：「醫生，您既然知道擎宇的脈象，能不能再想想辦法呢？」

老中醫皺著眉道：「不是我不想辦法，而是從病人的脈象極為混亂，稍有閃失病人就會殞命，成功率連百分之一都不敢保證。」

柳媚煙幾近絕望地說道：「難道這個世界上就沒有任何人能夠治好嗎？」

老中醫眉頭深鎖地說：「這個病的病根是內傷，有人用內家功夫震傷了病人的多處臟器，但如果僅僅如此，我還有辦法治療，問題是下手之人十分陰毒，在撞擊病人的同時，還做了一些手腳，讓病人的營衛系統受到重創，使其體內陰陽失衡，五行紊亂，難以調和。

「除非有一位醫生，不僅精通醫理，還懂得內家功法，能夠探查對方下手的地方，並以內家功法進行化解，然後再配合中藥雙管齊下，才有可能治好。問題在於，內家功夫基本上處於傳說，即便有隱士高人懂得內家功法，我們也很難找到，何況是懂得內家功法同時又精通中醫的人，就更是難上加難了。最重要的是，病人的時間不多，如果是一般人根本堅持不過三天，身體好一點的，最多也不過五天。」

柳媚煙聽老中醫說的有些雲裡霧裡的，她根本不懂，不過她聽出了一個關鍵，兒子的病並非不能治，而是需要一個合適的人。

想到此處，柳媚煙沉吟了一下，問道：「老先生，就您所知，去哪裡有可能找到這樣的高手呢？」

老中醫思索著，緩緩說道：「除非是嶺南秦家的高手出馬，否則別人很難成功。不過秦家早在幾十年前就已經離開嶺南，根本不知道搬到哪裡去了，而且，秦家的醫術和內家功法是否流傳下來也是未知之數啊。」

「嶺南秦家？」柳媚煙和徐嬌嬌不禁低呼。

另一個老中醫聽了說道：「我聽說嶺南秦家好像在幾十年前因為得罪人，早就被仇家滅門了。」

柳媚煙的心瞬間跌到谷底。

雖然束手無策，幾位中醫還是盡責地用銀針幫柳擎宇扎了幾處穴道，暫時為柳擎宇疏導一些瘀滯的經絡，隨即告辭準備回京。

不過柳媚煙還是把三位老中醫留了下來，將他們安置在醫院旁邊的酒店，以免還需要這些國醫聖手。

柳媚煙眼中閃過兩道決然之色，咬著牙對徐嬌嬌說：「嬌嬌妹妹，我決定懸賞八千萬，招聘頂級中醫為柳擎宇治病。」

徐嬌嬌點點頭：「也只能如此了，希望有人能夠看在這八千萬的份上把擎宇給治好。」

很快，在各大中醫院的官方網站上便出現了巨幅懸賞廣告，條件很簡單，凡是認為自己精通中醫和內家功法的，都可以前往新源大酒店一一〇八號房進行面試，如果能夠治好病人，將會獲得八千萬的酬勞。

這則廣告不僅震驚醫壇，各大電視台也紛紛報導了這個消息，大街小巷都在討論著，很多人不明白，為什麼懸賞者願意拿出這麼多錢來尋找中醫呢？

不得不說，巨額懸賞的確起到了相當不錯的效果，一時間，新源大酒店幾乎人滿為患，前來競聘的人絡繹不絕。

看著臉色越來越蒼白，呼吸越來越微弱的柳擎宇，柳媚煙和徐嬌嬌整整一天一夜都沒有合眼，她們不敢有絲毫的鬆懈，一直守在柳擎宇的身邊。

在她們身旁，曹淑慧眼角帶淚的坐在柳擎宇的病床旁，輕輕握著他的大手幫他打氣；薛玉慧和小魔女韓香怡、劉小胖、小二黑等人，則是聚在新源大酒店的會議室內，遴選著前來面試的高手。

畢竟，八千萬的巨額酬勞沒有人不眼紅，而且發佈懸賞的還是柳氏集團的掌門人柳媚煙，沒有人會質疑柳氏集團不會支付這筆酬勞，所以來碰運氣的不在少數。

面對這種情況，三位國醫聖手也很頭疼，不得不採取逐層遴選的方式來挑選那些真正有實力的醫生。

經過層層的篩選，最後只剩下三個人進入複試。這三個人都是在各個省分擁有相當知名度的名醫，年齡最小的也有五十多歲。

就在這個時候，會議室的門被人推開了，一個看起來二十三四歲左右的年輕人邁步走了進來。這人長相十分普通，但是稜角分明，一看就是個個性堅毅之人。

劉小胖立即迎了上去，攔住他的去路：「對不起這位朋友，你是不是走錯地方了？」

小二黑和劉小胖主要是負責保護三位國醫和現場應聘者的安全，生怕是凶手派人來趁機搗亂，因此小二黑也走過來，全神戒備著。

年輕人看了小二黑和劉小胖一眼，淡淡說道：「我是來應徵的。」

「你？」小二黑不由得瞪大了眼睛。

看到小二黑臉上的驚訝之色，年輕人並不在意，點點頭：「沒錯，我是來應徵的，怎麼，不歡迎嗎？」

既然是來應聘的，劉小胖說道：「歡迎，當然歡迎，來了就是朋友，這位兄弟，請你先答一下這份理論測試吧。」

說著，劉小胖拿了一份考卷遞給年輕人，心裡卻十分懷疑年輕人能夠通過測試，搞不好第一輪就被淘汰了。

年輕人接過試卷，只用了不到五分鐘的時間，就答完了題目，然後在試卷上龍飛鳳舞的簽上了自己的名字——秦帥，隨即把試卷遞給劉小胖。

劉小胖看著試卷上的答案，頓時有些發愣，因為試題是針對某個病情的處理和用藥，年輕人所開的藥方，有九成的藥材，包括用量都和三位國醫所寫的標準答案完全一致，但是每個藥方中卻又有幾味藥和標準答案不一樣。

看到這裡，劉小胖嘆息一聲道：「這位朋友，你的這個藥方……」

「你是說和標準答案不一樣是吧，就拿第一個症狀來說，標準答案與我不一樣的地方應該是知母、懷牛膝、生薏米這三味藥吧，我之所以不用這三味藥是有我的原因的，你把我的藥方給專家們看就知道了。」

這個年輕人明明知道標準答案，卻偏偏用上別的藥，這讓劉小胖感覺這個年輕人有些不簡單。為了讓老大能夠趕快好起來，他沒有絲毫的猶豫，拿著藥方直接闖進了小會議室內。

三位國醫正在這裡進行最後的複試，不過從三人臉上的表情來看，似乎不太滿意。劉小胖把試卷遞給陳老先生。

陳老先生本來對劉小胖突然闖進複試現場不太高興，然而等他看到試卷上所開具的藥方和簽名時，立時大聲道：「快，快請他進來，千萬別讓他走了！」說著，連正在面試的人也顧不上了，大步向外面走去。

第三章

私人醫生

秦帥對柳擎宇的心思已經猜出了七八分，臉上露出一絲淡淡的笑意道：「什麼事情？」

柳擎宇知道對方猜到了自己的心思，也沒有掩飾，開門見山的說道：「我想請你擔任我和我們柳家的私人醫生，不知道你意下如何？」

「秦帥？誰是秦帥？」陳老先生大聲喊道，一邊用目光搜尋著。

站在小二黑身邊的年輕人露出臉來，應聲道：「我就是秦帥。」

陳老先生看到秦帥的相貌，表情十分激動，聲音顫抖著說：「秦英豪是你什麼人？」

秦帥聽到秦英豪的名字也是一呆，隨即說道：「那是我曾祖父。」

陳老先生使勁地點點頭說：「沒錯，長得真像啊，尤其是這藥方，一看就是你們秦家的獨特風格，別人學不來的，也不敢用這種藥方。秦帥，你也是來應徵的嗎？」

秦帥苦澀一笑：「是啊，我缺錢。」

陳老先生點點頭：「只要你能夠治好病人，錢不是問題，不過我得先確認一下，你們秦家的內家功法，你繼承了多少？」

秦帥老實地說道：「不算太多，不過馬馬虎虎能夠用一點。」

「好，你立刻跟我走吧！」陳老先生興奮地道，又吩咐劉小胖：「小胖子，你通知裡面的幾個複試者，讓他們回去吧，我們要找的人找到了，真是太幸運了。」

說著，陳老先生便拉著秦帥的手作勢欲走。

小二黑立刻跟上兩人，韓香怡則飛快的跑去開車，一行人火速直奔醫院。

南華市第一人民醫院裡。

柳擎宇躺在床上，病情又惡化了，他的身體不停抽搐著，渾身大汗淋漓，臉上的表情顯得十分痛苦，呼吸也越發急促起來。

此刻，柳媚煙已經哭得暈倒了過去，徐嬌嬌的心情也十分糟糕，曹淑慧一邊攙扶著柳媚煙，一邊勸解著徐嬌嬌，旁邊護士正在對柳媚煙進行急救。曹淑慧的眼神呈現著失落、痛苦和絕望。

儘管柳擎宇的身邊圍了一大圈從各大醫院來的頂尖醫生，卻依然想不出任何的辦法，只能眼睜睜地看著柳擎宇的身體陷入更糟的狀況。

這個時候，那個陰毒的聲音再次打電話來，得意地說道：「柳媚煙，你居然玩起了懸賞徵人啊，不過，你就算是出再多的錢也是沒用的，誰也救不了柳擎宇！哈哈哈哈，你等著給他收屍吧！」

柳媚煙在護士的搶救下蘇醒過來，聽到對方的蓄意挑釁，原本渾身無力的她猛的坐起身來，眼中怒火噴薄而出，衝著手機聲嘶力竭的吼道：「你到底是誰？如果我兒子出現意外的話，不管你在天涯海角，我們柳家絕對不會放過你的！」

那個怨毒的聲音只是哈哈的大笑，卻沒有多說一個字，便切斷了通話。

電話中傳來嘟嘟嘟的忙音，柳媚煙的手無力的垂了下來，手機噗通一聲掉落在地上，柳媚煙的神情顯得異常的沮喪，**她意識到兒子正在一步一步的接近死亡，她感覺到支撐自己生存下去的精神動力正在一點點的消失。**

就在這時候，走廊裡傳來一陣急促的腳步聲，隨即，陳老先生和秦帥的身影出現在走廊，正朝病房走了過來。

看到陳老先生，柳媚煙無精打采的眼神充滿了渴望地說道：「老先生，秦家的人找到了嗎？」

陳老先生欣慰地說：「幸不辱命，秦家人找到了，就是這位。」說著，用手一指旁邊的秦帥。

雖然秦家的人是找到了，但是秦帥的醫術和內家功法到底達到何種程度，能否治癒柳擎宇還是未知之數，只是現在也只能死馬當活馬醫了。

柳媚煙看到陳老先生請來的只是一個和柳擎宇差不多的年輕人時，心裡不禁狐疑：他真的能夠治好兒子的病嗎？

不過，既然是陳老先生帶來的，她還是表現出了對秦帥的尊重，主動伸出手來說道：「秦醫生，我兒子的病就交給你了，拜託你救救我的兒子。」

秦帥羞赧的笑笑說：「柳阿姨，您不要著急，我會盡力而為的。」

接著，秦帥跟著陳老先生走進病房。

醫生們看到陳老先生竟然帶著一個二十多歲的年輕人走了進來，頓時皺起了眉頭。

第一人民醫院的院長吳奎天更是充滿了不屑的說道：「陳老先生，您怎麼帶著一個年輕人來了？該不會他就是你們通過層層考試找來的神醫吧？」

「沒錯，就是這位年輕人，你有什麼異議嗎？」陳老先生沉著臉說。

吳奎天嘲諷地說：「我看這位年輕人頂多是剛剛大學畢業吧？」

這時，秦帥接口說道：「不好意思，我沒有上過大學。」

陳老先生目光掃視著眾人說道：「好了，現在請大家都出去吧，這裡只需要留下我和秦帥就行了。」

眾人的目光紛紛看向柳媚煙，想看看她的態度。

柳媚煙是十分果斷之人，既然陳老先生相信這個年輕人，不管他能否成功，她都必須要給他一個機會，於是無視吳奎天的不滿，二話不說向外走去。

吳奎天看到此種情形，也只能搖著腦袋，做出一副無奈狀跟在後面走了出去。

房間內，只剩下陳老先生和秦帥。

與此同時，在瑞源縣縣委會議室內，以縣委副書記孫旭陽、縣長魏宏林為首的縣委談判團隊，與日本三靈銀行也正在進行著新一輪的談判。

這輪談判是在南華市市長黃立海的撮合下重新舉行的。

黃立海在談判前，特地給孫旭陽和魏宏林打了個電話，要求他們要從瑞源縣的大局出發，考慮長遠利益，不要考慮一城一地之得失，務必要儘快籌集足夠的資金，確保高速公路項目儘快啟動。

聽到黃立海的指示，孫旭陽和魏宏林都表示一定會好好進行這次的談判。

此刻，坐在談判桌前，三靈銀行總裁麻生三郎和兩名助手都是信心滿滿，他們相信，在少了柳擎宇這個最大的障礙後，這次談判肯定會獲得最終的勝利。

談判正式開始。

雙方在進行一些次要細節的討論後，很快便進入到核心問題的談判上。

和上次一樣，麻生三郎十分強勢的說道：「要想我們三靈銀行投資這個項目，條件非常簡單，那就是我們必須得到整個項目百分之五十一的股份以確保絕對控股權、營運主導權，否則一概免談。」

麻生三郎展現了十足的氣勢，這是最基本的談判技巧。說完，目光直接落在孫旭陽和魏宏林的臉上。

孫旭陽沒有說話，看向魏宏林。

魏宏林沉聲道：「麻生總裁，現在我們的項目已經籌集了大約三十億的資金，已經過半了，你們融資的話，可以成為最大的股東，卻無法成為絕對控股方。」

麻生三郎冷冷的說道：「你們如何融資我不管，這個項目的預算不是五十億嗎？我們願意出廿六億投入這個項目，至於其他的廿四億，你們可以撤走一部分資金，自行協調。」

魏宏林皺著眉道：「這樣不好吧？我們沒有辦法向其他投資商交代啊。」

麻生三郎冷哼一聲：「你們怎麼交代我不管，但是百分之五十一的絕對控股權是我們的基本條件，這個條件做不到，我們是絕對不會參與這個項目的。」

魏宏林便不再說下去了，看向孫旭陽道：「孫副書記，咱們出去商量一下。」

孫旭陽便和魏宏林、宋曉軍、常務副縣長方寶榮一起來到了旁邊的小會議室內。

魏宏林看向孫旭陽道：「孫副書記，剛才麻生三郎的態度你也看到了，他咬準一點，就是非要獲得百分之五十一的控股權，我看我們是不是跟其他兩個投資商協調一下，讓他們抽走一部分資金，這樣既可以減輕他們的投資壓力，又可以使這個項目儘快運行起來。」

孫旭陽不以為然地說道：「魏縣長，我想問你一句，身為地方政府，我們應該不應該講究誠信？」

魏宏林點點頭道：「這是當然的啊，人無信不立嘛，不過，我們也得依當時的形勢做出適當的修正嘛，就像眼前，我們雖然成功融資了三十億，但是另外二十億卻沒有著落，三靈銀行恰好解決了我們面臨的最大難題，這可是千載難逢的機會啊！

「一旦這個項目啟動，不僅將會給我們瑞源縣老百姓帶來實惠，這也是我們瑞源縣縣委領導切切實實的一項政績啊。至於另外兩家投資商，他們只要稍微退出一部分資金，依然可以穩穩獲利，這並不影響他們的利益啊，早點啟動這個項目，對他們也有利，這是三贏的局面。」

孫旭陽依然保持那種古井無波的表情，反問道：「魏縣長，你認為你可以說服另外兩家公司嗎？」

魏宏林很有自信的說道：「我相信他們會妥協的。」

孫旭陽不慌不忙的從自己的手提包裡面拿出兩份文件遞給魏宏林：

「魏縣長，請你看一下這兩份文件，這是這兩家公司在咱們談判之前交到我手中的聲明文件，他們說得非常清楚，他們在這個項目上不會有絲毫的讓步，要麼按照合約執行；要麼解約，咱們必須按照合同給予他們相應的賠償。」

魏宏林不由得眉頭一皺，沉著臉拍了一下桌子說道：「這兩家公司在搞什麼？他們難道不知道個人利益要服從國家大局嗎？真不知道柳擎宇到底是從哪裡找來的投資商，簡直不可理喻。」

「我認為他們做得沒有任何過分的地方，我的觀點和柳書記一致，我們歡迎日本對這個項目進行投資，但是，他們最多只能投入二十億的資金，我們不能也不應該讓之前的投資商撤資，更不能讓中國的項目由日本獲得絕對控股權和營運權，這是喪權辱國的行為。」

魏宏林沒有想到，在黃立海已經接二連三的表明態度，暗示要他們讓步的情況下，這個孫旭陽硬是沒有絲毫讓步，這簡直是和黃市長對著幹啊！

想到此處，魏宏林板起臉道：「孫同志，我要提醒你，黃市長可是指示我們必須要顧全大局的。」魏宏林準備拿黃立海來壓一壓孫旭陽。

「沒錯，這一點不需要魏縣長你提醒，我聽得非常清楚，黃市長的意思的確是要我們顧全大局，我之所以拒絕三靈銀行絕對控股的方案，就是要顧全大局，這和黃市長的意思並沒有絲毫衝突。魏縣長，你該不會認為黃市長是在暗示我們要向日本方面妥協吧？黃市長可沒有這樣說。」孫旭陽反將一軍。

魏宏林頓時沒有了脾氣，他知道黃立海是絕不可能直接說要他們讓步的，那樣的話就容易被人抓住把柄。

說話的藝術是一名官員必須要修煉的基本功，**黃立海能夠混到如今這個位置，自然早已經爐火純青了。**

魏宏林現在算是看出來了，這個孫旭陽竟然是和柳擎宇站在同一邊，不悅地道：「孫同志，我要提醒你一下，現在柳書記不在，我是縣委的二把手，這件事應該聽我的。」

孫旭陽反駁說：「魏縣長，你是二把手沒錯，我也尊重你的權威，但是有一點請你注意，市委早已做出決定，在與日方的談判中，由我擔任談判小組的組長，你是副組長，這個沒錯吧？」

魏宏林氣勢頓時矮了半截，他不得不承認，前兩天市委的確做出過這個指示，這是市委書記戴佳明不顧其他常委們的意見強行拍板通過的，讓他十分鬱悶。

他當時沒有在意，在他想來，沒有柳擎宇的情況下，沒有任何人敢忤逆黃市長的意思，哪知道孫旭陽竟敢逆向而行，明目張膽的反對對日方妥協。

不過魏宏林也是老狐狸，馬上回擊道：「孫副書記，雖然你是組長，但是我認為這件事我們應該由全體成員投票表決，尊重民主精神。」

孫旭陽態度堅決地說道：「我身為組長，有權拍板決定這件事的最終走向，當然你們也有權利表示反對，但是無論如何，我認為身為瑞源縣的縣委領導，我們絕對不能同意任何喪權辱國的條件，三靈銀行現在所提出的要求，和當年小日本所提出的馬關條約有什麼差別嗎？他們憑什麼要求我們妥協和退讓？我們又憑什麼要向他們妥協?!難道沒有他們的投資，這個項目就啟動不了了嗎？

「我不信！我身為談判小組的組長，就必須要對國家負責，對我們瑞源縣負責，對瑞源縣的老百姓負責！只要我還是談判小組組長，我就絕對不會同意日本的條件！我還是那句話，歡迎他們投資這個項目，但是他們必須要按照遊戲規則來，我們不能因為他是外資就對他們有所妥協！」

孫旭陽突然又拋了句：「魏同志，我想問問你，對於日本三靈銀行的真實背景你知道嗎？瞭解嗎？」

魏宏林順口回道：「不就是一家日資銀行嗎？在我們國內有很多投資項目，這沒有什麼了不起的啊。」

孫旭陽冷笑著說：「魏同志，奉勸你一句，身為縣長，你還要多多加強學習和研究啊，尤其是在做出決策前，最好先調查清楚再說。」

孫旭陽從公事包中拿出一疊資料丟給魏宏林道：「魏縣長，請你花幾分鐘的時間看一看這些資料，這些是柳書記在被紀委帶走前交給我的資料，看完這些資料，你就可以了解這個三靈銀行的真實背景了。」

魏宏林皺著眉頭翻開資料，仔細看了起來，越看越是心驚。

孫旭陽接著說道：「魏縣長，我相信你已經了解了吧，三靈銀行表面上是一家普通銀行，但是它的大股東之一是美國的膏生銀行，膏生銀行是什麼性質的銀行你知道嗎？他們可是美國的國家獵人，當年他們引發希臘危機，沉重打擊歐元經濟，隨後又將我們捲入歐洲主權債務危機，將那麼多國家、銀行玩弄於鼓掌之間，你認為他們背景單純嗎？

「此外，三靈集團可是為日本研究戰鬥機、航空母艦之類的先進武器的超大財團，他們的很多投資都是和日本的國家利益有著一定的關係。對於這些事情，我們身為瑞源縣的縣委領導，應該做一做功課，絕對不能因為某些人的政治偏見，甚至見利忘義，就忘了我們身上的責任，我們可以服從領導的指示，但是也必須要有自己的判斷能力。

「我們應該堅持我們的誠信原則，歡迎一切合法的企業來投資，所以我堅決反對三靈銀行的條件。魏縣長，你說呢？」

魏宏林沉思許久，終於緩緩說道：「好吧，我同意你的觀點，你說得沒錯，身為瑞源縣的地方官，我們應該要為我們的人民去考慮才是對的。」

隨即，一行人再次返回談判桌前。

麻生三郎臉上帶著自信的微笑，看著魏宏林道：「魏縣長，你們商量的如何了？」直到此刻，他依然堅信魏宏林一定會妥協的，因為柳擎宇這個最大的障礙已經被清除掉了，黃立海也被他們拉入陣營之中，沒有任何的阻力會再妨礙他們的目的。

回想剛才看到的資料以及孫旭陽說的話，再看到麻生三郎那副高傲得意的嘴臉，魏宏林冷冷的說道：「麻生三郎先生，我現在代表我們瑞源縣縣委縣政府正式向你們三靈銀行宣布，我們歡迎你們三靈銀行在我們瑞源縣進行任何合法的投資，但是我們絕對不會在高速公路融資項目上同意你們的條件，你們的要求十分不合理。我們不能因為你們日本單獨一方的利益而讓別的投資商受到損害。麻生先生，請問你們能否退讓一步，直接投資剩餘的二十億元呢？」

麻生三郎瞬間有些朦了，他可是清楚記得當時和魏宏林、黃立海一起吃飯的時候，黃立海明確的要求魏宏林要支持他們三靈銀行的，怎麼一轉眼間魏宏林就變卦了呢？

這讓麻生三郎很是憤怒，覺得自己的權威被挑釁了，不悅地說道：「這麼說，你們是拒絕了我們的投資？你們有考慮過後果嗎？如果沒有我們的投資，這個項目根本就啟動不起來！你們市領導也會對你們產生極度不滿的。」

孫旭陽義正詞嚴地說道：「對不起，我們無法苟同你們的投資條件，如果麻生先生沒有其他意見的話，今天的談判就先到這裡吧，什麼時候三靈銀行願意讓步了，或是有新的投資方案，我們再繼續進行談判。」

說完，孫旭陽便站起身向外走去，魏宏林也緊跟在後。

眼見談判破局，麻生三郎氣得滿臉通紅，咬牙切齒地用日語罵道：「八格牙路！中國人全都不是好東西！」

沒想到孫旭陽突然轉過身來，冷冷地說道：「麻生三郎先生，你們日本人全都是東西嗎？」說完便轉身離去。

麻生三郎愣了一下，隨即明白孫旭陽的意思是：日本人是東西，那就不是人了！麻生三郎這叫一個鬱悶啊，更是氣得直跳腳，差點沒心臟病發。

走在孫旭陽身後的魏宏林聽到孫旭陽回嘴的話後，不禁笑道：「老孫，你怎麼罵麻生三郎啊？」

孫旭陽聳聳肩說：「我只是在進行反擊而已，那孫子用日語罵我們中國人都不是好東西，我就反嗆他們日本人不是人。」

魏宏林拍掌叫好道：「罵得好，在我們的土地上還敢如此囂張，真是太過分了，是得好好的教訓教訓。」

同一時間，在南華市第一人民醫院柳擎宇的病房內。

秦帥正在努力地救治柳擎宇。他盤膝坐在病床上，雙手抵著柳擎宇的後背，豆大的汗珠不停的往下掉，柳擎宇的額頭則是熱氣蒸騰，猶如蒸籠一般，蔚為壯觀。

慢慢地，柳擎宇的臉色一點點的從蒼白變為微微帶些紅色。

秦帥保持這種姿勢足足有半個多小時的時間了，柳擎宇的狀況在一點點的好轉，但是他不敢有絲毫的鬆懈。老中醫陳老先生坐在旁邊，默默注視著秦帥和柳擎宇。

又過了十多分鐘，秦帥臉色蒼白的緩緩撤回雙手，隨即將柳擎宇的身體平放在床上，然後下了床，拿起桌旁的一枝筆寫下兩副藥方，交給陳老先生說道：「老先生，麻煩您照方抓藥吧，我得去好好睡一覺。」

說完，便一頭倒在旁邊的陪護床上呼呼大睡起來。

陳老先生看著藥方上的藥材，喃喃自語道：「怪哉怪哉，這個秦帥開的藥方怎麼這麼眼熟呢？」

他略微思索了一下，腦中突然靈光一閃，驚嘆道：「這兩副藥方不是張錫純《醫學衷中參西錄》裡面的藥方嗎？第一個是活絡效靈丹的藥方，第二個是健運湯的藥方，難道這兩個藥方配合使用就可以治療柳擎宇的傷勢嗎？真是一個神奇的年輕人啊。」

雖然心中存疑，但是陳老先生從柳擎宇臉色的變化看到了他的傷勢正在好轉，便拿著藥方，親自到不遠處的藥房親自去抓藥。

等他抓藥回來後，讓他震驚的一幕發生了。

病房內，柳擎宇已經蘇醒過來，柳媚煙、徐嬌嬌等人正圍在柳擎宇的身邊悉心的照料著。

柳擎宇這兩天來因為一直昏迷不醒，所以只能靠打點滴維持體力。

看到陳老先生進來，柳媚煙連忙站起來，十分恭敬的說道：「老先生，您先給柳擎宇把個脈吧，看看他的身體現在如何了？」

陳老先生看到柳擎宇醒了，也十分興奮，二話不說，走到柳擎宇身邊，手指搭在柳擎宇手腕寸口處感覺了一會兒，又在關口、尺口兩處脈門感覺了一下，診斷完後，陳老先生看了一眼旁邊還在呼呼大睡的秦帥，眼神中露出了欽佩之色。

陳老先生又翻開柳擎宇的眼皮，並且查看了一下他的舌苔，這才笑著說道：「病人的內傷基本上已經恢復大半，現在唯一的問題就是氣血凝滯，經絡不暢，先服用秦帥所開的第一個藥方就可以恢復得七八成，再用健運湯鞏固一下身體機能，不出一個星期，基本上就可以恢復正常了。」

聽到陳老先生的診斷結論後，柳媚煙和徐嬌嬌等人臉上都充滿了興奮之色。

柳擎宇躺在病床上，仍是有些虛弱地說道：「老先生，謝謝您救了我。」

柳媚煙還沒來得及告訴他主治醫師是誰，所以柳擎宇誤以為是老先生救了他。

陳老先生高風亮節，自然不會貪功，笑道：「你可別謝我，要謝的話，就謝那邊那個年輕人吧，真正救你的人是他。是他剛才動用內功為你疏導了淤塞的經脈，還給你吃了一顆他們秦家秘方調製的藥丸，你才能夠蘇醒的。但是，你到底發生了什麼事，為什麼會受如此嚴重又奇怪的內傷呢？」

柳擎宇苦笑著把自己從招待所出來，為了扶跌倒的老太太反而被她暗算的經過講了出來。

陳老先生不可思議地說：「按常理來說，一個老太太是不可能有那麼厲害的身手的，這個人很有可能是經過化妝的。」

柳擎宇點點頭道：「在我暈倒的那一瞬間，我聞到了香奈兒五號香水的味道，所以我猜測打傷我的，應該是一個年輕女人，只是我想不明白她為什麼要對我下如此重手。」才說了幾句話，柳擎宇就體力不濟地大口呼吸起來。

看到兒子的狀況，柳媚煙心再次揪起來，擔心不已的看向陳老先生道：「老先生，您看小兒這是怎麼回事？」

陳老先生笑道：「沒事，他這是身體還有些虛弱而已，畢竟他的經絡、氣血還有部分地方是淤塞的，沒有完全恢復，根據中醫理論，氣血、經絡主導著人體的營衛系統，而營衛系統的好壞又直接影響到整個人體的免疫系統以及人的健康狀況。」

「什麼是營衛啊？」柳媚煙不解地問道。

陳老先生道：「營衛是中醫上的術語，這個有些複雜，我直接引用古籍來給你簡單解釋一下吧。黃帝內經《靈樞．邪客》中說：營氣者，泌其津液，注之於脈，化以為血，以榮四末，內注五臟六腑，以應刻數焉；而《靈樞．本藏》中則說：衛氣者，所以溫分肉，充皮膚，肥腠理，司開闔者也。通俗的理解就是血與精氣的意思。柳擎宇會沒事的，我這就親自給他煎藥，幾帖藥服下去就沒事了。」

說著，老先生便拿著藥到隔壁的廚房煎藥去了。

等過了一個多小時後，柳擎宇喝了老先生親自煎的藥後，不到半個小時，他的精神明顯見好，原本還有些疼痛的心腹和腿臂都減緩了許多。

由於心繫融資案談判的事，柳擎宇在體力恢復一些後，立刻拿出手機撥通了宋曉軍的電話：「曉軍主任，我們和三靈集團的談判結果如何？」

宋曉軍接到柳擎宇的電話十分興奮，他到醫院來探望過柳擎宇，那時候柳擎宇還是昏死狀態，讓他著急不已，此刻突然接到柳擎宇的電話，怎能不高興！立刻關心地的說道：「柳書記，你好點了嗎？」

「我好多了，談判進展得如何了？」

宋曉軍趕緊報告道：「柳書記，您的判斷是正確的，孫副書記的確是個很有魄力的人物，他在談判關鍵的時刻，說服了想要向三靈銀行妥協的魏縣長，現在雙方的談判已經破裂，三靈銀行不死心，正在向市裡施壓呢，孫副書記和魏縣長都被黃市長狠狠的訓了一頓。現在有傳聞說，市裡想要把高速公路項目的主導權要過去，改由常務副市長孫曉輝親自主抓，孫曉輝是黃市長的人，所以情況有些不樂觀。」

柳擎宇臉色沉了下來，自己才住院幾天，就發生了這麼多事，如果主導權真的落到了市裡，以黃立海的態度，肯定會向三靈銀行妥協的。

怎麼辦呢？雖然他剛剛才從昏迷中蘇醒，但是一聽到這個消息之後，立刻就冷靜不下來了。他問：「曉軍，我的縣委書記職務恢復了嗎？」

「還沒有，昨天市委戴書記在常委會上提出過要恢復你的職務，不過黃市長認為你昏迷不醒，不知道能不能活下來，所以主張等你的病情有了結果之後再說，大部分常委們也支持他的意見，戴書記也只好同意了。」宋曉軍無奈地說。

柳擎宇悶悶地掛斷了電話。

看到柳擎宇愁眉不展的樣子，柳媚煙心疼的說道：「小宇啊，你現在是病人，你的主要任務是配合醫生把病治好，工作上的事等你完全恢復了再說。」

柳擎宇搖頭道：「媽，這次的高速公路項目如果搞不定的話，我擔心將來會出大事啊。」

柳媚煙責備道：「一條破高速公路會出什麼大事？不過是誰控股罷了，你就別瞎操心了，好好把病給我養好，否則你哪裡都別想去，老娘我天天就在這裡守著，你要是敢邁出這病房一步，老娘我就死給你看！」

柳媚煙惡狠狠地瞪著柳擎宇。

看到老媽這副架勢，柳擎宇就知道沒戲了，他對老媽的個性太瞭解了，別看她平時總是和藹可親的模樣，一旦發起飆來，別說是自己，就算是老爸劉飛也得退避三舍，看來自己在徹底養好傷之前，是別想出去了。

他知道，自己這次昏迷肯定把老媽給嚇壞了，所以涎著臉說：「我可以乖乖的養傷，不過你不許阻止我打電話。」

柳媚煙點點頭：「打電話可以，但是每天不能超過一個小時，你現在身體十分虛弱，要好好的調理身體，將精氣和血氣全都補足之後再說。」

柳擎宇只能苦笑著點點頭。

這時候，睡了一頓飽覺的秦帥，睜開惺忪的睡眼，劉小胖注意到秦帥醒了，立刻伸出手來說道：「秦醫生，真是太謝謝你了，我們老大終於醒過來了。」

秦帥看到柳擎宇醒過來，也長長的出了一口氣，欣慰地道：「醒來就好，這我就放心多了。」

秦帥走到柳擎宇床邊，為柳擎宇又把了把脈，滿意地說：「嗯，你的身體素質很好，如果是一般人，至少還得一天左右的時間才能蘇醒，看來你不是普通人啊。」

柳擎宇笑道：「我是軍人出身，身體素質可能比較好些。」

秦帥若有深意的看了柳擎宇一眼，沒有再多說什麼，從腰間拿出一個精緻的皮囊，由裡面拿出了一排銀針，然後讓柳擎宇坐起身體，在柳擎宇身上幾處穴道扎下銀針。

在秦帥扎針的時候，陳老先生一直在旁邊看著。

等他扎完，陳老先生不禁豎起大拇指說道：「秦帥，看來你對晉朝皇普謐的《針灸甲乙經》有很深的研究啊，你這套針法深合《針灸甲乙經》中的一些經典理論，而且還有所創新，這是你們家祖傳的嗎？」

秦帥點點頭：「算是吧，我曾祖父曾經在《針灸甲乙經》的基礎上整理出一套針灸方法，我這次的出針就是按照曾祖父的針法套路來做的。」

兩人正說著話時，柳擎宇突然大嘴一張，噗的一下吐出一大口黑血出來。

這可把柳媚煙和徐嬌嬌給嚇壞了，連忙扶住柳擎宇的身體，焦急的問道：「小宇，你怎麼樣了？」

柳擎宇吁了口氣，臉上露出輕鬆的表情說道：「現在感覺比剛才好多了。」

陳老先生笑著說道：「這口淤血吐出來，病情會恢復得更快的，他之所以恢復緩慢，主要是因為這口淤血堵塞在他的身體經絡之內，如今淤血吐出，經絡暢通後，估計不出三天就可以復原了。」

秦帥點點頭，表示贊同陳老先生的話。

陳老先生又看向徐嬌嬌說道：「徐院長，現在柳擎宇的病情基本上沒有什麼大礙，這邊也用不著我們了，我們該回去了，北京那邊還有很多工作要做呢。」

徐嬌嬌說：「好的，這幾天真是辛苦大家了，我已經和保健局那邊打過招呼了，流程方面你們不用擔心。」

陳老先生轉身就要走，柳媚煙連忙起身說道：「陳老您先留步。」說著，從皮包中拿出幾張銀行卡，感激地說道：「陳老，這些天辛苦您和各位專家了，大家為了擎宇的事忙前忙後的，幾乎都顧不上吃飯，這是我的一點心意，還請各位不要推辭。」

陳老是個實在人，也沒有客套，接過銀行卡說道：「好，那我就代他們兩個收下了。」又看向秦帥說道：「秦帥，你有沒有意思跟我去北京？我保證在北京任何一個大醫院為你謀取一個主任醫師的位置，也可以推薦你直接進入保健局，為各位首長服務。」

秦帥拱拱手道：「陳老，您的好意我謝過了，不過我這個人生性閒散慣了，不願意受到約束。」

陳老有些惋惜地點點頭，瀟灑的向外走去。到了他這個歲數，早已把很多事看得十分淡然了。

不過等到陳老把銀行卡交給另外兩個老專家，其中一個看到銀行卡上的數字還是被震驚了，因為銀行卡上的數字赫然是兩百萬。

老專家把這件事和陳老及另外一個夥伴一說，兩人也愣了一下。

還是陳老比較豁達，笑道：「柳家人辦事一向很夠意思，尤其是柳媚煙這個新任掌門人，一個女人撐起整個柳家偌大的產業，這個女人不簡單啊，柳擎宇是她的兒子，如今柳擎宇恢復在望，她的心情很好，這點錢就是代表她的心意。」

最先發現卡裡金額的那位嚴老先生說道：「老陳，就算是再有錢，一下就給咱們兩百萬是不是也有點太誇張了啊，咱們不過是幫忙篩選了一下來應徵的人而已。」

陳老有感而發地說道：「柳媚煙雖然是商人，但是這個人目光看得極遠，她這麼做應該是想要結個善緣吧，畢竟誰敢保證自己不生病呢。」

其他兩個老夥計聽了，也露出若有所悟的表情，雖然他們並不在乎錢，但是柳媚煙的心意他們確實是感受到了。

幾位專家離開後，柳擎宇的目光落在秦帥的臉上，秦帥也看著柳擎宇。兩人目光對視，都從彼此的眼神中看出了對方城府之深沉。

柳擎宇想著陳老剛才所說的話，心頭一動，說道：「秦帥，非常感謝你的救命之恩，我還有一事相求，不知道你是否願意幫忙？」

秦帥眼睛眨了眨，對柳擎宇的心思已經猜出了七八分，臉上露出一絲淡淡的笑意道：「什麼事情？」

柳擎宇看到秦帥的表情，便知道對方應該猜到了自己的心思，也沒有掩飾，開門見山的說道：「我想請你擔任我和我們柳家的私人醫生，不知道你意下如何？」

秦帥開玩笑道：「我的身價可不低啊，一般人可養不起。」

柳擎宇大器地說道：「和健康比起來，錢算什麼！」

秦帥淡淡一笑：「錢的確不算什麼。」隨即反問道：「你認為我是一個為錢奔波的人嗎？」

柳擎宇略微沉吟了一下說道：「你不是一個會為錢奔波勞累的人，但是我認為你現在很缺錢。」

秦帥的眼皮挑了挑，哦了一聲道：「為什麼這麼說？」

柳擎宇判斷道：「以你的醫術，絕對不會為生計發愁，按理，你應該過著隱居的生活，無拘無束，悠然自得，但是你卻來應徵為我治病，那麼這只說明一種可能，你需要錢，而且這筆錢數目還不小，否則，就算是懸賞再多的錢你也未必會心動的。」

秦帥佩服的說：「不愧是廿五歲的縣委書記，你的邏輯分析能力很強，我現在的確很需要錢。不過，你認為我會為了錢而做你的私人醫生嗎？」

柳擎宇笑道：「正常情況下你肯定不會，不過呢，這事我們可以商量。雖然我們接觸的時間不長，但是我相信我應該已經瞭解你這個人的性格，我知道你喜歡無拘無束的生活，這一點我完全可以滿足你，即便是做了我們柳家的私人醫生，你平時依然可以做自己想做的事，甚至不用隨侍在側，平時柳家的人生病，第一時間也不會找你，我只是希望你能夠在我們柳家遇到像這次這種一般醫生都無法解決的問題的時候，你能夠出手相助。」

秦帥的臉上露出驚訝之色，他沒有想到柳擎宇開出的條件竟然如此優厚，這引起了他的興趣，道：「你的條件不錯，我可以考慮，不過酬勞方面怎麼算？」

柳擎宇笑道：「酬勞嘛，很簡單，底薪八百萬，如果有什麼突發事件或者你需要用錢，在我們柳家可以承受的範圍內，會不遺餘力的幫助你。」

聽到柳擎宇這個條件，饒是秦帥這位對於名利金錢十分淡薄的人也淡定不起來了，他非常清楚，以柳家的實力，八百萬年薪只是小菜一碟，於是再也沒有任何猶豫，點點頭道：「好，柳擎宇，你的條件夠優厚，如果我要是再拒絕的話，那我可就是傻瓜了，我同意你的合作條件。不過我有個要求，能不能先把這次的酬勞支付給我，我想暫時離開一下，我有重要的私事要去辦，至於你今後治療所用的中藥，陳老都抓好了，你們只要找一個懂得煎藥的人按照藥方上寫的吃就可以了。」

柳擎宇沒有任何的猶豫，點點頭，看向柳媚煙道：「媽，把酬勞給他吧。」

從兩人談話時，柳媚煙一直在旁邊默默聽著沒有插話，但是她的眼神中對兒子的決定露出了深深的同意之色。

在她看來，哪怕是再多的金錢也無法與一個真正的人才相提並論，尤其是像老公、兒子這種在官場上拼搏的官員，沒準什麼時候就得罪了人，要是再像這次一樣遭人暗算，如果不是秦帥出手，早就回天乏術了，所以柳擎宇拉攏秦帥是很有先見之明的決定。

因此，柳媚煙二話不說拿出一張早就填好的支票遞給秦帥道：「這是八千萬酬勞。」

秦帥接過支票，連看都沒看便塞進口袋中，向柳媚煙和柳擎宇等人抱了抱拳說道：「各位，我有急事得先走了，咱們後會有期。」

第四章

追女利器

孫大虎徹底無語了，雖然他很想拿下這幅畫作為追求陳夢妍的利器，但是一億五千萬的價格嚴重超過了他的預期。身為商人，他做任何事都要考慮風險、成本與收益，他認為這個價格已經不合適了，所以最後選擇了放棄。

秦帥離開後，小魔女韓香怡湊到柳擎宇的身邊皺著眉頭說：「柳哥哥，難道你就不怕他以後不回來了嗎？而且你的病現在也沒有完全恢復啊，萬一又反覆了怎麼辦？」

柳擎宇笑道：「用人不疑，疑人不用，我看秦帥個性很乾脆，我信任他。」

韓香怡嘟著小嘴說道：「萬一他要是不回來怎麼辦？」

柳擎宇聳聳肩道：「如果他不回來的話，真正損失的是他，像我們提供的優厚條件，一般人是提供不了的。」

這時，劉小胖突然拍著大腿說道：「老大，恐怕你不僅僅是看重秦帥的醫術吧？」

柳擎宇呵呵的笑了起來，點點頭道：「知我者，小胖也！」

小魔女頓時瞪著一雙美眸，走來走去的看著劉小胖和柳擎宇，怒道：「劉小胖，你到底是什麼意思？」

劉小胖哭著臉說：「韓香怡，你能不能也叫我一聲劉哥哥啊，好歹我我對你的照顧可不比老大少啊。」

小魔女撇撇嘴道：「不行，別想！我問你話呢，劉小胖你說不說，你要是再不說的話，可別怪我去你老爸那裡告狀去。」

劉小胖沒轍，只能舉手投降說道：「好，我說我說。」

柳媚煙和徐嬌嬌也把目光投向劉小胖，因為她們也認為柳擎宇只是看重秦帥的醫術，沒有想到柳擎宇竟然另有深意。更讓她們震驚的是，柳擎宇的心思連她們都沒有看出來，劉小胖卻能夠看穿柳擎宇的心思，如此說來，小胖子還真是不簡單啊。

劉小胖釋疑道：「如果我猜得不錯的話，這個秦帥不僅醫術高明，他的謀略和膽識恐怕也不一般。」

柳媚煙好奇地問道：「你從哪裡看出來的啊？」

劉小胖笑道：「這個還是得從他的醫術來推斷，一般來說，中醫是中國文化的精髓之一，其中所涉及的陰陽、虛實等理論，十分複雜，如果沒有幾十年的浸淫很難精通，這也是為什麼中醫越是老的越吃香，然而，秦帥這麼年輕就能夠將中醫摸得這麼透澈，就連陳老這種國醫級別的老中醫都無法治療的病症，他卻能夠治好，足證此人頭腦非比尋常。

「更別說他還能用內家功法為柳老大治病，並且在治療之前就開出了藥方，說明他對整個病症的走向有十分清楚的預判，而他所開的藥方也獲得了陳老的高度肯定，從這些細節來分析，這個秦帥絕對不是普通人，應該是和老大一樣**妖孽級的天才人物**。

「綜合他的表現來看，我猜想他應該是出身一個很有涵蘊的國學家族，他們看問題的角度、思維的深度都不是一般人可以比擬的。這種人只要稍微加以點撥和培養，就可能成為柳老大在仕途上的頂級高參，尤其是秦帥還年輕，具有極大的可塑性。」

柳媚煙、徐嬌嬌等人聽完劉小胖的分析後，都露出了驚駭之色，看向劉小胖的眼神和以前完全不同了，連小二黑看向劉小胖的眼神也有些變了。

沒想到劉小胖這個平時看起來大大咧咧、傻呼呼的傢伙竟然有如此犀利的眼力。

然而，柳擎宇對劉小胖能夠分析出自己的想法卻不意外，他和這些兄弟們相處久了，對他們的能力有十分清楚的認識，尤其是這個劉小胖，這傢伙絕對是一個大師級的扮豬吃虎的高手，如果誰以為他是個人畜無害的傢伙，那他一定會被這傢伙賣了還幫他數錢呢。

劉小胖說完，柳擎宇讚許道：「小胖說得沒錯，我打算拉秦帥當我的隨身高參，此人的悟性之高恐怕我也難以企及，最重要的是他精通國學、陰陽五行這些一般人很難掌握的東西，而這**恰恰是孫子兵法、三十六計裡的精髓所在**，我相信以他的悟性，未來的成就甚至有可能超越諸葛豐叔叔。」

小魔女韓香怡插話道：「柳哥哥，你不是已經有龍翔那位高參了嗎？我感覺他也挺有實力的啊。」

柳擎宇笑道：「龍翔的確是個不可多得的人才，將來的仕途之路不可限量，不過，他畢竟一直是混跡於體制內，雖然很多事他可以提出不錯的建議，但是這一點也恰恰是他的缺點，那就是對於規則太熟悉，所以在做事的時候往往會束手束腳，受到限制。

「身為領導，在選擇高參的時候，必須要注意不同層次、不同背景的人才的組合，秦帥從來沒有在體制內混過，雖然對官場的規則不熟悉，但這也恰恰是他的優點，他在思考問題的時候，往往會從意想不到的角度去提出思路，這恰恰是我所需要的。

「因為我在體制內待得久了，難免也會受到慣性思維的影響，所以我需要一個隨時能夠站在局外人角度為我出謀劃策之人。諸葛豐叔叔之所以能夠取得如今這麼巨大的成就，就和他的經歷有關，他是一個既熟悉體制內的事，卻又站在體制外的人，因此能夠為我老爸提供許多獨到的參考意見。」

聽到柳擎宇的解釋，眾人這才恍然大悟，原來柳擎宇想得這麼深遠。

徐嬌嬌突然皺著眉頭說：「擎宇啊，說到官場上的事，有件事我得和你好好的交流交流，聽說你最近一直在惹事啊，在部委，你把規劃司副司長給打了，在南華市交通局，你又把交通局局長給打了，這可不是該有的為官之道啊，你這樣做可是違反了官場規則，極容易被人抓住把柄並且對你進行攻擊的。」

徐嬌嬌臉色嚴峻，以一種愛之深責之切的態度想要提醒柳擎宇，深怕他得罪了不該惹的人，為自己埋下殺機。

柳擎宇聽了說道：「阿姨，您放心，我心中有數呢。雖然現在我對情緒的管控能力不能說收放自如，但是我還是很有理智的，而我之所以要揍這兩個人，也是有原因的。好比第一個被我打的黃富貴，他撕毀了我們瑞源縣遞交的文件，如果我忍下來，就得重新做一份文件，再重跑一次繁瑣的公文流程，這樣折騰下來，等把文件送到黃富貴桌上的時候，少說也得十天半個月，到那時候，黃花菜都涼了。當時我們還有一個十分強硬的競爭對手趙志強，只要我稍微有所鬆懈，必定會以慘敗而告終。

「官場上競爭之慘烈其實比之戰場毫不遜色，戰場上，行動效率很重要，官場上亦是如此，如果按照正常流程，在黃立海那些人全面偏袒的情況下，我永遠不可能拿到屬於我們瑞源縣的那筆資金。在這種陷入死局的情況下，我只有採取如此激烈的破局方式。

「事實上，我不想打人，也知道打人並不是好辦法，但是在當時那種情況下，打人是我唯一的解困之道，因為那樣我可以把事情鬧大，從而引起高層領導的關注，至於打人後所要承擔的責任，我從來沒有想要逃避，也願意接受懲罰。相比於瑞源縣老百姓所得到的利益，又算得了什麼呢？」

徐嬌嬌質問道：「難道你就不考慮打人的後果嗎？萬一人家堅決追究責任呢？」

柳擎宇嘿嘿笑道：「阿姨，我雖然打人，但不是瞎打，不管是時機還是火候，我都是看準時機才做的，像我打黃富貴是因為他撕了我的文件在先，我打他雖然不對，但是情理上沒有人會說我不對，反而會把矛頭指向黃富貴；至於我打郭增傑就更有意思了，我先用話套他，所以是他求我打他的，那可是助人為樂啊！不管是在法理還是情理上，我都站得住腳。」

聽柳擎宇這麼一說，徐嬌嬌和柳媚煙都呵呵的笑了起來。

柳媚煙臉上更是洋溢著欣慰之色。她看出來兒子真的長大，成熟了，他所做的事都有自己的想法，也許他的思維方式別人不理解，但是這並不代表他的想法和行動不正確。不管別人怎麼說，此刻柳媚煙都決定要堅定的站在兒子這一邊。

下午，又吃了兩次中藥，柳擎宇的身體又恢復了不少，經過調養，他已經可以下地溜達了。

晚上，柳擎宇又吃了秦帥臨走前特地留下的一種黑色的藥丸，吃下肚後，柳擎宇先是感覺到胸口一陣火熱，隨即這種火熱化作一縷清泉，慢慢滋潤著身體，令柳擎宇感到十分舒服，竟然躺在床上呼呼地睡了過去。

等他再次睜眼，已經是晚上十點鐘了。

曹淑慧正坐在病床旁的椅子上打瞌睡，房間外面的客廳內，劉小胖、小二黑還有剛剛趕來的柳門四傑幾個人正在低聲的打牌，一邊守護著柳擎宇。

張開眼，柳擎宇便看到了身旁的曹淑慧。

曹淑慧臉色顯得十分疲憊，美眸微閉，修長的睫毛微微顫動著，想要打起精神，卻又無法抵擋如潮的睏意，只能不斷地調整自己的身體，使身體坐直，不至於摔倒。饒是如此，她的手還不時地幫柳擎宇掩一掩被角，以防柳擎宇凍著。

看到曹淑慧這種樣子，柳擎宇的心剎那之間就好像被一陣春風拂過，**原本古井無波的心突然泛起陣陣漣漪**。

從曹淑慧幫他掩被角的這個小細節，柳擎宇可以感覺到這是曹淑慧下意識的一種習慣動作，絕不是第一次做。再看曹淑慧的臉龐，皮膚的光澤都黯淡下來。

他清楚的記得，自從自己醒來後，她就沒有離開過這個房間，一直默默地陪在旁邊，自己口渴的時候不用開口，她就送上了溫甜的水；肚子餓的時候，她總是帶著自己最愛吃的東西出現在自己面前。

其實柳擎宇醒來後第一個問的人並不是曹淑慧，而是慕容倩雪。柳媚煙只是淡淡的說了一句：「她來過一次，看到你昏迷不醒便離開了。」

雖然柳媚煙沒有說什麼，或是表現出任何的不滿，但是對老媽十分熟悉的柳擎宇看得出來，老媽對慕容倩雪不怎麼喜歡。

這時，柳擎宇看到曹淑慧的眉頭突然緊皺起來，隨即眼淚順著眼角嘩嘩的向下滑落。

這是怎麼了？柳擎宇帶著濃濃的疑問看向曹淑慧。

就見曹淑慧淚水流得更多了，還哭出聲來，雙手緊緊抓住柳擎宇的手，大聲呼喊道：「柳擎宇，你千萬不要死！你要是死了，我也不活了！」

抽泣之間，柳擎宇感覺到自己的手被曹淑慧緊緊的攥住，曹淑慧似乎用盡了全身力氣，好像自己馬上就要離開她一般。

隨著劇烈的哭泣聲，曹淑慧猛的睜開雙眼，正好看到柳擎宇帶著幾分柔情看著自己，曹淑慧頓時愣了一下，淚水無法控制地流淌下來。

柳擎宇坐起身，伸出手輕輕為曹淑慧拭去眼角的淚珠，柔聲道：「淑慧，你做噩夢了吧？」

曹淑慧這才醒悟過來，回想剛才自己做的那個噩夢，她緊緊抓住柳擎宇的手哽咽著說道：「柳擎宇，答應我，千萬不要輕易死去。」

柳擎宇笑著說道：「你放心吧，我才不會那麼容易死呢，閻王爺那個老頭可不敢收容我，否則的話，我肯定把陰曹地府給鬧得雞犬不寧。」

「呸呸呸，不許胡說八道。」被柳擎宇這麼一逗，曹淑慧不由得笑罵道。

這些天，曹淑慧的身體和精神都承受了相當大的壓力，神經高度繃緊著，就怕柳擎宇撐不過生死難關，好在老天眷顧，柳擎宇已經沒事了，甚至還知道開玩笑逗自己，徹底放下心來，精神整個鬆懈後，隨之而來的就是一股濃濃的睡意，便靠在椅子上打起盹來。

見到曹淑慧為他所付出的這些，柳擎宇眼角有些濕潤，他輕輕的站起身來，把曹淑慧抱了起來，小心翼翼的放在床上，生怕驚醒她。等把曹淑慧放好之後，自己坐在曹淑慧剛才坐的椅子上，充滿柔情的看著曹淑慧帶著笑意的俏臉。

柳擎宇在感情上是個粗線條的男人，但是這並不代表他不懂感情，對於女人，他很挑剔；對於愛情，他更是有自己獨特的見解。

在狼牙特戰大隊的那些年裡，成天生活在槍林彈雨之中，等於是把腦袋別在褲腰帶上，隨時都有可能喪命，許多雇傭兵結束任務之後，就會去酒吧、夜店等娛樂場所，找個美女好好的發洩一番，柳擎宇從來沒有去玩過，還被大夥兒戲稱他是偽君子。

柳擎宇並不在乎，因為，他想要的，是自己理想中的愛情，他要找一個他喜歡、也喜歡他的女人，他想要的是一個懂得孝順父母、懂得心疼自己的女人，是一個可以和他相濡以沫、患難與共的女人。雖然聽起來有些理想主義，但是他卻堅持自己的信念不移。

一直以來，柳擎宇都把曹淑慧當成哥們看待，對兩人之間只定義為朋友間的友情。直到柳擎宇遇到了慕容倩雪，慕容倩雪表現出來的卓越的風姿和氣質，讓柳擎宇怦然心動，那時候，柳擎宇認為自己找到了可以讓自己摯愛一生的女人。

直到上次遇到曹淑慧，柳擎宇感覺自己的心被曹淑慧給觸動了，尤其是聽到曹淑慧為了自己竟然宣布離開曹家的決定，他對曹淑慧突然間多了一股莫名的情愫。今天再看到一向以強硬、彪悍、女漢子風格而著稱的曹淑慧，因為他而表現出嘶聲裂肺的呼喊、那種與君同生共死無所畏懼的堅毅，柳擎宇深深意識到，**曹淑慧才是那個自己一心想要的女人**。

尤其是柳擎宇聽到老媽說慕容倩雪只來過一次，當看到自己昏迷不醒，並且得知三天內必死的預警後，便再也沒有出現過，柳擎宇突然間看明白了很多東西。

很多時候，看起來燦若煙花的美好未必是真的美好，有些人表面上看起來對你好，其實未必是真的如此；而時刻都在說喜歡你的人，也未必是真的喜歡你，**你平時忽略的的那個人，才是真正的喜歡你**。

這一刻，**曹淑慧徹底的走進了柳擎宇的內心深處**。

想到這裡，柳擎宇腦中突然又浮現出秦睿婕傾國傾城的面孔，想起秦睿婕對自己的千般情愫，柳擎宇頓時感覺到自己很幸福。

曹淑慧對待自己的感情，就像是一把刀，大開大合，一往無前，勇猛剛毅。秦睿婕對待自己的感情，則像是一把劍，君子芊芊，潤物細無聲；她總是出現在她應該出現的地方，出現在你最需要她的時候；她懂得進退，懂得隱忍；該爭的時候絕對不會退縮，但是不該爭的時候卻絕對不會出現。

至於慕容倩雪，柳擎宇忽然覺得自己似乎有些看不透她了。他不明白，為什麼慕容倩雪會只來一次就離開了，他不相信慕容倩雪是那種淺薄之人，但是，自己又無法解釋慕容倩雪的行為。

這時候，柳擎宇的手機響了起來。

柳擎宇看了看，是一個陌生號碼，為了避免手機鈴聲驚醒曹淑慧，柳擎宇立刻接通了電話，隨即走向外面的客廳，這才說道：「你好，哪位？」

「我是秦帥。」電話那頭傳來一個略顯疲憊的聲音。

「哦，是秦帥啊，這麼晚了給我打電話，有事嗎？」

秦帥有些為難的說道：「柳擎宇，能再借給我六千萬嗎？我有急用。」

柳擎宇毫不猶豫地說道：「好，沒問題，把你的銀行卡號告訴我，我這就給你匯過去。」

電話那頭，秦帥明顯一愣，感到有些意外。柳擎宇連問都沒問他為什麼要這筆錢，有什麼用，就爽快地答應借給自己錢，秦帥反而有些不好意思了，反問道：「你難道不想知道我為什麼要向你借錢嗎？」

柳擎宇淡然的說道：「你要錢自然有你的理由。我們已經是兄弟和朋友了，我只知道要盡一切可能幫助你就是了，問那麼多做什麼。」

秦帥感覺心中暖洋洋的，自己道出實情：

「我正在追的一個女孩喜歡收藏品，我和她人在香港佳士得拍賣行，拍賣行正在拍賣一幅唐伯虎的《虎嘯春溪圖》真跡，她對這幅畫十分喜歡，卻拍不起，我想拍下來送給她。我之所以給你看病，也是為了這次競拍籌錢。」

柳擎宇瞪大了眼睛，一直在客廳打牌的劉小胖幾個兄弟，因為看到柳擎宇出來打電話，也全都停止了玩牌，默默聽著，聽到秦帥說籌集資金只是為了給追求的女孩拿下那幅畫後，幾個人都豎起了大拇指，大嘆道這哥們夠狂！夠男人！

柳擎宇也被秦帥的魄力給折服了，笑道：「你儘管競拍就是了，直到把這幅畫拿下，差多少錢等拍下之後告訴我，我第一時間把錢匯到你的帳戶上。」

秦帥被柳擎宇的義氣感動到不行，激動地說道：「柳擎宇，你夠意思，就衝著你這種爽快勁，我決定以後就跟著你混了，你就是我的老大，這才是哥們啊！」

此時，佳士得拍賣行裡，唐伯虎的《虎嘯春溪圖》拍賣已經進入到最後最為激烈的爭奪階段，原本底價只有一千萬的字畫已經衝到了六千萬的天價，目前的競爭者還剩下三個人，一個是同樣正在追求陳夢妍的男人——孫大虎。

孫大虎是一個企業家，家資頗豐。他正在用不屑的眼神看著秦帥，在他看來，秦帥這樣的窮鬼根本不具備和自己叫板的資格！

另外兩個競爭者之一，是唐伯虎字畫的愛好者劉琦，最後這六千萬就是他喊的，不過這也到了他的底線，再高他就拿不出來了。

最後一個就是秦帥，他把價格喊到五千萬之後便不再喊價了，這也是為什麼孫大虎看不起秦帥的原因。

六千萬雖然是個不菲的數字，但是在孫大虎的想法裡，如果自己能夠拿下這張唐伯虎的真跡送給陳夢妍，一定可以打動她的芳心，只要能夠拿下陳夢妍，那麼自己不僅擁有一個絕色美女老婆，還擁有一個古玩字畫的鑑定高手。

根據他調查得知，陳夢妍出身收藏世家，陳夢妍的老爸和老媽都是鑑定界的頂尖專家，家中藏品無數，雖然看上去陳家並不是屬於特別有錢的家族，但是僅僅是陳家收藏的幾件絕世珍寶拿出來拍賣的話，賣出幾億絕對沒有問題，而且陳夢妍還是陳家的獨生女，如果娶了陳夢妍，就算是送出這價值六千萬的字畫，自己也不會虧本，因為這些東西到最後仍然是自己的。

所以當拍賣官再度喊價時，孫大虎毫不猶豫的喊道：「七千！」喊完後，他不屑地看了秦帥一眼，拿出手機撥通秦帥的電話，挑釁的說道：「秦醫生，你還能再出價嗎？」

此刻，拍賣官已經在叫價了：「七千萬，七千萬了，還有沒有再加價的？」

說完，掃視了一眼台下，發現沒有舉手的，便大聲道：「七千萬一次！還有沒有再加價的？」

再看了一次，還是沒有，他再次喊道：「七千萬兩次！如果沒有再加價的，這幅唐伯虎的真跡就要由十六號競爭者拍得了。」

此刻，拍賣官心裡興奮到了極點，因為他很清楚這幅畫的最高市價也就是三千萬左右，超出了這個價格就有點不值了。

當時畫的主人採取的是定額制，給出的成交價是兩千五百萬，如果最終結果低於這個價格，那就流拍；如果高出這個價格，拍賣行會在高出兩千五百萬之後的價格抽取四成的傭金，而他這個拍賣官也有一趴的分紅，七千萬的一趴可就是七十萬啊，這相當於他一個月的提成了。此刻，孫大虎的臉上已經露出了勝利的笑容，再過幾分鐘，這幅畫就是他的了。

他早聽說陳夢妍最喜歡唐伯虎的字畫，還親自趕來拍賣現場，就是為了近距離觀賞唐伯虎的這幅真跡。

就在這時候，秦帥突然舉牌喊道：「一億！」

頓時全場皆驚，充滿震驚的看著年紀輕輕的秦帥。

誰也不認識他。很多人都在竊竊私語，討論著秦帥的身分。

人群中，一個穿著一身粉紅色洋裝的窈窕少女，同樣用十分驚訝的目光看著秦帥。

這位少女眉如翠羽，肌如白雪，腰如束素，齒如編貝，手如柔荑，一頭烏黑靚麗的長髮披在肩頭，正是秦帥正在追求的女孩陳夢妍。

陳夢妍自然認識秦帥，而且她知道秦帥並不是什麼有錢人。她和秦帥相識，是因為圖書館的一次偶遇。

那次，因為秦帥一邊走一邊看書，沒有注意到走過來的陳夢妍，兩人撞在了一起，陳夢妍不小心把腳給扭了，秦帥身為醫生，立刻用祖傳的手法幫陳夢妍舒筋活血，很快就把疼得幾乎走不了路的陳夢妍給治好了。

秦帥也因此對陳夢妍一見鍾情，從那之後，開始了長達三年的追求。

他每個星期都會去陳夢妍租住房子的樓下等她，哪怕是陳夢妍冷眼相待也毫不氣餒，堅持送陳夢妍去上班。就這樣風雨無阻的送了三年，這種執著的勁頭的確不是一般人能夠做到的。

陳夢妍也習慣了秦帥的這種糾纏，這三年中，她也沒有交男朋友。

這個星期，原本應該準時出現的秦帥竟然沒有出現，這讓陳夢妍有些不太適應，感覺心中空落落的。正好聽說香港佳士得要拍賣唐伯虎的真跡，她便跑來看看，順便散心，沒想到竟然在拍賣會上看到了秦帥，更沒有想到秦帥要出價一億拍下那件唐伯虎的真跡。

此刻，孫大虎的眉頭皺了起來，看向秦帥。這個窮小子竟然敢跟自己叫板，孫大虎憤怒地抗議道：

「拍賣官，我嚴重質疑六十八號競拍者的資格，據我瞭解，他根本支付不起這一億的競拍金，請求審查他的競拍資格。」

拍賣官立刻打開面前的觸控式螢幕，當場調取秦帥的保證金資料。看到秦帥的保證金是三千萬的時候，回覆孫大虎道：「十八號競拍者，現在我可以回答你，根據競拍流程，六十八號競拍者擁有競拍資格，並且他的出價範圍也在合理價格內，所以競拍繼續進行。」

說完，便宣布道：「各位，六十八號競拍者出價一億，還有沒有人出價？」

現場一下子安靜下來，一億的價格已經嚴重超出這幅字畫的實際價值，很多資深收藏者都使勁的搖頭，這個價格肯定是要賠本的。

「一億一次！」

「一億兩次！」

這次，拍賣師沒有再多問，他感覺這個價格應該差不多了。

這時，孫大虎心中盤算了一下，咬著牙喊道：「一億一千萬！」

為了能夠獲得拿下陳夢妍之後的巨額利益，他決定賭一把。他相信一億一千萬的價格足夠把秦帥給拍死了！

然而，讓全場所有人再次震驚的一幕出現了。

秦帥再次舉牌：「一億五千萬！」

全場瞬間沸騰！開什麼玩笑，一億五千萬！這可是底價的十五倍啊！這個年輕人是不是腦袋壞去了啊！

孫大虎徹底無語，雖然他很想拿下這幅畫作為追求陳夢妍的利器，但是一億五千萬的價格嚴重超過了他的預期。身為商人，他做任何事都要考慮風險、成本與收益，他認為這個價格已經不合適了，所以最後還是選擇了放棄。

拍賣官經過三次喊價後，直接落錘：

「唐伯虎真跡《虎嘯春溪圖》歸六十八號競拍者了，成交價一億五千萬！恭喜六十八號競拍者！請到台後進行支付。」

這時，秦帥走到拍賣官身旁，低聲耳語了幾句，拍賣官先是一愣，隨即點點頭，然後看向眾人說道：「請大家稍等片刻，一會兒六十八號競拍者會帶給大家一個驚喜。」

現場所有人又都是一愣。

陳夢妍也是秀眉緊鎖，不知道這個死皮賴臉的秦帥到底要做什麼。

此刻，秦帥來到競拍後台，一邊給柳擎宇打電話，還沒等他開口，柳擎宇便說道：「錢匯到你的卡上了，先給你匯過去兩億，還差多少你再開口。」

秦帥一聽，連忙說道：「夠了夠了，柳老大，謝字我就不說了，我先掛了，馬上就要付帳了。」

很快的，秦帥當場付了帳，拿到字畫，返回拍賣大廳。

在所有人詫異的目光中，秦帥手中拿著字畫，嘴裡叼著一支不知道從哪裡弄來的玫瑰花，徑直向陳夢妍走去。

大廳的氣氛一下子沸騰起來，所有人的目光都落在秦帥的身上。

陳夢妍心中暗道：「這傢伙該不是衝著我來的吧？」

陳夢妍真的猜對了，秦帥的確是向她走來，臉上還露出了微笑。

秦帥來到陳夢妍的身邊，突然單膝跪地，將嘴裡的玫瑰花和那只裝著字畫的精緻黃花梨木盒雙手舉起，送到陳夢妍的面前，大聲說道：

「美麗與才華並重，傾國傾城、閉月羞花的陳夢妍小姐，你的美麗與氣質讓我深深的迷醉，自從認識你的這三年多來，我每天每夜的夢裡都有你那女神般的影子，可是，由於咱們分處兩地，想要見你一面實在太不容易，現在，我借著這個機會，真誠地向你表達我內心最誠摯的想法，請你做我的女朋友吧。我給你兩個選項，A是你同意，B是你喜歡我，美麗的女神啊，請給我一個選項吧！」

秦帥說完，全場頓時響起一陣哄笑聲。

秦帥的這番表白不僅馬屁拍得驚天動地，兩個選項更是將他死皮賴臉的勁頭展露無遺。

很多人開始起鬨道：「答應他！答應他！」隨著響聲，眾人的目光都聚焦到秦帥和陳夢妍的身上。

此時陳夢妍早已俏臉通紅，紅霞滿天，眼中充滿了羞澀。今天有太多的意外讓她驚喜連連，不但自己來拍賣會的事被這個無賴知道了，而且平時一向節儉的人竟然弄來一億五千萬競拍這幅唐伯虎的真跡，真正讓她感到震撼的是，他還把這幅字畫送給了自己。

此刻，陳夢妍也不禁動心了，回想三年來他從來沒有缺席的護送和陪伴，其實不知不覺中，她早已習慣了他的存在，他已經成了自己生活中不可或缺的一部分。

而他揮手億金送紅顏的舉動，更是讓陳夢妍感動不已，她並不在乎這幅畫值多少錢，因為對她而言，字畫的價值在於收藏與陶冶性情，在於感悟古人巧奪天工的技藝，**真正感動她的是秦帥的這份心思。**

不過陳夢妍畢竟是女孩，雖然內心深處已經被秦帥打動了，但是在眾目睽睽之下，她感受到強大的壓力，也充滿了羞澀，暗道：「你這個呆子，就不能找個沒人的地方向我表白嗎？真是傻透了！」

陳夢妍滿臉羞紅，狠狠地白了秦帥一眼，嬌嗔道：「你這個人煩不煩啊，就知道纏著人家，真是陰魂不散！討厭！」說著，便向外走去。

可憐的秦帥，臉上露出了失望之色，以為陳夢妍不喜歡他，無情拒絕了他。

然而，就在這個時候，陳夢妍走了兩步之後卻又突然走回來，伸出纖纖玉手，一把拿過那朵玫瑰花，嗔怒道：「哼，這朵玫瑰花我拿走了，省得你到處找女孩獻殷勤！」說完，猶如一隻受驚的狐狸一般，匆忙逃離現場。

只剩下呆頭鵝一般的秦帥還單膝跪在那裡有些不知所措。再聰明的男人，一旦談上戀愛，也有智商飛快下降的時候。看到秦帥還跪在那裡發呆，旁邊一位六十多歲的老頭拍了拍秦帥的肩膀說：

「小夥子，還不快追出去，人家沒有拒絕你，就是同意了你的要求，還不快去追啊！」說著，老頭還塞了張名片到秦帥的手中說道：「這是我的名字，你拿著，有時間了給我打個電話，我跟你談談我的泡妞技巧，告訴你，想當年老夫可是情場王子啊！」

聽到這位老伯的指點，秦帥好像想明白了什麼，連忙收好名片向老頭笑了笑，立刻起身追了出去。

此時，遠在數千公里之外的白雲省南華市。

柳擎宇躺在床上，卻是眉頭緊鎖。就在不久前，他剛剛接到宋曉軍打來的電話：

「柳書記，黃市長通知我們，說市裡對咱們的高速公路項目推進速度太慢，十分不滿。為了讓老百姓更快的受惠，市裡決定再給咱們一個星期的時間，如果一個星期內，瑞源縣要是無法弄到融資，那麼項目的主導權和管理權將會由市裡接手。

「柳書記，我看黃市長這根本是擺明了逼著咱們向日本人妥協嘛！我真懷疑這個黃市長是不是收了日本人的好處啊！他這種做法也太過分了！柳書記，真希望您能夠儘快回來主持縣裡的工作，否則這個項目真的要被市裡給拿走了。」

柳擎宇沉著臉說：「曉軍主任，縣裡其他常委們是什麼態度？」

宋曉軍苦嘆一聲道：「我給您打電話就是向您彙報這件事，常委們的態度十分複雜，魏縣長雖然之前和孫副書記在談判的時候拒絕了日本人的無理要求，但是在接到黃市長的指示之後，又改變了自己先前的態度，多方遊說常委們向日方妥協，說答應他們的條件，這個項目就可以成為瑞源縣的政績，那個時候，大家都有份，很多常委對於魏縣長的提議很重視。

「孫副書記一直保持沉默，但是他的陣營中，已經有常委表態贊同魏宏林縣長的意見了，我估計這件事如果上常委會討論的話，大部分人都會選擇向日本人妥協，畢竟在政績面前，沒有人會願意縮手，柳書記，我真的很擔心啊。」

宋曉軍說話的語氣充滿了強烈的憤怒和失望，這一次他也有些寒心了。

柳擎宇嘆道：「大是大非面前是最能考驗一個幹部心志的時候，真的希望大多數同志都能經受得住考驗啊。這樣吧，我和孫旭陽同志溝通一下。」

掛斷電話後，柳擎宇立刻撥通了孫旭陽的電話。

「旭陽同志，我聽說市裡已經給咱們縣下達了最後通牒？」

孫旭陽慘笑道：「是啊，據我所知，這是黃市長在常委會上通過的，雖然戴書記極力阻止，但是大部分的常委都站在了黃市長那一邊，戴書記也很無奈。」

「那你的態度呢？你準備妥協嗎？」柳擎宇直言不諱的問道。

孫旭陽沮喪地說：「說實在的，我很支持您的意見，但是在咱們縣裡，我獨木難支啊，我的壓力很大。」

後面的話孫旭陽沒有再說下去，但是意思卻表達得很清楚，他雖然不認同市裡的做法，但是無力阻止，而且很有可能是有人向他施壓，他不得不妥協。

柳擎宇沉思了一下，說道：「旭陽同志，你看你能不能想辦法再撐一下，我去想辦法，但是我需要五天的時間。」

孫旭陽心中盤算了一下，勉為其難地道：「好吧，為了瑞源縣老百姓的利益，我豁出去了。不過，我只能承諾我盡力拖延，但是不能保證一定能撐住五天。」

「好，那就辛苦你了。」

掛斷電話，柳擎宇真的有些發愁了。

現在他根本無法出院，而且就算是出院了也沒有用，因為市裡並沒有宣布恢復他的職務，他就是想要插手也沒有資格，從名義上講，他已經不是瑞源縣的縣委書記了。

一個晚上，柳擎宇都在思考著這件事，結果卻不樂觀。而且他無奈的發現，當他手中沒有了縣委書記這個頭銜，很多他想要做的事全都做不了。

第二天，柳擎宇撥通了市委書記戴佳明的電話。

戴佳明顯得十分高興，笑道：「柳擎宇，你身體好些了嗎？」

柳擎宇點點頭說：「已經好多了。」

「那就好，我上次去醫院看你的時候，你還昏迷不醒呢，讓我很擔心，現在你醒了，我就放心了。怎麼，找我有事嗎？」

其實，戴佳明對柳擎宇打這個電話的目的已經猜到了七八分。果不其然，柳擎宇說道：「戴書記，我找您主要有兩個目的，一個是想要問問您，市裡說給瑞源縣一個星期的時間去籌集資金，如果籌不到的話就要把主導權拿到市裡，這件事現在還有迴旋的餘地嗎？」

戴佳明嘆息一聲道：「擎宇啊，任何事情都是有規則的，雖然我在常委會上極力阻止，但是敵不住大多數人的意見，我是無力回天了。」

從戴佳明的聲音中，柳擎宇可以聽到他的無奈，不得已只好退而求其次，說：「我想在問問您，現在已經證明我是無辜的，我的職務何時能夠恢復呢？」

戴佳明沉思道：「有關你復職的事，考慮到你的傷勢，我認為你最好還是先靜養一段時間再說，你應該先養病比較重要，工作上的事不要著急。」便掛斷了電話。

其實關於柳擎宇的職務問題，市裡的意見不太統一，而且省裡有一部分人傾向把柳擎宇調離南華市，所以內情有些複雜。

聽戴佳明這樣說，柳擎宇的心情跌到了谷底，更隱約覺得情況有些不妙，紀委都已經證明自己沒有問題了，卻沒有立刻恢復他的職務，這裡面是不是有什麼自己想不到的變化呢？

就在柳擎宇苦思冥想找不出辦法來的時候，病房的門一開，諸葛豐走了進來。看到諸葛豐，柳擎宇連忙坐起身來，說道：「諸葛叔叔，你來了啊，我去給你倒杯茶。」說著，就要下床。

諸葛豐擺擺手說：「不用了，我剛剛在外面已經喝過了，我過來主要是跟你談點事。」

「這兩天我一直在調查你遇襲的事，卻沒什麼進展，本來縣委招待所四周攝影鏡頭密布，應該可以看清楚整個過程，但是當天晚上，招待所監控主機上的硬碟全部不翼而飛，我調閱遠端的備份資料庫，發現你遇襲前後半個小時的畫面也是一片空白，詢問監控室的保安，當時負責執勤的那個保安因為鬧肚子去上廁所，使監控室暫時無人看管，但是他回來之後，因為沒有看到監控螢幕上有什麼異樣，也就沒在意。

「由這些看得出來這是一起經過精心策劃的事件，對方沒有留下任何漏洞和線索，但是從此人的身手來看，應該是一名年輕女性，但是經過了化妝易容，所以想查到她的身分極其困難，這也證明此人十分專業。

「另外，從你所受的傷勢來看，我認為對方應該精通內家功夫，而且手段狠辣，想要讓你遭受折磨後才死亡，說明對你恨之入骨。我們也懷疑凶手是不是跟你母親有關，因為對方給她打了好幾通電話，不斷地刺激她，或許是她的仇家所為。而你們正在和日本方面進行談判，所以也不排除對方出陰招的可能性。

「總之，經過這些天的調查，我還是沒有辦法做出結論啊！」

柳擎宇臉上的表情越顯凝重，想了一會兒說道：「諸葛叔叔，你說會不會是那四個殺手背後的組織幹的呢？」

諸葛豐搖搖頭：「應該不是，按理說，殺手組織執行任務應該派出一組殺手就足夠了，而且那四個人一直在我們的掌控中，有絲毫的風吹草動都瞞不過我們，如果不是為了釣出他們背後的主謀者，他們早就被抓起來了，所以是這個組織幹的可能性並不大。」

柳擎宇忿忿地說：「因為有秦帥，使我幸運逃過一劫，背後策劃的人肯定會十分憤怒，早晚還會再發動襲擊，這一次我要做好陷阱等著他們，我倒要看看，到底是誰想把我弄死。」

「目前看來也只有如此了，你媽說了，會再加強對你的保護，不過這麼一來，對方恐怕不會輕易鑽進陷阱來了。」諸葛豐苦笑道。

柳擎宇拜託道：「諸葛叔叔，麻煩您和我媽談談，讓她暫時不必派人再保護我了，有了這次教訓，我會十分小心的，我決定以自己為誘餌，一定要把對方給釣出來。」

諸葛豐搖頭說：「你媽絕對不會同意的。」

「我相信叔叔，你一定有辦法讓她同意的。」柳擎宇拍了一下諸葛豐的馬屁。

諸葛豐無奈地笑笑，這個侄子實在太聰明了，他也只能同意下來。

諸葛豐突然話題一轉，說道：「擎宇啊，我聽到一個小道消息，白雲省的政局可能要發生變化啊。」

「什麼變化？」柳擎宇不禁問道。

諸葛豐諄諄教誨道：「看來你還是不夠老練啊，身為一名官員，要時刻注意上層的消息，否則你對時局的掌握就會出現偏差，現在到處都在傳說白雲省省委書記曾鴻濤可能要調離白雲省了。」

柳擎宇為之一愣，這才想通為什麼在自己官復原職的事情上，戴佳明會如此猶豫了，很有可能就是和這件事有關。

該說的事情都交代完，諸葛豐便離開了。然而，諸葛豐剛才的話，卻讓柳擎宇茅塞頓開，同時也陷入了深思之中。

他知道這是諸葛豐在點撥他。以往，柳擎宇只把注意力集中在自己所主管的領域，對於上級的事很少關注，然而這一次復職的受阻讓他感悟到，自己**還是欠缺大局觀，欠缺對上層動態的關心，欠缺對人性的理解和認識，尤其是官場上人心思維的欠缺**。

柳擎宇思緒不斷地翻騰著。如果曾鴻濤調離白雲省的這個消息屬實的話，那麼對自己的影響會非常大。

自己之所以能夠一路順暢地走來，在別人眼中無異於平步青雲，這和曾鴻濤的賞識與提拔是絕對分不開的。平時曾鴻濤雖然很少和自己見面，但是每當關鍵時刻，曾鴻濤總是給予自己最大的支持，正是因為有他的強力站台，自己才能放開手腳去做想做的事，得到不錯的效果。

然而，官場上一向是一朝天子一朝臣，一旦曾鴻濤被調走，那麼白雲省的官場勢必會進行一場大洗牌，不同派系、陣營的人，為了生存，不得不面臨重新選擇，以確保手中的權力不會被搶走或者架空。

在這個敏感時期，我該怎麼辦呢？

一時間，柳擎宇左思右想，輾轉反側，卻是一愁莫展，這是柳擎宇進入官場後，第一次面臨如此進退維艱的境地。

隔天下午，柳擎宇剛吃完中藥，正坐在床頭看電視，劉小胖一群好友也在。

病房門突然被人推開，秦帥來了，臉上帶著一臉幸福的微笑。

秦帥飛奔過來，熱情地張開雙臂抱著柳擎宇，嘴裡大叫道：「柳老大，真是太感謝你了，為了表示對你的謝意，我決定把我人生中最珍貴的一個擁抱送給你。」

柳擎宇臉上故意做出嫌惡的表情說道：「停停停，我對男人不感興趣，一邊待著去吧。」

秦帥配合演出地做出一副十分傷心的樣子說道：「老大，你太傷我的心了，我可是真心的。嗚嗚嗚。」

「真心你個頭！」柳擎宇嘴上笑罵道，順手從桌旁的水果籃裡抓起一顆蘋果丟了過去。

秦帥右手閃電般探出，抓住蘋果，咬了一口，大讚道：

「嗯，不錯，好吃，不愧是高級品，個頭雖小，卻是又甜又脆，而且是有機的，老大，你們這些當官的待遇就是好啊，吃啥都是特別供應的東西，哪像我們這些小老百姓，成天吃轉基因大豆油炒的菜，喝著轉基因豆漿，啃著用過期牛肉做出來的漢堡和人工雞肉，連想要喝口純淨的飲料都很難，這是要把我們都變成未來的木乃伊的節奏啊，以後人類不需要任何防腐處理就可以存放個幾千年了。」

聽到秦帥嘲諷的話，柳擎宇不由得笑了起來，這傢伙的嘴還真利，笑道：「你不想喝添加防腐劑的飲料和食品，自己煮飯、喝礦泉水不就得了。」

秦帥繼續發牢騷說：「老大，你說得倒是輕鬆，你自己去超市看看，隨便買把麵條，尤其是那些有外資背景的公司生產的，裡面都添加了防腐劑或者××膠，我就不懂了，明明是麵條，加那些膠做什麼啊？尤其是泡麵裡的添加物更多，看著就噁心。」

柳擎宇瞪了秦帥一眼：「好啦，你別給我轉移話題，說吧，你小子怎麼滿面紅光的，肯定有什麼好事吧？」

見自己的小把戲被柳擎宇看穿了，秦帥也不在意，興奮地道：「柳老大，我不得不說你真是我的福星啊，自從遇到你之後，我的事業愛情運大爆發，不但找到你這麼一個金飯碗，還把追了三年都沒有追到的美女給追到手了，我的女神已經答應和我交往了。」

柳擎宇不由得瞪大了眼睛說道：「哇，你該不會是真的拿那筆錢拍下那幅畫，送給你的女神了吧？」

秦帥嘿嘿笑著。

柳擎宇豎起大拇指說：「行，算你行，我柳擎宇服了！」

一旁的劉小胖和小二黑等人也不禁豎起了大拇指。

對老大新收的這位小弟，眾人幾乎在頃刻間就接受了他，一個敢砸出上億元去追求自己心愛女孩的男人，絕對是性情中人；而且此人說話十分豪爽，絲毫不拖泥帶水，最重要的是，這哥們的治病水準又是神人級的，他們可是親眼看到柳老大從昏迷不醒幾乎要直奔地獄，卻又被這哥們起死回生的救了回來。

眾人紛紛調侃他，笑鬧一陣後，秦帥又給柳擎宇把了把脈，滿意地道：「嗯，不錯，已經恢復七八分了，你後天就可以出院了。」

聽秦帥這麼說，眾位兄弟們都放下心來。

然而柳擎宇的臉上卻沒有露出高興的樣子，反而多了一絲無奈。因為即便是病好出院也沒事可做，所以有些鬱悶。

秦帥雖然嘴貧了些，但是觀察力非常強，看到柳擎宇悶悶不樂的表情，不由得問道：「柳老大，你有心事？」

柳擎宇哀怨地說：「是啊，我現在進退維艱啊。」

秦帥好奇地問道：「怎麼回事，說出來大家一起參謀參謀。」

柳擎宇也不忌諱，把自己目前的困境說了出來，苦笑道：「我想了整整一晚上都沒有想出什麼好辦法啊。」

身為好兄弟，劉小胖、小二黑也努力為柳擎宇出謀劃策，動起腦筋思考著。

然而，大家的提議都被柳擎宇給否決了，因為**官場不同於商場，許多手段不能用，身為官員，最好還是走陽謀之道比較好。**

秦帥也沉思著，等到大夥兒都說完自己的意見後，這才說道：「柳老大，我認為以你目前的處境要想官復原職，並且繼續接手操盤瑞源縣的項目，唯一的出路就在黃立海身上。」

「哦？為什麼？」柳擎宇不解的說。

秦帥娓娓分析道：「從你剛才所說的情況來看，首先有一點可以確定，那就是市委書記戴佳明對你是很欣賞的，很多時候也是支持你的，但是他並沒有把你視為他的嫡系，因為他很清楚，你是省委曾書記的人，所以他重視你的原因，更多是為了和曾書記搞好關係，你只是他和曾書記之間的一條紐帶而已。

「而且從戴佳明在聽到曾書記要調離後，就對你復職的事採取了中立立場，這說明一點，那就是他並不是曾書記陣營的人，他在省裡應該有其他的後臺，甚至極有可能在上次你被紀委調查的事上向他施加了壓力，從這個角度來分析，戴佳明的態度就可以理解了。

「畢竟現在曾書記要調離白雲省的傳聞甚囂塵上，再加上大多數常委都支持收回高速公路項目的主導權，在這種情況下，他不願意為你出頭，不願意得罪黃立海和其他常委們也是很正常的。而且，在很多領導的眼中，你是屬於那種不安定因素，極不容易掌控，還愛惹事。在這個敏感時期，冷凍你一段時間反而是最佳的選擇，他們會等到曾鴻濤的去向塵埃落定之後再進行最終的考慮，到那時候，你到底是去是留，他們就可以輕鬆決策，而不需要考慮曾書記的因素了。」

秦帥的見解十分精闢，柳擎宇不由得眼前一亮。

秦帥雖然沒有在官場上混過，但是他的邏輯思維能力很強，很多事情分析得十分有道理，柳擎宇接著問：「那你為什麼說我要官復原職得去找黃立海呢？」

秦帥笑道：「這個邏輯並不複雜。首先，現在這種情況下，你去找戴佳明肯定不會起到任何作用，**官場中人做任何事都是先為自己考慮的，而且越是級別高的人，做事越是理智**，就像戴佳明的表現，他暫時冷藏你是對他最為有利的，進可攻，退可守，所以他絕對不會主動讓你復職。

「再說到黃立海，黃立海一直和你處於對立的狀態，這反而讓他和你的關係顯得十分簡單，他需要顧慮的東西並不多。表面上看，你們水火不相容，但從中醫的角度上看，五行中，水雖然剋火，但是火卻可以生土，土可以生金，金可以生水；也就是說，水與火透過其他的元素是可以相互轉化的。

「如果把這種關係套用在官場上，雖然你與黃立海彼此水火不容，但是如果借助一定的介質和手段，是不是可以讓你們的關係暫時發生轉化，讓他主動為你的復職而奔走呢？

「假設黃立海真的為你的復職奔走，這時候，戴佳明會去阻止嗎？我認為不會，像他這種人通常不喜歡得罪人，所以肯定不會阻止，甚至還會表示支持，因為錦上添花總比落井下石要好，曾鴻濤雖然要調走，但是要調去哪裡沒有人知道，萬一曾鴻濤是獲得提升呢？這時候誰要是把你往死裡整，不就是得罪曾鴻濤嗎？官場上絕對是君子報仇十年不晚啊！」

聽了秦帥的話，柳擎宇若有所悟，秦帥說得沒錯，**越是表面上看起來不可能的事，一旦找到途徑，並不表示就成功不了**，秦帥這個提議絕對是**逆向思考的經典應用**。

看來自己因為官場之路走得很順，養成了慣性思維的固定模式，缺少逆向思考的運用。他對自己進行了深刻的反省，同時也轉動著大腦，思索著要如何才能找到讓黃立海為自己說話的契合點。

經過一番思考，柳擎宇終於笑道：「我想到辦法了，秦帥，你也是我的福星啊。」

大家聽了，都一擁而上，圍在柳擎宇的身邊，想知道他想出了什麼好辦法。

劉小胖催促道：「老人，快說，到底你有什麼辦法可以讓黃立海為你辦事呢？」

柳擎宇說出了自己的想法。

秦帥立刻豎起大拇指說道：「柳老大，我算是發現了，你這個傢伙也不是什麼好東西，太陰險了。」

柳擎宇淡淡笑道：「非也非也，我這可是陽謀而非陰謀，絕對不陰險啊。」

劉小胖嘖嘖說道：「不陰險才怪，我看這次黃立海肯定要被氣個半死了。」

究竟柳擎宇想出了什麼好主意呢？

第五章

陰謀陽謀

秦帥把腦袋搖得跟撥浪鼓似的：「柳老太，我玩的可不是陰謀詭計，全都是光明正大的陽謀，一切都是攤在桌面上的，那個黃立海明知咱們的計畫，卻非得自己湊上來，誰讓他那麼貪心呢！他玩的才是真正的陰謀呢！」

兩天後的下午，柳擎宇出院後，直接來到市長黃立海的辦公室。

當黃立海的秘書看到柳擎宇走進來，頓時沉著臉說：「小柳同志啊，你怎麼過來了，你有預約嗎？」

黃立海的秘書趙武德今年三十二歲，比柳擎宇大七歲，以前看到柳擎宇都會尊稱一聲柳書記，但是現在柳擎宇沒有任何職務，只是一個正處級的幹部，便改口叫小柳了。

柳擎宇淡淡一笑：「老趙，麻煩你進去跟黃市長通報一聲，就說我有事要見他。」

趙武德擺著官腔道：「小柳，你應該知道市裡的規矩，想見市長，沒有預約根本是不可能的，黃市長幾乎每一分鐘都有安排了。」

柳擎宇不耐地說：「趙同志，這些我知道，你別廢話了，進去向黃市長通報一聲就行，該怎麼做我知道。」

趙武德的臉上露出不悅之色，別人都對自己十分尊敬，這個柳擎宇卻沒大沒小的，不過他也清楚柳擎宇的脾氣，知道這傢伙不好惹，於是冷冷的說道：「好，那我就替你通報一聲，但是黃市長見不見你我可不敢保證。」

說完，趙武德敲響黃立海辦公室的門後走了進去，在黃立海耳邊低聲道：「黃市長，柳擎宇來了，說想要見你。」

黃立海眉頭一皺：「他來做什麼？」

趙武德搖搖頭說：「他沒有說，只說有重要的事要跟你說。」

黃立海哼了聲道：「我看八成是為了復職的事，你去告訴他，我一會兒要去開會，沒有空見他。」

很快的，趙武德走了出來，轉達了黃立海的話道：「小柳，黃市長說了，他要出去開會，恐怕今天沒有時間，你改天再來吧，我先幫你辦好預約手續，有安排了立刻通知你，你看怎麼樣？」

柳擎宇心裡暗暗冷笑，趙武德明顯是在敷衍自己啊，什麼叫有安排就通知自己？這明顯是托詞，如果自己真的回去等的話，恐怕等個十天半個月都未必會接到通知，便說：「老趙，還得麻煩你回去跟黃市長說一下，就說我是來幫他的，我也有急事，最多待上十分鐘，如果黃市長不見我的話，他將來肯定會後悔的，到時候可別怨我沒有來提醒他。」

說完，柳擎宇便看看手錶，坐了下來。

這下子趙武德可有些吃不準了，思索了一下，再次敲開了黃立海辦公室的門。

看到趙武德又進來，黃立海臉上的表情有些難看，這個趙武德今天是怎麼回事？以前他可不是這麼不懂規矩啊。

趙武德來到黃立海跟前，苦笑著說道：「黃市長，柳擎宇說他這次是來幫助你的，還說他只有十分鐘的時間。」

黃立海聽趙武德這麼一說，心中也泛起了嘀咕，雖然他並不相信柳擎宇說的是真的，但是現在省裡局勢瞬息萬變，如果柳擎宇真是來向他報告什麼重要的事呢？權衡之後，黃立海說：「我知道了，好吧，我就見一見這個柳擎宇，看看他到底在玩什麼把戲。」

柳擎宇昂首闊步走入黃立海辦公室，不客氣地坐在黃立海的對面。

黃立海冷冷的說道：「柳擎宇，聽小趙說你是來幫我的？不知道我有什麼事情需要你幫忙啊？」

「黃市長，你應該聽說省裡要發生人事調整的傳聞了吧？」

黃立海微微一愣，納悶地說：「聽說了，這和你說要幫助我有什麼關係？」

柳擎宇笑道：「黃市長，不知道你對這個傳聞的真假怎麼看？」

黃立海擔心柳擎宇有什麼陰謀，所以謹慎的說道：「這只是傳聞而已，真實性尚待確認，我們身為幹部，絕對不能以訛傳訛，一切以國家公告為準。」

柳擎宇搖搖頭說：「黃市長，您也太虛偽了，我相信你肯定對這個消息十分看重，只不過不想表現出來罷了。我還從省裡聽到了一些消息，說是南華市的領導班子可能近期也會做調整，一把手的位置……」

說到這裡，柳擎宇突然停了下來，沒有再說下去。

官場上很流行的是話說半句，剩下的話讓對方去揣測，這樣一來，說話的人便掌握了很大的主動權。

果然，聽了柳擎宇的話，黃立海心裡立刻炸開鍋了。

黃立海曉得柳擎宇和省委書記曾鴻濤的關係不錯，而他之所以打壓柳擎宇，不僅僅是因為柳擎宇總是和自己作對，還因為他受到了自己的靠山之一——省委常委、遼源市市委書記李萬軍的暗示。

此時當他聽到柳擎宇告訴他南華市市委書記的位置要空缺出來的消息後，大為震撼，如果柳擎宇所說的是真的，那麼整個白雲省將會發生一場激烈的較量，僅僅是南華市，盯著這個位置的人就至少有三個，這個時候，誰能夠最先掌握這個訊息，最先跑關係，誰的勝算就大一些。

不過，心中也存著幾分懷疑，如果柳擎宇所說的這個資訊是真的，為什麼李萬軍沒有打電話提醒他這件事呢？還是柳擎宇在撒謊？再者，以柳擎宇和自己的關係，他為什麼要告訴自己這個消息？

官場上，沒有人會輕易相信別人的話。一時間，黃立海的腦中翻騰不已，閃過許多問號。

「黃市長，我知道你肯定不會相信我所說的話，因為到目前為止，你還沒有得到任何消息，不過呢，這也很正常，因為目前除了我之外，恐怕沒有第三個人知道這件事，當然啦，別人今天不知道，不代表明天不知道，後天不知道，我的話言盡於此。」

柳擎宇吊足了黃立海的胃口，黃立海眉頭深鎖，對柳擎宇相信了幾分，沉聲道：

「柳擎宇，別玩虛的，咱們的關係彼此都心知肚明，我相信你不會無緣無故的幫助我，說說你的目的吧。」

「黃市長，市紀委對我的調查結果已經出來了，證明我並沒有對日方索取任何賄賂，是清白的，但是，我在縣委招待所門前被人打傷的事到現在還沒有查出來，對此我十分不滿，我認為瑞源縣公安局和南華市公安局在這件事情上並沒有盡力，所以我準備向上級反映此事。

「此外，市裡也一直沒有就我復職的事給我任何交代，我很不理解，也想不明白，為什麼市裡對此事一拖再拖，聽說是你在常委會上提議要暫緩的。對此，我會直接向省委領導反映，**我需要一個明白的答案：為什麼市紀委在沒有證據的情況下就對我進行調查，甚至罷免我的職務，為什麼證明我清白之後卻不讓我復職，一拖再拖？**所以黃市長，我今天來就是提前跟你打個招呼，讓你有個心理準備。這應該也算是對你的幫忙吧。」

柳擎宇起身向外走去。走到中途，回過頭來對黃立海說：「黃市長，我現在就去省裡告狀去！我要告你、告市紀委、告市公安局，資料我都寫好了！如果我的反映得不到處理的話，我不排除舉行記者會，透過輿論壓力獲得我應得的權益！」說完，毫不猶豫的向著門口方向走去。

這一下，黃立海可是有些害怕了。

僅僅是柳擎宇向省裡告狀這個舉動，就令黃立海吃不消了，不管是告市公安局不盡心查案也好，或是告市紀委任意對他免職也好，這些事黃立海都難辭其咎，更別說壓著不讓柳擎宇復職也是他的意思，如果柳擎宇全揭開來，自己只有吃不完兜著走的份了。

不過，這些對黃立海來說並不是最嚴重的，真正觸動黃立海的卻是戴佳明要被調走的消息。

如果戴佳明真的調走了，那麼市委書記的位置必定會空出來，身為市長，黃立海心中早就盯著這個位置了，假如這時柳擎宇上省裡告狀，不論柳擎宇是否告成功，自己肯定會惹上一身騷，也會被對手抓住把柄，恐怕自己競爭這個市委書記的機會就泡湯了。

順著這個思路再想下去，黃立海更害怕了。就算市委書記位置要空出來的事是假的，一旦柳擎宇去省裡告狀，自己的處境也不容樂觀。畢竟省委書記曾鴻濤還沒有被調走呢，如果柳擎宇真的去告狀了，曾鴻濤知道之後會怎麼想？會不會認為自己是故意打他的臉，對他的權威進行挑釁呢？

在短短的一瞬間，黃立海突然想明白了很多事，為了自己的前途著想，黃立海下定決心，絕不能因為柳擎宇這條臭魚讓自己的大好人生變味，於是急忙挽留道：

「柳同志，你先不要急著走嘛，什麼事咱們好好商量，你有什麼委屈可以跟我說，身為市委領導，我一定會為你主持公道的。」

柳擎宇暫停腳步，質疑說道：「黃市長，就像你剛才說的，咱們的關係如何，彼此都非常清楚，你認為我會相信你的話嗎？」

黃立海咬著牙道：「這樣吧，你先回去等消息，我會儘快讓你復職的。」

柳擎宇仍是不讓地說：「官場上一拖二拖三拖的手段大家都會用，我柳擎宇也不是三歲小孩子那麼好騙！」

黃立海沉吟了一下，說道：「這樣吧，我馬上召開市委常委會，討論一下你復職的事，你看怎麼樣？」

柳擎宇點點頭：「好，我就在你的辦公室等著，希望連同復職的公文我能夠一起拿走。」

黃立海來到市委書記戴佳明的辦公室。

「戴書記，我提議召開一次緊急常委會，討論一下柳擎宇同志的後續安排問題。」

戴佳明錯愕的看著黃立海，有些想不明白黃立海在玩什麼把戲。

黃立海淡淡說道：「戴書記，我準備提議讓柳擎宇復職。」

戴佳明聽到黃立海說要讓柳擎宇復職，瞪大了眼睛，不久前的常委會上，就是黃立海極力阻止讓柳擎宇復職的，怎麼才過了沒多久，他就改變主意了呢？

黃立海自然看出戴佳明的狐疑，解釋道：「是這樣的，今天柳同志來找我，說他的身體已經完全復原了，我觀察後，發現他的確身體康復了，之前我不同意他復職，主要是擔心他的身體，現在既然他身體沒問題，自然該恢復他的職務。」

戴佳明心中暗道：「老狐狸，你就裝吧，你要是真那麼想才怪！也不知道柳擎是跟你說了什麼？」

雖然心中這樣想，但是柳擎宇復職對他只有好處沒有壞處，戴佳明自然樂觀其成，便點點頭道：「好，那我這就讓秘書長通知下去，半個小時後咱們召開緊急常委會討論一下。」

朝中有人好辦事，有了戴佳明和黃立海的一致贊同，柳擎宇復職的事很快在常委會上獲得了通過，並且特事特辦，散會後就走完了各種流程，發出了復職的公文。

黃立海拿著公文回到自己的辦公室，對柳擎宇道：「小柳，這是你復職的公文，不過呢，我也得提醒你，現在你們瑞源縣面臨的局勢很嚴峻啊，高速公路項目已經不能再等了，你必須要儘快把這個項目的融資搞定，如果你們不能在約定的時間內搞定，那麼市裡會把主導權收回來的。」

柳擎宇點點頭道：「黃市長，這一點您儘管放心，我們會盡力完成任務的，我們也有信心完成任務。」

說到這裡，柳擎宇把手中的一份文件放在黃立海的面前，看向黃立海說道：「黃市長，我們打算借此機會同步啟動把瑞源縣打造成三省交通樞紐的計畫，希望市裡能夠給予政策上的支持。」

黃立海看著這份文件愣了一下，因為這是省委書記曾鴻濤親筆批示的檔案，對這個項目給予了高度評價，並且表示會大力支持。

當時黃立海對這個檔案的反應是嗤之以鼻，直接就想拒絕，這個投資至少要十億，而且前景未知，瑞源縣又是一個年財政收入只有億元上下的小縣城，這個規劃方案只能算是一個美好的夢想罷了。

但是沒想到柳擎宇竟然把這份檔案越級送到了省裡，還得到曾鴻濤的親筆批示，這說明曾鴻濤對這個計畫是高度認可的。

黃立海是個老資格的政客，內心開始活動起來，如果這個計畫真的能夠推行成功的話，那麼不僅是瑞源縣將會高速發展，整個南華市也會因此獲得巨大的收益，最重要的是，這裡面蘊含著巨大的政績。

他的內心掀起滔天巨浪，同時也升起了一個賭一把的念頭，心中暗道：如果柳擎宇真的能夠把這個項目給搞定的話，那麼自己便可以獲得巨大的政績，尤其是在曾鴻濤很有可能被調離的情況下，等柳擎宇把事情搞得七八成了，自己再玩些手段，到時候就可以輕輕鬆鬆把這個巨大政績攬入自己的名下，那樣，不管是競爭市委書記也好，甚至是更高級別的位置，自己都有相當的優勢。

哪怕柳擎宇不成功，對自己也沒有什麼損失，甚至還可以借機打擊柳擎宇和戴佳明，看來是有百利而無一害的事啊。

黃立海便沉聲道：「柳同志，這樣吧，你把這個方案通過正常流程向市裡進行彙報，我會給你一個答覆的。」

柳擎宇為難地說：「說實在，我準備明天就前往北京去運作這件事，市裡的支持對我的運作十分重要，所以您看能不能特事特辦，直接發公文表示支持？」

說著，柳擎宇又從公事包裡拿出一份文件說道：「您看，這是之前我們瑞源縣縣委縣政府集體通過的檔案，現在我正式把它送到您手中，您看您能不能儘快組織市委領導們討論一下？」

黃立海頓時一愣，**你小子這是得寸進尺啊！顯然是柳擎宇料到了自己一定能夠復職，因而早有準備。**

他不得不承認柳擎宇的城府不是一般的深，不過，他也在心裡鄙夷地道：柳擎宇啊，就算你城府再深，在老夫面前也只是小孩子扮家家酒而已，以老夫的級別，要想收拾你易如反掌。

想到這兒，黃立海拿起文件看了一下，隨即點點頭道：「好，看在柳同志如此認真的份上，我身為市委領導也不能沒有作為，這樣吧，你在這裡等著，我去找市委戴書記溝通一下。」

黃立海便再次來到戴佳明的辦公室內。

戴佳明看到黃立海又來找自己，心中充滿了疑惑。

黃立海笑道：「戴書記，您先看看這份文件。」說著，把文件放在戴佳明面前。

戴佳明看完，一頭霧水地說：「黃市長，這份方案我聽說過，不過它的內容並不具備實施的可能性啊，十多億的金額根本不可能籌集到的。」

黃立海點點頭說：「您說得沒錯，這個項目可行性的確不高，但是我認為，這個方案是非常好的，我們不用過於把注意力放在執行層面上，而是應該逐步的去推動這個項目，使這個項目向成功的方向前進。」

戴佳明可真是有些吃驚了，心中暗道：**這個黃立海今天是吃錯藥了嗎？怎麼看起來是在為柳擎宇說話啊？這老狐狸心中在打什麼算盤？**

黃立海接著說道：「戴書記，你也知道，柳同志是一個十分優秀的人才，這個方案是他剛才交給我的，我想了想，既然柳同志願意推動這件事，我們不妨給他政策上的支持，要是他有所收穫的話，我們這些領導也是臉上有光不是？即便是失敗了，我們也沒有什麼損失嘛！」

戴佳明聽到黃立海竟然為了瑞源縣的事如此盡心盡力，又大說柳擎宇的好話，就知道這裡面肯定有問題，所以他並不急著表態，而是說道：

「黃市長，這事應該沒有那麼簡單吧？就算我們給予政策支持，萬一這事情搞得一團糟的話，恐怕我們南華市還是要承擔責任的。」

黃立海笑道：「**要想成功怎麼能不承擔一些風險呢**，哦，對了，柳擎宇向我出示了曾書記的批示文件，文件中，曾書記對於這個項目給予了高度肯定，當然，錢肯定是沒有的，需要瑞源縣自己去想辦法。」

戴佳明聽到這裡，立刻就明白黃立海的意思了，如果柳擎宇把省裡的關係都搞定了，卻卡在市裡，肯定會引起曾鴻濤的不滿，尤其是曾鴻濤極有可能要離開瑞源縣，在這種情況下，黃立海還卡著瑞源縣的項目不放，那就是真的在打曾鴻濤的臉了，難保曾鴻濤在離任前不會狠狠的教訓黃立海一下。

尤其是之前黃立海三番兩次為難柳擎宇，雖然曾鴻濤一直保持沉默，但是並不代表曾鴻濤不知道，黃立海自然不敢在這個時候觸怒曾鴻濤。

反正市裡頂多也就是給予政策上的支持，這對市裡來說沒有任何損失，要是柳擎宇真的能搞出些名堂，還能有現成的政績可拿，何樂而不為呢。

想到這些，戴佳明釋然道：「好，咱們就上會討論一下吧。」

有戴佳明和黃立海的表態，大家很快就達成一致的意見，通過了三省交通樞紐的方案。

也有人提出質疑：「在瑞岳高速公路的資金還有二十億缺口的情況下，瑞源縣就盲目上馬新的項目，真的合適嗎？」

黃立海親自做了解釋：「三省交通樞紐項目是瑞源縣的一個前景項目，不會和瑞岳高速公路項目同步啟動，但是，柳同志說這個項目會為瑞岳高速公路的順利融資提供幫助，說白了，就是給投資商畫餅充饑，讓他們對未來有個念想。不管怎麼說，我們一定要對下面同志們提出的合理規劃給予大力的支持，當然，也只是政策上的支持，錢是沒有的，畢竟我們的財政很緊張。」

黃立海這麼說，大家就全都明白了。原來黃立海這也是給柳擎宇、給瑞源縣一個畫餅，向他們表明市裡對他們支持的立場，但是項目能否運作起來，就與黃立海無關了。

而且市裡已經給瑞源縣下達了一個星期內籌集剩餘資金的最後通牒，如果瑞源縣籌不到資金，就要把高速公路項目的主導權交到市裡，在這個前題下，對瑞源縣提出來的這個看起來根本沒有什麼實質性幫助的規劃，黃立海自然樂意表示支持的態度，至少這樣做可以免去省裡一些領導對黃立海的看法。

大家全都是極其聰明的王，想明白這些之後，也就沒有誰再反對，在南華市市委常委會上以全票通過，並且領導們當場在文件上簽字、蓋章。

散會後，黃立海帶著這份文件回到辦公室，把文件丟在桌上說道：「好了，三省樞紐項目市委常委會上已經全票通過了，該給的政策市裡也給了，這個項目能否運作成功，可就看你和瑞源縣的同志們了。」

柳擎宇笑道：「黃市長您放心，我們一定會盡全力來推動這件事，爭取為我們瑞源縣、為南華市的發展做出自己的貢獻。」

黃立海點點頭：「嗯，很好。對了，瑞岳高速項目的資金你們還是要儘快籌集啊，市裡的指示可不是開玩笑的。」

「我知道，我現在馬上就前往北京去尋找資金。」

「祝你馬到成功。」

離開黃立海的辦公室，柳擎宇臉上露出一絲笑意。

上了自己的車，柳擎宇對坐在後座的秦帥說道：「秦帥，你的思路真不錯，謝啦。」

秦帥擺擺手說：「謝我幹啥，我只是提供一個方向而已，真正的細節還是你自己想的。」

柳擎宇笑道：「得了，別拍馬屁了，如果不是你提出讓我**趁火打劫**，將三省樞紐項目一起提交給黃立海，今天我的收穫可就小多了，我發現你搞陰謀詭計絕對是一把好手啊！你不進官場或商場真是有些可惜了。」

秦帥把腦袋搖得跟撥浪鼓似的：「柳老大，你也太損人了，我玩的可不是陰謀詭計，全都是光明正大的陽謀，一切都是攤在桌面上的，那個黃立海明知咱們的計畫，卻非得自己湊上來，這可怨不得我們。誰讓他那麼貪心呢！他以為我們不知道他願意推動三省樞紐項目是為了他自己的政績嗎？哼，這個老狐狸可不是什麼好東西，他玩的才是真正的陰謀呢！」

說到這裡，秦帥突然有感而發的說道：「柳老大，說實在的，像你這樣性格的人混官場非常困難，你的個性太耿直、稜角太分明了，極容易受到陰險小人的暗算！**你的仕途**

之路絕對不會一帆風順的。」

柳擎宇無畏地說道：「我就是這樣的人，我認為當官的人就應該為官一任造福一方，如果連這都做不到，那還算什麼人民公僕呢？至於我能夠做多少事，會不會得罪人，就不是我能夠掌控的了。」

秦帥道：「柳老大，你這樣說的確沒有錯，不過，我認為你未來坐的位置越高，你能夠為老百姓做的事情也就越多，所以你必須要盡可能的往高位爬，如果你能夠位極人臣，我們這些跟著你的哥們也可以沾點光不是。」

柳擎宇吐嘈道：「得了吧，就憑你的醫術，想要錢的話還會缺嗎？只要你願意，就算是外國的總統元首都會爭先恐後出重金請你為他們看病的。」

秦帥不屑地說道：「給外國人看病？我沒那興趣！我現在只是你們家的私人醫生，你們給我開這麼高的工資，我吃穿不愁，只要做好我的本職工作就可以了。」

秦帥突然話鋒一轉，說道：「柳老大，你想要把我培養成你的高級幕僚是嗎？」

柳擎宇不諱言地說：「沒錯，你的天賦是我見過最高的，在很多方面我都不如你啊。」

秦帥嘿嘿笑道：「嗯，老大，還是你有眼光啊，我也覺得我天賦挺高的。」

秦帥絲毫不謙虛的話，讓在前面開車的程鐵牛也笑了起來，透過後視鏡看了眼秦帥，心說這傢伙的臉皮還真夠厚的啊。

秦帥得瑟完，誠心地說道：「老大，我認為，你要找謀士的話，光請我一個是不夠的，我受到傳統國學思想的束縛，能夠提供的謀略基本上都是陽謀，在傳統國學裡，有陰陽學說，《三十六計》裡，開篇第一句話就是『六六三十六，數中有術，術中有數。陰陽燮理，機在其中。機不可設，設則不中』，也提到了陰陽相互協調方能找到最佳機會。

「我認為這句話很有道理，如果你在官場上總是用陽謀，一旦被對手摸清你的行為特點，針對你的行為模式打擊你，你很有可能會在某次事件中慘敗，這一點從我們中醫的治病理論中也可以找到相應的佐證，就像用補藥一樣，補藥為陽，可以調養身體，恢復元氣，但是如果補的多了，可就要補出問題了。」

柳擎宇不禁陷入深思，問道：「那照你的意思，我該請什麼樣的高參幕僚好呢？」

秦帥建議道：「老大，我認為你應該再請一位精通陰謀之道的人與我互相搭檔，共同為你出謀劃策，因為陽謀並不適合所有場所，也不是所有人都會上陽謀的當，陽謀之術主要是用在那些聰明的人身上，但是很多人喜歡無中生有，撒潑耍賴，遇到這種人，用陽謀根本沒有用，必須要**以彼之道還施彼身，以陰謀對之，陽謀輔之，如此方能確保你站在勝利者的位置上。**」

柳擎宇十分認同秦帥的話，這也讓他想起了諸葛豐叔叔，想起了老爸，老爸除了諸葛豐，還有其他的參謀，不過諸葛豐叔叔十分厲害，不管陰謀還是陽謀全都玩得遊刃有餘，而他他之所以能達到這種境界，也是經過數十年的歷練而成。

柳擎宇心悅誠服地說：「你說得非常有道理，不過這陰謀高手哪是那麼好找的啊。」

秦帥大嘆道：「是啊，陰謀詭計誰都會用，但是要找到那種能夠把陰謀玩得出神入化、為你出謀劃策的，這種人的確很少見，咱們也只能日後多留意一些了。老大，咱們接下來去哪裡啊？」

「去北京，你順便可以去找你的女朋友親熱親熱。」

聽到要去北京，秦帥頓時興奮起來，臉上露出期待的笑容，他想起陳夢妍那豔麗無雙的容顏，想起了陳夢妍那高聳挺拔的雙峰，想起了陳夢妍那筆直修長的美腿……

看到秦帥快流口水的表情，柳擎宇取笑道：「我說你這小子的表情怎麼看起來那麼猥瑣啊，你該不會是把你那個女朋友已經給推倒了吧？」

誰知秦帥哭喪著臉道：「老大，這你可冤枉我了，說到這兒，我肚子裡全是眼淚啊，你知道嗎，我追了她整整三年了，連她的手指頭都沒有碰過，這次我好不容易才進入男友候選人的行列，然而卻是樂極生悲，在回北京那晚，我送她回家的時候，剛想摟一下她的小蠻腰，結果……」

秦帥用手指著自己的大腿內側說道：「這裡的肉都被踢紫了，要是再往上一點，我可就要練葵花寶典去了。那丫頭也太野蠻了！」

柳擎宇哈哈大笑道：「原來是個野蠻女友啊！」

老大不同情他的遭遇還幸災樂禍，讓秦帥差點氣得吐血，卻又有些無語，誰讓他自己喜歡的就是這樣一個女孩呢！

最讓秦帥感到鬱悶的是，他是中醫，也懂得純正的道家內家功法，所以他的身體素質相當不錯，雖然算不上是搏擊高手，但是身手敏捷，尋常大漢還真靠近不了他，可是陳夢妍出腳速度之快，竟然讓他沒有反應過來，直接中招。

這讓他意識到，自己追求的這個女孩**不是一般人，不僅是收藏界的高手，還是個自由搏擊的高手**。

不過男人總是有一股征服欲，越是難啃的骨頭，越是想要得到她，陳夢妍越是野蠻，秦帥對她的興趣反而更濃了。

柳擎宇三人直奔遼源市，隨後從遼源坐飛機前往北京。

瑞源縣縣委辦主任宋曉軍先一步趕到，正帶著縣委辦的幾名工作人員在「華恆大酒店」內部署著會場。

飛機降落時，已經是傍晚時分，秦帥立刻火急火燎的去找他的野蠻女友去了。柳擎宇則趕到「華恆大酒店」進行視察。

看完現場的布置，柳擎宇很是滿意，然而宋曉軍卻是臉上帶著愧赧的說道：「柳書記，會場這邊沒有什麼問題，不過在媒體聯繫方面，卻沒什麼進展，幾乎沒有記者答應要來參加我們舉辦的項目推介會。」

柳擎宇面色一沉道：「怎麼回事，為什麼沒有媒體願意來呢？你沒有告訴他們，這可是一個價值上億的項目啊。」

宋曉軍無奈地說道：「我都說了，不過這些媒體都是嗤之以鼻，認為我們是在開玩笑，很多人還對我們冷嘲熱諷，到現在為止，只有幾家比較小的網路媒體答應過來參加推介會，不過他們要求至少得給他們三千元的交通補助費。至於那些投資商和有實力的企業，我們連他們的一個中層幹部都沒有聯繫到，也沒有一家表示對我們的項目感興趣。我擔心照這種趨勢下去，明天推介會舉行的時候，恐怕來不了幾個人，前景很不樂觀啊。」

柳擎宇臉色沉了下來，表情顯得異常凝重。他在出發前就預料到這次推介會肯定是困難重重，卻沒有想到情況會這麼慘，遭到如此冷遇。

宋曉軍和其他縣委辦的工作人員都屏息凝視，一句話都不敢說，大家低著頭，生怕柳擎宇一怒之下朝他們發火，責備他們。

柳擎宇沉默了足足有三四分鐘，這才沉聲道：「好了，大家都累了一天，先去休息吧，這事讓我好好思考一下，有事再喊你們。」

柳擎宇來到宋曉軍幫他預定的酒店房間內，站在窗前，望著窗外五彩斑斕的夜色，陷入了深思。

柳擎宇很清楚，這個三省交通樞紐項目要想真正啟動的確困難重重，且不說這個項目能否通過各個部門的審批，僅僅是巨大的資金缺口就足以讓很多人止步，更別提這個項目涉及到了三個省分，它的協調困難不是一般人能夠想像的，畢竟官場上，每個省分有著各自的利益考量，跨省合作勢必牽涉到利益分配、政績分享的問題，很少會有人願意讓步。

但是，即使知道這其中的困難，柳擎宇也想要把這個項目給啟動起來，因為他可以清楚的看到一旦這個項目啟動，將會給三個省分帶來多大的發展空間，老百姓將會因此受益非淺，所以，柳擎宇不管遇到什麼樣的困難都不會放棄。

只是項目還沒有啟動呢，便遇到如此困局，讓他有些始料未及。

就在這時候，柳擎宇的手機響了起來。拿出手機一看，是好兄弟田先鋒的電話。

「老田啊，怎麼想起給我打電話了，你那邊不是在忙著嗎？」

田先鋒笑道：「柳老大，我現在就在北京呢，我聽劉小胖說你也來北京了？現在在哪裡？晚上一起喝酒。」

柳擎宇點點頭：「好啊，你過來吧，我在華恆大酒店，咱們就在這吃吧。」

沒多久，田先鋒帶著美女助手滕飛就出現在酒店了。

今天滕飛穿著一身粉紅色的套裝，紅色高跟鞋，配上她的妙曼身姿，一路上博得了超高的回頭率。

兩人一起走進柳擎宇訂好的包間內，落座之後，田先鋒開門見山地便問道：「柳老大，你這次來北京是來做什麼的啊？」

柳擎宇回道：「我是來辦項目推介會的。」

「項目推介會？」聽到這個，滕飛的眼神立刻變了，一雙妙目看向柳擎宇，發出疑問。

柳擎宇便把瑞源縣的三省交通樞紐項目說了一遍。

滕飛聽了不禁兩眼放光，在桌底下用腳踢了一下田先鋒，說道：

「柳老大，照你的說法，這個項目投資將近十億，資金缺口也太大了吧？而且風險也很大啊，你們在連審批都沒有通過的情況下就推動這個項目，開推介會，這算不算是違規操作啊？」

柳擎宇解釋道：「當然不算，我不是說了嘛，我們舉辦的是項目推介會，所謂推介會，就是推薦介紹，只是向社會各界宣布我們瑞源縣有這麼一個項目，同時也利用這次推介會的機會結交社會各界有識之士，看看有沒有人願意投資這個項目。我的打算是，籌集到三成左右的資金後，再向部裡申請啟動這個項目，我相信到那個時候，部裡通過審批的可能性會大一些。」

田先鋒眼中也露出濃厚的興趣，其實他對這個項目本身並不看好，他看好的是柳擎宇這個好兄弟，因為他對柳擎宇很有信心，只要柳擎宇操作的項目，很少有不成功的時候。

不過滕飛似乎對這個項日很感興趣，滕飛的判斷力十分出眾，給公司創造了不少叫好叫座的業績，可以說，先鋒集團能夠有今天的發展，和滕飛的判斷力有著不小的關係，因此田先鋒問道：「柳老大，你對這個項目的前景看好嗎？」

柳擎宇很有信心地說：「只要由我來操作這個項目，我相信成功的機率非常大，它未來的收益不會比任何投資項目差。」

田先鋒聽了，立刻拍板說：「如果是這樣的話，我想參與這個項目。」

柳擎宇愣了一下，看向田先鋒道：「你們可以投入多少資金？」

田先鋒略微思索了一下，說道：「在不影響我們其他項目正常運作的情況下，我們可以拿出七億左右的資金。」

柳擎宇苦笑道：「七億啊？對這個項目來說實在是杯水車薪啊。」

柳擎宇想了想說：「如果你真的想要參與的話，我建議你投資瑞岳高速公路項目，這個項目可以算是三省樞紐項目的前期工程，目前已經籌集了三十億的資金，加上市裡答應配套的五億，就是三十五億了，要是你再投入七億的話，就達到八成的融資率，基本上可以啟動了，而且，這個項目已經通過審批，風險也小一些，只要三省樞紐項目成功，這條瑞岳高速也將會成為搖錢樹。當然啦，如果三省樞紐項目不成功，這個項目還是會賠錢的。」

田先鋒心裡評估了一番，笑道：「做任何事肯定都是有風險的，不過你柳老大所在的地方，風險肯定會比別人小很多。既然老大建議我投資這個項目，那我就投資這個。對了，你這個項目推介會進行得如何啊？」

提到項目推介會，柳擎宇不由得苦笑了一下，嘆道：「難啊。」

田先鋒一愣：「怎麼回事？」

柳擎宇如實把情形跟田先鋒簡單說了，田先鋒說道：「老大，你想要多弄些人到你們的項目推介會上來，並不是很難啊。」

柳擎宇困惑地問：「為什麼？」

田先鋒笑道：「老大，你不瞭解商人的個性，對商人來說，哪裡存在著利益，哪裡就有他們的影子；對於記者，則是哪裡有話題就有他們的影子，如果**你想同時把兩者都招來，就得又有話題又有利益**，如何創造話題和利益，就得你去想辦法了。」

柳擎宇瞬間有如醍醐灌頂，眼前一亮，點點頭道：「好，太好了，有了話題和利益這兩點，對明天的推介會我就有把握了。這樣吧，老田，交給你一個任務，幫我向媒體散布消息，就說明天在華恆大酒店內將會有一個新聞發布會，主題是白雲省南華市瑞源縣準備向全國招聘一名形象大使，一旦簽約成功，我們瑞源縣將會給出一千萬的形象代言費，而且我們只找新人代言，不要那些明星。」

聽到柳擎宇的想法，田先鋒瞪大了眼睛，震驚地望著柳擎宇說：「老大，你不會在開玩笑吧？一個小小的瑞源縣就要花千萬聘請新人當形象大使，你這絕對是找死的節奏啊！據我所知，你們一年的財政收入也不過一億多吧，這一千萬就佔了你們十分之一的財政收入，要是被那些記者知道了，絕對會口誅筆伐的。」

柳擎宇嘴角微微向上翹起，賊笑道：「嘿嘿，我要的就是這種效果，他們罵的越兇，話題炒作得越猛，我們受到的關注度也就越高，再說，我也沒有說這一千萬是由我們瑞源縣來出啊，我只是說要花一千萬聘請一個形象大使而已，至於這筆錢到底是由誰來出，等到水落石出的那一天，自然所有流言蜚語全都煙消雲散。」

看到柳擎宇的表情，田先鋒知道那是柳老大胸有成竹的表現，這時候，哪怕是世界上最聰明的人也難逃柳老大的算計，因此說道：「老大，照這樣做的話，話題的部分算是解決了，但是商人的問題怎麼辦？」

柳擎宇胸有成竹地說道：「這個就更簡單了，還是要請你幫忙，幫我在一些有實力的商人中散布一個消息，就說日本三靈銀行想要獨佔我們瑞源縣的高速公路項目，結果被我們拒絕了，瑞源縣將會於明天下午四點在『華恆大酒店』天心閣會議室召開新聞發布會，向全世界尋找合作夥伴，只要投資額能夠達到三十億的商人，都能成為瑞源縣的合作夥伴，但是投資金額不能超過整個項目投資金額的百分之三十。」

田先鋒不解地說：「老大，你這個限制是不是有些過分了啊，萬一有投資商想要多投入一些呢？豈不是會阻擋他們的投資意願？」

柳擎宇很有把握地說道：「老田，這你就有所不知了，人性就是那麼奇怪，很多時候，你越是不讓他投資，他越是想要投資，你越是想要招商引資，他就越不理你。就像日本三靈銀行，他們就是那樣。這一點，不管是在國內國外都差不多。再說，三省樞紐項目總投資高達十億，百分之三十也有三百多億了，這不是一般的投資商能夠承受得起的。」

田先鋒這才明白柳擎宇的意思，這哥們是想**以退為進，玩心理戰術**啊。

別小看設定限額、不讓投資商多投注資金這一個小動作，恰恰是這個動作能引起投資商的極大興趣。因為人們往往喜歡自作聰明，他們會認為你不讓我多投資肯定是怕我多賺錢，這裡面是不是有些貓膩啊。

人們往往認為這是逆向思維，然而，這其實還是一種慣性思維罷了。

隨後，柳擎宇又和田先鋒聊了一會兒，討論了一些細節問題，田先鋒便帶著大美女滕飛離開了，開始執行起柳擎宇的計畫來。

柳擎宇也沒有閒著，既然已經想到了辦法，他自然要多造勢一下，他給黃德廣、梁家源、陸釗、林雲四人以及兩位大老闆肖強、徐哲的兒子肖天龍、徐愛國兩個好兄弟打了電話，讓他們幫忙在社群群組上多多替他打廣告。

肖天龍和徐愛國兩人不過才廿一歲，算是柳擎宇的死忠小弟，從小跟在柳擎宇的屁股後面，只要在外面受了欺負，基本上都是柳擎宇幫他們出氣的，對柳擎宇服氣到不行。

肖強的兒子肖天龍身材瘦高，長得很帥氣，相貌完全繼承他老爸和老媽的優點，個性上也和肖強多有相似之處；不過和肖強的囂張不同，肖天龍為人十分低調，把陰險裝在腹內，逢人便是三分笑，被圈內人稱為「笑面虎」。

徐哲的兒子徐愛國則和肖天龍截然相反，肖天龍渾身露出成熟的氣息，徐愛國卻長得虎頭虎腦，看起來憨厚可愛，再加上一張稚氣未脫的娃娃臉，看起來沒啥心機，是標準的奶油小生模樣。然而只有熟悉他的柳擎宇、劉小胖這些兄弟們知道，這傢伙比司馬懿還陰險，最善於扮豬吃虎，坑死人不償命。

而且誰也不會想到，他們雖然才廿一歲，但是已經拿到哈佛大學金融、企管方面的雙學位，他們的人生目標非常簡單，那就是子承父業，將強者集團打造得更加強大，還在實習的兩人在集團中擔任市場部銷售經理的職務，表現優異，不過集團內部知道他們身分的人並不多。

兩人接到柳擎宇的電話，都顯得十分興奮，立刻嚷叫著說要找柳擎宇喝酒，結果被柳擎宇給訓了一頓：「喝什麼喝，啥時候不能喝，你們趕快幫我把消息散播一下，明天就要舉行項目推介會了，如果投資商來少了，我豈不是很丟臉？」

聽老大這麼說，哥倆也就不再堅持。不過徐愛國要求道：「老大，今天晚上這頓可以免，明天晚上可不能免啊，不把你給灌醉了，我們絕不收兵。」

柳擎宇好氣又好笑地道：「好，沒問題，辦完正事，我和你們一醉方休。」

肖天龍想了想，說道：「老大，既然你們瑞源縣要搞項目，要不我跟我老爸建議一下，乾脆讓強者集團直接出資參與得了。」

柳擎宇搖搖頭說：「這個項目你們就不要插手了，強者集團有專業的經理人，這個項目是否參與由他們決定，你們只要負責幫我把消息擴散出去就成。等你們什麼時候擁有決策權的時候，就算你們不參與，我也會拉著你們參加的。」

兩人聽得出來，老人這是在為他們著想。畢竟他們現在的級別太低，貿然參與，可能對他們未來的升遷不利。

掛斷電話後，柳擎宇再次忙碌起來。透過自己的官方帳號、微博、微信，在上面發布了相關的消息。

平時，柳擎宇很少用微博和微信這兩個平臺，因為他平時公務繁忙，沒有多少時間玩這個，沒想到，當他發了接連兩條消息後，他的微博一下子就炸鍋了，大大出乎柳擎宇的意料。

尤其是第一個一千萬徵選代言人的消息，立即引起網民鋪天蓋地的指責之聲，很多人批評柳擎宇是在浪費老百姓的救命錢，也有人說柳擎宇為了政績在作秀，甚至還有人威脅說要向紀委部門舉報他。對這些回覆和評論，柳擎宇只是一笑置之。

他把更多的注意力放在第二條消息上。

讓柳擎宇感到鬱悶的是，上面出現的還是鋪天蓋地的批評，很多人認為一個小小的縣要搞這個三省樞紐工程根本就是自不量力，更有人直接指出瑞源縣是在癡人說夢，肯定是柳擎宇這個縣委書記想要政績想瘋了。

指責！怒罵！批評！潑髒水！微博世界雖小，卻折射出人性的複雜，折射出人心百態。

正看著時，柳擎宇的私訊鈴鐺突然閃爍起來，柳擎宇打開一看，是一個註冊不到兩個月、粉絲數為零的新帳號，對方的名字叫「滿江紅」。

私訊中，滿江紅留言問：「請問你們這個項目通過審批了嗎？」

柳擎宇沒有隱瞞，老實回道：「縣裡、市裡都通過了，省裡正在送審過程中。」

對方再次提問：「請問你有把握讓這個項目通過審批嗎？」

柳擎宇回覆：「沒把握，但是我在努力爭取。」

對方沉默了一會，再次問道：「為什麼要設下百分之三十的投資限額呢？」

「為了防止一家獨大，形成彼此牽制。」柳擎宇直言不諱。

滿江紅立刻丟出一個十分尖銳的問題：「如果投資商彼此勾結呢？又怎麼能相互牽制？」

柳擎宇只回了四個字：「合約規定。」又附上一個笑臉表情。

簡簡單單四個字，但是裡面含義很深，對方似乎也看出了什麼，回道：「謝謝。」不再發問了。

柳擎宇也沒在意，繼續流覽起其他的評論。一直到凌晨一點左右，柳擎宇這才伸了伸懶腰，關了電腦準備上床睡覺。

只是躺在床上，明明身體十分疲憊的柳擎宇卻睡不著了，原因很簡單，柳擎宇的大腦開始不受控制的思考起明天的項目推介會來。

柳擎宇自認為這次的推介會花了很大心思，動用了很多人脈，但是最終的效果如何卻不能確定。雖然微博上人氣十分火爆，但是網路上的熱鬧未必會反射到現實生活中來，常常那些叫得最響亮的人反而是不會來的人。

網路的虛擬性給很多人提供了發洩心情、表達意見的管道，但是也催生了一批吹牛高手，他們最喜歡的就是把自己說得很厲害，對你多麼關心，多麼認可，但是一旦真正需要行動的時候，他們就會溜之大吉，躲在暗處看你的笑話。

這也是一種人性，人性之惡！人性中有善的一面，也有惡的一面，網路的虛擬讓很多人把人性惡的一面完全表露無遺。

柳擎宇就這樣躺在床上，一會兒想著如果萬一要是來參加的人很少時，自己該怎麼辦？一會兒又擔心萬一來的人太多，自己又該怎麼辦？就在這種喜憂參半、渾噩不安的心情中，柳擎宇不知道熬到什麼時候才沉沉睡去。

第六章

偷天換日

趙志勇之所以能夠準確的把握到柳擎宇這邊要召開會議的資訊，是趙志強向他通風報信的，甚至還給他出謀劃策，想出了一個李代桃僵、偷天換日的辦法，讓他把瑞源縣下大力氣拉來的新聞媒體和投資商都引到他的會議室來。

一覺醒來，已經是日上三竿。

由於上午沒有什麼事，柳擎宇便去看望了一下爺爺劉楓宇和奶奶梅月嬋，中午還親自下廚，給爺爺和奶奶做了一頓豐盛的午餐，讓劉楓宇和梅月嬋十分開心。

吃過飯，劉楓宇把柳擎宇叫到自己的書房，關心地道：「擎宇，聽說你要搞什麼三省交通樞紐項目？你知不知道這個項目裡面的困難很多？」

柳擎宇點點頭：「知道。」

劉楓宇臉色嚴肅地說：「不！你不知道。我這樣跟你說吧，你們白雲省兩個鄰省的主要領導，一個是你爸劉飛的主要競爭對手，一個是和我們劉家關係十分不睦的政敵。」

聽到爺爺的話，柳擎宇目瞪口呆地說：「不會這麼巧吧？」

劉楓宇嘆了口氣：「這就是事實。現在你應該知道其中的困難了吧？你認為那兩個省分會積極配合你們白雲省來搞這個項目嗎？下面的人可能不知道你的身分，但是他們會不知道嗎？既然知道你的身分，你以為這個項目還會協調成功嗎？」

柳擎宇不死心地說道：「爺爺，我認為他們應該不會反對吧，畢竟官員做到了一定級別，他們心中想的應該是老百姓的利益才對，他們總不能因為我是劉飛的兒子就處處為難我吧？」

劉楓宇輕輕拍了拍柳擎宇的肩膀說道：「擎宇啊，**官場上沒有絕對的事，更沒有絕對的對與錯**，這些都是相對的。身為領導，他們的目光自然是長遠的，但是你能保證他們的下屬也像他們一樣嗎？真正進入到執行層面的肯定是下面的人，而且以你的身分，你也不可能接觸到那兩省的主要領導啊。」

柳擎宇的心開始不斷地往下沉，一直以來，他都把注意力集中在項目本身，忽略了項目背後那些政治性的東西。

劉楓宇語重心長地說：「擎宇，你記住，在官場上，做任何事情，尤其是涉及到合作之事，永遠不要只憑著一腔激情去做事，因為你有做事的熱情，不代表別人也有；你認為你是在為百姓做事，但是別人並不一定這樣認為。

「所以，你在做任何事之前，都要考慮政治層面的問題，比如說，你所做的這件事雖然對老百姓有利，但是會不會觸及到某些人的利益？觸及到誰的利益？這個人會不會對你要做的事情起到反作用？會不會給這件事情設置障礙？

「這些都是你需要考慮的，如果你不先考慮清楚，那麼等你把事情做得七八成的時候，肯定會有人跳出來跟你唱反調，甚至故意給你設置障礙的。就像你現在要推動的這個項目，雖然現在沒有人搭理你，但是不代表沒有人關注這件事，那些人之所以沒有為難你，是因為這件事到目前為止，根本不具備成功的可能性；假使你們真的籌到了這筆錢，那麼你看著吧，今後的麻煩事還多著呢！」

柳擎宇越聽心越涼，倒吸了一口涼氣，他一直自認是個考慮事情十分周全的人，但是聽了爺爺的話，才恍然大悟自己還是太嫩了。

不過，柳擎宇天生就有一股傲氣，越是不容易成功的事，他越想去挑戰，他咬著牙道：「項目進行到這種地步，我已經沒有退路了，爺爺，我仍然要繼續推動這件事，不管會遇到什麼困難，我逢山開路，遇水搭橋，絕不退縮。」

劉楓宇面色嚴峻地提醒道：「擎宇，我可告訴你，這個項目的危機還沒有顯露出來，一旦到後面你推動失敗時，絕對有很多人會跳出來為難你，指責你，那時候，等待你的結果只有一個，那就是引咎辭職，從此斷送仕途之路。你做好這個心理準備了嗎？」

柳擎宇露出堅定不移的表情點點頭：「君子有所為有所不為，既然這對我們瑞源縣老百姓有利，我就會毫不猶豫的推動它，只要我在瑞源縣縣委書記的位置上待一天，我就一天不會放棄。」

劉楓宇看著疼愛的孫子，突然哈哈大笑起來，滿意地說道：「好，好個小子，不愧是我的孫子，我們劉家的人就必須有這種為國為民的情懷，就要有這種鞠躬盡瘁死而後已的精神！你儘管放手去做吧，**我倒要看看，到底誰敢和人民的利益作對！**」

和爺爺一番深入交談，讓柳擎宇深深感受到三省交通樞紐項目所面臨的嚴峻形勢，同時也讓他的目光變得更加開闊，不過他的信念依然沒有動搖。

中午，劉飛趕了過來，一家人吃完午飯，柳擎宇立刻離去，他得回去準備下午舉行的推介會了。

柳擎宇離開後，劉飛忍不住說道：「爸，擎宇最近又開始折騰了。」

劉楓宇點點頭：「是啊，涉及到三個省分、總投資額高達十幾億的項目，他要是不折騰的話根本搞不起來啊，這小子很有幾分你當年的傻勁，甚至有過之而無不及啊。」

劉飛苦笑道：「老爸，我當年沒有那麼傻吧？」

劉楓宇揶揄道：「沒有那麼傻？當年你在西山縣折騰的還不夠熱鬧嗎？尤其是在岳陽市的時候，你連省委書記都給折騰得下臺了，你還不傻?!」

聽到老爸提起自己當年的事，劉飛不由得嘿嘿笑了起來，現在的他，早已不再是當年那個橫衝直撞的年輕小官了，而是一個手法老道、管理經驗豐富的大領導了。

這就是歲月的魔力，時間能夠把一個人打磨得更加成熟。他也希望兒子在未來能夠更加圓融，處事更為深思熟慮，不過，不管兒子這次是否能夠成功，這種魄力和勇氣卻是他所欣賞的。

下午三點鐘，柳擎宇帶著宋曉軍和一幫手下們，惴惴不安的在活動會場內外再一次檢查著，讓他們感到更加不安的是，距離活動開始不到一個小時了，竟然還沒有一個記者到場，這讓他心中十分焦慮。

望著空空蕩蕩的現場，柳擎宇的臉色顯得有些難看。

就在這時候，距離他們不到十米遠的地方，另外一間名叫「天文閣」的會議室內，卻是人頭攢動，不少人進進出出。

在會議室門口處，幾名西裝革履、一看就充滿官場人特有的那種居高臨下氣勢的男人站在那裡，不斷地和前來參加會議的人寒暄著，臉上蕩漾著淡定的微笑，還不時地向柳擎宇他們這邊瞟上一眼，故意露出嘲諷的微笑。

宋曉軍忿忿地說道：「柳書記，不知道對面的會議室到底是哪個單位的，從我們前兩天開始布置會場開始，他們就出現了，沒有想到他們竟然和我們活動開始的時間差不多，真是鬱悶啊。」

柳擎宇聽了，不由得向對面看了過去，正巧一個四十多歲的男人也向他們這邊看過來，兩人的目光在空中相遇，對方隨即露出一絲不屑的冷笑，看到有人過來，立刻又換上一副笑容可掬的樣子，和對方寒暄起來，變臉之快讓人嘆為觀止。

柳擎宇心中也不禁琢磨起來：我得罪過對方嗎？應該沒有吧？**為什麼對方看我的眼神似乎充滿了敵意呢？**

想到此處，柳擎宇撥通了酒店總經理盧自立的電話：

「盧經理，跟你打聽個事，八樓會議室，我們天心閣斜對面的天文閣會議室，是什麼人在使用啊？」

盧自立看到是柳擎宇的電話，連忙陪笑著說：「那間會議室是吉安縣的人在使用，他們好像要召開招商引資的推介會。」

柳擎宇眉頭一皺，心中暗道：怎麼對面也在搞項目推介會啊，這明顯和我們瑞源縣有些相似啊，柳擎宇心中不由得升起一絲異樣的感覺。

他看了看自家「天心閣」門前的招牌，上面的「瑞源縣三省樞紐項目推介會現場」幾個大字，不管是字體還是擺放的位置，都十分明顯，按理說不可能看不到，但是為什麼會一個人都沒有呢？

柳擎宇邁步向吉安縣的「天文閣」走去，只見天文閣會議室旁，放著一塊比瑞源縣的招牌還要大上三倍的看板，上面用紅色的字體鮮明的寫著：「項目推介會唯一現場」！

看到這幾個字，柳擎宇心中升起一種彆扭的感覺，自己在召開項目推介會，他們也在召開項目推介會，但是他們卻用這麼明顯的字體注明了「推介會唯一現場」這幾個字，尤其是「唯一」兩個字特別加粗、加大，似乎和自己這邊的推介會有互別苗頭、爭鋒相對的意思啊，該不會對方是故意這麼做的吧？

想到很有這個可能，柳擎宇的拳頭不禁緊握起來。

這時，剛才衝著柳擎宇冷笑的那個男人笑著走向柳擎宇，聲音中帶著幾分揶揄說道：「哎呦，這不是瑞源縣的縣委書記柳擎宇同志嗎？你怎麼跑到我們吉安縣的會議室前面來了，怎麼樣，你們瑞源縣籌備的如何了？應該來了很多記者和投資者吧？」

話雖然說得十分客氣，但是字裡行間全帶著嘲諷。

自己根本就不認識這人，柳擎宇淡淡看了對方一眼，道：「你是哪位？」

對方立刻笑著主動伸出手來說道：「哎呦，你看看，我都忘了介紹我自己了，我是吉祥省吉安縣的縣長趙志勇，說起來，咱們也不算是太過陌生，你雖然不認識我，但是應該認識我堂弟趙志強，我堂弟說你是一個能人，說他十分佩服你，不過今天看來，你們瑞源縣的籌備能力很差啊，到現在為止，竟然沒有人來。

「我可是聽說了，你為了籌備這次會議，可是接連發了好幾條微博和微信啊，引起了熱烈的討論，在這種情況下，還吸引不了人群，說實在的，你們的辦事效率和能力真的讓我不敢恭維啊。我開始有些懷疑我堂弟說的話是否是真的了。柳擎宇，說實在的，你真的讓我有些失望啊。」

聽到對方的話，柳擎宇不由得一怔，因為對於吉安縣他並不陌生，吉安縣是吉祥省與瑞源縣接壤的一個縣，根據他所規劃的方案，如果想建成這三省交通樞紐工程項目，最快捷的方式便是打通從瑞源縣通往吉安縣的群山，建成隧道，這樣就可以使瑞源縣到吉安縣的距離縮短三百到五百公里，大大的節省兩縣間的運輸成本，促進兩地的發展。

這個人原來是吉安縣的縣長！

本來這是一個和對方溝通的好機會，然而對方這番不怎麼有善意的話，讓柳擎宇感覺這個趙志勇因為他堂弟趙志強的關係，對自己很有敵意。

柳擎宇老神在在的看向趙志勇說：「離會議開始還有一個小時的時間呢，有啥著急的。」

趙志勇用手指著天文閣會議室內黑壓壓的人群說道：「你看看我們吉安縣的會議室，現在已經坐滿一半以上了，而且我們介紹的只是個無足輕重的小項目，這就是差距啊。柳擎宇，你實在是太年輕了，還有很多事得向我們這些前輩請教啊。如果你能夠虛心請教的話，我是不介意指點你一二的。」

趙志勇的神情與話語都顯得傲慢至極，令柳擎宇感覺十分的不舒服。

他從來不是一個服輸的主，更何況趙志勇說話的語氣那麼刺人，明顯是想要幫趙志強找回顏面啊，畢竟趙志強在和自己爭奪市裡那五億的配套資金時一敗塗地，後來玩了幾個陰招想要巧取豪奪，結果還是輸了。

柳擎宇淡淡說道：「請教就不必了，每個人有每個人的方式，我只做我認為是光明正大的事。」

說完，柳擎宇回到了天心閣，把宋曉軍喊來，低聲交代道：「曉軍主任，你帶兩個人下樓去看看，順便到酒店外面，包括停車場也看看，我總感覺今天的狀況有些蹊蹺，吉安縣的活動標題和我們的幾乎一模一樣，有些不太對勁。」

宋曉軍立刻帶著人下樓去察看。

十多分鐘後，宋曉軍和兩個手下臉色憤怒的回來了。

宋曉軍一邊咬牙切齒的說道：「無恥！太無恥了！柳書記，這個趙志勇也太無恥了！」

柳擎宇不慌不忙的問道：「到底是怎麼回事？你為什麼這麼生氣啊？」

宋曉軍氣噗噗地說道：「我真的沒有想到這趙志勇竟然可以無恥到如此地步，剛才我們下去察看，發現他們不僅在酒店大廳裡安排了兩名穿著旗袍的美女，手中舉著牌子，牌子上面寫著『項目推介會場地——八〇六』的字樣，這些女孩還不斷地詢問對方是不是來參加項目推介會的，只要對方說是，這些女孩立刻就會告訴對方是在八〇六舉行，千萬別走錯了。

「在酒店門口和停車場，他們都安排了美女引導員，一再的宣傳項目的位置是在八〇六，我拉住一個人問對方是來參加什麼活動，對方說是來參加瑞源縣的新聞發布會的，沒有想到一個美女就跑過來告訴對方，場地在八〇六，不是其他房間。」

柳擎宇簡直傻眼，竟然會有這種事。

宋曉軍又說道：「柳書記，吉安縣明顯是在用這種極度無恥的方式，把那些原本要來參加我們新聞發布會的人全部給拉到他們那邊去了，這根本是故意的。這些人太無恥了！柳書記，要不我們也雇幾個美女在外面負責引導吧？」

柳擎宇嘴角微微向上翹起一個弧度，如果是柳擎宇的好兄弟們看到柳擎宇這個表情，就知道柳老大生氣了，而且是十分的生氣。

宋曉軍感受到柳擎宇身上散發出來一股強烈的殺氣，本以為他會做出什麼意外之舉，讓他意外的是，那股殺氣轉瞬即逝，柳擎宇反而笑道：

「雇用美女引導員？不用！那也太浪費了，我們瑞源縣可沒有那筆經費預算，吉安縣做得挺好的啊，你看，那麼多記者來賓都跑到他們的會議室去了，這趙志勇還真是個人才啊，能夠想出這麼好的主意！」

聽到柳擎宇竟然誇起了趙志勇，宋曉軍露出不解的神色，心中暗道：該不會柳書記被趙志勇給刺激得開始胡言亂語了吧？宋曉軍小心翼翼的觀察起柳擎宇的表情。

柳擎宇看出了宋曉軍的疑惑，低聲道：

「曉軍主任，**你難道不覺得摘桃子是一個非常不錯的主意嗎，既然趙志勇能夠摘我們的桃子，難道我們就不能去摘他們的桃子嗎？**他費盡心思的把這些記者吸引到他們的會議室去，這可省了我們很多工作啊。

「走，咱們先回會議室好好的休息一會兒，留兩個人在外面負責引導就可以了，我們可以看一看，今天與會的嘉賓裡面到底有沒有識貨的。曉軍主任，咱們要不要打個賭，就賭一頓飯，賭今天有幾個嘉賓能夠自己來到咱們的會議室內。」

宋曉軍知道柳擎宇足智多謀，而且從來不打無把握之仗，既然他這樣說，也就放下心來，笑道：「我賭不會超過兩個。柳書記，你呢？」

柳擎宇笑著說道：「我想怎麼著也有四五個吧，總不可能所有人都是傻瓜吧。」

說完，兩人都笑了起來。

之後，兩個人便坐在椅子上聊起天來。主要是宋曉軍說，柳擎宇聽。

宋曉軍聊起在柳擎宇住院時瑞源縣的變化。宋曉軍告訴柳擎宇，這段時間裡，在縣長魏宏林的推動下，縣電視台的台長換人了，縣農業局的局長也換人了，他還在醞釀著其他的人事變動。

柳擎宇臉色刷的一下沉了下來，自己才離開瑞源縣幾天時間，魏宏林竟然把自己之前作出的決策直接否定掉，這個人看起來真的是太不靠譜了。

不過，對這些事，柳擎宇沒有給予置評，這些事情只能等他回去再處理，現在說什麼都沒用。

兩人聊完瑞源縣的事情後，宋曉軍看了看手錶，說道：

「柳書記，現在離會議開始還有二十分鐘的時間，按理說這個時候記者們都應該到的差不多了，咱們這邊還是冷冷清清啊，您到底打算怎麼樣挽回局勢呢？」

柳擎宇正要說話，就聽門口處傳來一陣腳步聲。

柳擎宇的聽力很好，聽到腳步聲，就知道來人了，站起身來向門口的方向迎去。

房門處人影一閃，一個五十多歲、肚子微微有些發福的男人走了進來，男人的身後還跟著三個人，一個身材高人，膚色黝黑，體格健碩，剃著小平頭，眼神犀利，一看就是個猛人。

此人身邊是一個身材瘦削、身高大約一米六左右的男人，二十多歲的樣子，長得尖嘴猴腮的，一看就是個狡詐之人。在他的旁邊則站著一個胖子，胖子體重至少一百公斤，長得十分討喜，像是彌勒佛一般。

這三人跟在白襯衣男人的後面，腳步始終和他保持著一致，和他的距離也固定保持著一米左右。

進入會議室後，白襯衣男人看到會議室內竟然空蕩蕩的便是一愣，隨即臉上露出淡淡的微笑，看向柳擎宇道：「你就是柳擎宇吧？」

柳擎宇主動伸出手來，「您好，我是柳擎宇，歡迎來參加我們瑞源縣的項目推介會。」

白襯衣男人道：「柳書記，我很納悶，為什麼你們這會議室這麼冷清呢？」

柳擎宇笑道：「來了很多人，只是都在對面的會議室休息呢。」

白襯衣男人臉上露出詫異的神色，道：「哦？在對面會議室？不對吧，我記得對面會議室是吉祥省吉安縣的會議現場啊，他們怎麼跑那裡休息去了。」

柳擎宇道：「吉安縣的同志們太熱情了，他們不去不行啊，可不是每個人都有您這種敏銳的判斷力的。」

聽到柳擎宇這樣說，白襯衣男人微微點點頭，走到第一排最中間的位置坐下，身後的三個人瘦子和胖子分別坐在此人兩側，平頭男坐在胖子身後，坐定之後，白襯衣男人便開始閉目養神起來。

這位白襯衣男人從氣質上看平淡無奇，甚至還帶著一點暴發戶的感覺，他帶的三個男人一看就是保鏢，從三個保鏢的外貌來看，一般人肯定會認為這個白襯衣男人眼光太差，然而柳擎宇卻並不這麼認為。

行家一出手，便知有沒有。這三個人雖然高矮胖瘦各異，但是他們能夠一直保持著和白襯衣男人同樣步伐和間距，僅僅是這一點，就不是一般人能夠做到的。而且從他們所坐的位置來看，更是十分講究。最重要的一點，來參加這種級別的新聞發布會還帶著三個保鏢，說明這個白襯衣男人對他的安全十分重視。

從這些細節看來，柳擎宇對這個白襯衣男人不敢有絲毫輕視之心，**能夠不受吉安縣所設下的美女陣和招牌暗示陣一連串的誤導手段，準確的找到這裡，只有他一個人而已，顯然不是普通人。**

時間一分一秒的過去，離會議正式開始還有不到十分鐘的時間了，然而自從白襯衣男人進來後，就再也沒有其他人來了，宋曉軍和縣委辦的同志們都急得滿頭大汗，雖然宋曉軍認為柳擎宇應該有辦法挽回頹勢，但是到目前為止，柳擎宇還沒有任何行動，時間都快來不及了。他真的有些擔心起來。

這時候，門外再次傳來腳步聲，聽聲音只有一個人。

柳擎宇站起身來，便看到一個二十多歲，年紀和柳擎宇差不多大、戴著一副黑框眼鏡，穿著休閒服的年輕男子走了進來。

這人看起來就點書呆子的味道，剛走進來，又退了出來，看了眼門口的牌子，才又再走了進來，看向柳擎宇道：「我說哥們，這裡是瑞源縣的推介會現場吧？」

柳擎宇點點頭道：「沒錯，這裡就是瑞源縣推介會的現場，歡迎你來參加，請前排就坐。」

眼鏡男推了推眼鏡框，仔細瞧了瞧柳擎宇，說道：「我視力不太好，看不清楚，請問你是……」

柳擎宇伸出手來：「我是瑞源縣縣委書記柳擎宇，本次項目推介會的主持人，歡迎你。」

眼鏡男興奮的握住柳擎宇的手說道：「哎呀，你就是柳擎宇啊，可算是找到你了，沒錯，就是你，你是我的偶像啊。」

眼鏡男語氣十分誇張，不過從他的表情來看，倒不是在演戲，而是發自內心的，柳擎宇謙虛地說：「你謬讚了，如果你願意的話，推介會後咱們可以好好聊聊。」

對任何人，柳擎宇都不會有輕視之心，身為會議的主持者，他對每個來參加的人都一視同仁。

眼鏡男呵呵地憨笑起來：「好啊好啊。」說完，眼鏡男找了一個中間位置，靠外面坐下。

柳擎宇感覺這個眼睛男很有意思，此人實在是太低調了，讓人看不出玄機。然而，柳擎宇總有一種感覺，這個眼鏡男不是一般人，畢竟，今天會來參加推介會的只有兩種人，一種是新聞媒體的記者，另外一種人就是對三省樞紐項目感興趣的投資商，顯然眼鏡男不是媒體記者，那麼對方是投資商的可能性就大一些。

這時，宋曉軍看著時間，焦慮地對柳擎宇說：「柳書記，離開會時間還有五分鐘，咱們得想想辦法了。」

柳擎宇看了看時間，點點頭：「嗯，是該行動了。」

柳擎宇話音落下，一個會務組的工作人員手中拿著一個嶄新的喇叭從外面走了進來，送到柳擎宇的手中，柳擎宇在會議室內試了試音，效果還不錯，便起身道：

「好了，走吧，咱們去把那些人帶過來吧。」

說著，柳擎宇直接朝天文閣方向走去。

此刻，天文閣門口只留下兩名工作人員在負責引導來得比較晚的人。

會議室內，主持席上，古安縣縣長趙志勇拿出講稿，一邊看著手錶上的時間，離會議開始還有兩分鐘的時間，看著會議室內座無虛席的人，臉上充滿了傲色，拿出手機在微信上寫了句話發給弟弟趙志強：

「志強，謝謝你的訊息。」

趙志強回覆道：「客氣了。」

這些話只有兩人能夠看懂。

趙志勇之所以能夠準確的把握到柳擎宇這邊要召開會議的資訊，是趙志強向他通風報信的，甚至還給他出謀劃策，想出了一個**李代桃僵**、**偷天換日**的辦法，讓他把瑞源縣下大力氣拉來的新聞媒體和投資商都引到他的會議室來。

趙志勇再次看了看時間，還有一分半鐘了，他放下講稿，掃視了一下全場，馬上準備宣布會議開始。

就在這時候，柳擎宇帶著兩名瑞源縣縣委辦的工作人員走進吉安縣會場，手中拿著喇叭大聲說道：

「各位新聞媒體記者們，各位投資商們，我是瑞源縣縣委書記柳擎宇，大家現在休息得差不多了吧，如果休息好了的話，對面我們瑞源縣的新聞發布會暨項目推介會還有兩分鐘就要開始了，逾期不候啊。

「另外，我鄭重提醒一下大家，請大家認清楚會議室外招牌上面的字，我們瑞源縣明確寫著是瑞源縣項目推介會，大家不要被一些別有用心的宣傳給欺騙了啊！好了，我就說到這兒，希望吉祥縣的同志們這次新聞發布會圓滿成功。」

說完，柳擎宇便向外走去。

走到門口的時候，柳擎宇突然停下腳步，轉過身來說道：「哎，真沒有想到，偌大的一個北京市，竟然只有兩個人找對了地方，這水準……哎！」

柳擎宇一走，整個吉祥縣的新聞發布會現場可就炸鍋了！

趙志勇萬萬沒有想到柳擎宇如此直接的進行反擊！按照他的估計，柳擎宇不一定能夠發現自己所玩的貓膩手段，即便發現了，他也無能無力，自己只是巧妙的玩了點文字遊戲，柳擎宇他們只能吃下啞巴虧。

沒想到柳擎宇來這麼一招直搗黃龍，他難道就不考慮一下他這樣做會引起的後果嗎？難道就不顧忌一下雙方的面子嗎？不去想想萬一新聞媒體報導此事，雙方的臉面都不會好看，這屬於殺敵一千、自損八百的爛招！但是柳擎宇偏偏這樣做了。

現場記者們、投資商開始交頭接耳，議論紛紛，更有人直接衝著趙志勇問道：「你們這裡是瑞源縣的項目推介會現場嗎？」

在眾人的逼問下，趙志勇只能咬著牙說道：「這裡是吉祥縣項目推介會現場。」

聽到答案，一個記者立刻罵罵咧咧的說道：「媽的，你們吉祥縣怎麼這麼無恥啊，連開個推介會還搞山寨版，太沒有水準、太無恥了。」

說著，這個記者拿起相機對準趙志勇連拍了幾張照片後，立刻轉身離去。

有了第一個，後面很快就有第二個、第三個、第四個……

畢竟，很多人今天來參加項目推介會衝著的是瑞源縣製造的話題，因為在推介會上，瑞源縣極可能會宣布聘請形象代言人的事，一千萬對一個小小的縣城來說，可是一筆鉅資，這筆錢怎麼來，為什麼要這麼做，這些可都是話題啊，相比於瑞源縣，這個吉祥縣很多記者連聽都沒有聽過，他們怎麼會出席這裡的項目推介會呢？更何況是被忽悠來的，這已經涉嫌詐欺了。

沒有人喜歡被騙，被人欺騙的感覺很不好！**更何況是以無冕王自稱的記者們！**

而柳擎宇那句「整個北京市竟然只有兩個人找對地方」的話，更是對他們硬生生的打臉！話裡話外充滿了對他們這些人的嘲諷。

很多人感到非常的不爽，對柳擎宇也有一絲不滿，本來就是嘛，他們是過來給柳擎宇捧場的，柳擎宇竟然嘲笑他們，簡直是太不知好歹了。

然而，人心就是這麼有意思，他們雖然想要直接離開，但是強烈的報復心理驅使著他們衝進對面的天心閣內，搶佔著有力的地形，架設攝影機、照相機，準備隨時抓住柳擎宇的漏洞，狠狠地報導一番，好讓柳擎宇知道他們這些無冕王的厲害。

本來吉祥縣通過公關拉來了一些投資商和媒體記者，但是經過柳擎宇大喇叭這麼一喊，越來越多的人呼啦啦的趕奔至天心閣，原本為了吉祥縣的車馬費而來的新聞記者們也跟著跑去對面了。

身為新聞工作者，都帶著獨特的新聞敏感性，曉得人多的地方肯定有話題，有話題就意味著有銷量、有收視率。

所以，會議正式開始的時候，吉祥縣的會議室裡只剩下小貓兩三隻，那些是來自吉祥省的記者，因為礙於面子才沒有離開。

趙志勇的臉垮了下來，徹底把柳擎宇給恨上了，要不是柳擎宇這麼一喊，現在他們吉祥縣的新聞發布會已經十分隆重的召開了，自己這次的北京之行也會圓滿收場。

卻不想自己精心策劃的項目推介會竟然被柳擎宇給破壞了，這個柳擎宇實在是太可惡了！

看著空蕩蕩的會議室，看著下面臉色尷尬、心思湧動的記者們，趙志勇咬著牙，擺了擺手說道：「散了吧！推介會延期舉行！」說完，便轉身向外走去。

那些記者聽到這句話，立刻嗖的站起身來向外衝了出去，他們也想要去對面看看，那邊到底有什麼勁爆的話題，為什麼這麼多的同行都往那裡跑。

趙志勇一邊往外走，一邊咬著牙暗道：「柳擎宇，你真不是東西，怪不得我堂弟對你那麼恨呢，看來你實在是太囂張了。你記著，以後最好別犯在我的手裡，否則，我會狠狠地教訓你的，我要把今天我所受到的恥辱全部還給你！狠狠地打你的臉！」

就在趙志勇含恨離開的同時，天心閣會議室內卻是人頭攢動，人滿為患，就連走廊上都站滿了前來報導的記者們。

柳擎宇坐在主持席上，環視四周，站起身來大聲宣布道：

「好了，現在正好是下午四點鐘，瑞源縣項目推介會暨新聞發布會正式舉行，在正式開始之前，我在這裡首先感謝大家百忙之中趕到這裡，對我們瑞源縣的工作進行支持，另外，我也向大家道個歉，剛才因為情緒激動，我說話可能有不周到的地方，還請大家諒解。」

開門見山，軟硬兼施，柳擎宇一開口便吸引了所有人的注意力。

很多人原本對柳擎宇說他們水準不高心存不滿，但是柳擎宇當場道歉後，也就沒有誰再和他計較了；有些精明的投資商從柳擎宇前後的舉動中品出了一些意思，他們看出來，柳擎宇剛才玩的是激將法，現在則是緩和大家的情緒。

開場白說完之後，立刻有一個記者問道：

「聽說你們瑞源縣要投入一千萬聘請形象代言人，還聽說你們一年的財政收入也就一億左右，在財政如此緊張的情況下，你們花費重金聘請形象代言人是否合理呢？是不是涉及到利益輸送和貪腐問題呢？」

柳擎宇回答那個記者的提問，道：「這位記者老弟還真是個急性子啊，我這什麼話還沒有說呢，你就提出了這麼多尖銳的問題。我相信在座的媒體記者們肯定也十分關注這個問題，那麼我在這裡就給大家說明一下這件事。希望在我說明時，大家不要打斷我，等我說明完，大家有什麼問題都可以提問，好嗎？」

「好！」「沒問題！」記者們紛紛答道。

柳擎宇輕咳一聲，等到現場安靜下來，這才說道：

「各位朋友，在說明形象代言人和一千萬這個概念，我得先把我們瑞源縣正在策劃的三省樞紐工程這個項目介紹給大家，因為這件事和三省樞紐工程項目是密不可分的。」

說著，柳擎宇拿起手中的遙控筆點了一下身旁的筆記型電腦。

很快的，會議室內的燈光全部熄滅，早已準備好的資料立刻透過投影布幕出現在所有人的視線中。

就見布幕上出現一幅白雲省、吉祥省、赤江省三省的地圖，看到這個畫面，很多人都皺起眉頭，對柳擎宇的意圖充滿了疑惑。

柳擎宇用手指著地圖說道：

「各位，大家看到了嗎？我們瑞源縣位於白雲省、吉祥省、赤江省三省交界之地，處於三省交界的中心，然而，不管是前往赤江省還是前往吉祥省，都需要繞行數百公里才能到達別的省分，交通十分不便。」

柳擎宇又點了一下遙控筆，大螢幕上又出現了一個新的畫面，是一個統計表格。

「各位看，這份統計表格裡，統計的是三省間每年的經貿往來資料，交易金額高達數千億元，而這些交易往往都是互通有無，比如說把赤江省的鐵礦資源、煤礦資源運往我們白雲省，把白雲省的可燃冰資源、糧食資源運往吉祥省等等，如此頻繁的貿易往來下，每年光是運輸成本就高達上百億，極大的壓縮了很多企業的利潤。這正是因為三省之間交通實在是太不方便，限制了三省貿易往來向更高的數字前進。」

說到這裡，柳擎宇再次點了一下遙控筆，這次出現的是一幅交通規劃圖。

「各位，這張圖是我們瑞源縣從北京請來的頂級交通專家所規劃的三省交通樞紐項目的前景圖，從這個規劃圖大家可以看到，我們只需要打通從瑞源縣到吉祥省吉安縣之間的崇山峻嶺，打通瑞源縣到赤江省豐澤縣之間的水路、陸路交通，以瑞源縣為核心，將會把吉祥省、赤江省、白雲省三個省分緊密的聯繫到一起，到那個時候，幾乎大部分的貨物都可以通過我們瑞源縣這個樞紐來相互運輸，如此一來，三省之間的運輸成本至少會降低一半！

「假設以當前的三省貿易金額來看，每年為三省企業節省的成本將會有七八十億，如果貿易金額上升，節省的成本將會更多，同時，透過這個項目，將會極大的促進三省間的交流，給三省相鄰區域的騰飛注入活力。」

隨後，柳擎宇又簡明扼要的講述了這個項目的規劃細節，足足半個小時才停止。

講完後，柳擎宇關掉投影機，打開燈，說道：

「各位，有關三省交通樞紐項目我就給大家說明到這裡，下面，我再說說這個形象代言人的事。我之所以想要巨資聘請形象代言人的目的，相信大家應該都猜到了七八分，我的目的非常簡單，那就是為了宣傳這個三省樞紐工程項目。我要讓所有人一看到這個形象代言人，就想起我們瑞源縣、想起這個三省樞紐項目。」

柳擎宇說完，現場立時陷入一片沉寂之中，所有人都在思考柳擎宇所說的話！

在場的記者都被柳擎宇所說的這一連串的事給驚呆了！一個小縣城竟要推動一個金額高達十多億的超大型項目？你能說這不是話題？這絕對是最搞笑、最滑稽、最不可能，卻又是最有看頭的話題！

短暫的沉默過後，是狂野的爆發！記者們的熱情很快就被釋放出來！大家爭先恐後地搶著提問。

柳擎宇眼見現場快要失控，大聲說道：「誰有問題請舉手，我點到誰誰提問，我會一一回答的，我今天準備拿出兩個小時的時間來回答大家的提問，所以大家不必著急，不過，每個人最多限三個問題。」

記者們聽到柳擎宇準備兩個小時來回答問題，便沒有之前那麼著急了，很有秩序地舉起手等待著。

「你！」柳擎宇用手點了一下站在最前排的一個記者說道。

「柳書記，你認為你們一個小縣城能否撬動得了高達十多億的項目？」

柳擎宇笑道：「事在人為，我現在不是正在努力嘛。」

那個記者立刻追問道：「努力是一回事，能否成功又是一回事，我相信你應該也看過這段時間的網路新聞，你們瑞源縣的事已經被炒作得沸沸揚揚的，但是幾乎沒有一家媒體、沒有一個分析人士認為你們瑞源縣能夠成功。還有人指出你完全是在作秀，你所做的都是為了自己的政績考慮，你怎麼看？」

柳擎宇不疾不徐的回答道：「別人怎麼看那是他們的自由，怎麼說也是他們的權利，但是我該怎麼做就怎麼做。」

這個記者有些不滿了，質詢道：「柳書記，你能否正面回答我的問題呢？我想知道你是不是在作秀？」

柳擎宇臉色一沉，「我想你的理解能力可能有問題，我剛才已經說得非常清楚了，我認為我沒有作秀，我只是在做我應該做的事情。好了，你的三個問題問完了。下一個。」

對於這個記者一而再再而三的誤導自己，柳擎宇有些不滿，不過他還是回答了對方的問題，他的這種態度也獲得了全場媒體記者的肯定。

第三個提問的是一名女記者，她的問題更加尖銳了：

「柳書記，我很好奇，提議拿一千萬來請形象代言人的決策是誰提出來的，這算不算是拍腦門（編按：喻單憑主觀想像。）決策？這裡面有涉及利益輸送嗎？什麼樣的人才能滿足你們的形象代言人條件呢？」

這個女記者問完，全場鴉雀無聲，都看著柳擎宇，這些問題可以說是直指柳擎宇的心臟要害。

柳擎宇卻是淡淡說道：「你的問題提得很好，我可以明確的回答你，這個提議是我提出的，是我做的決策，我不認為這是拍腦門決策，至於結果如何，大家可以等我們請到形象代言人之後看一看效果就知道了。至於利益輸送的問題，肯定是沒有的，因為我們現在只是有這個想法，準備這樣去做，至於選誰，都還沒有定案呢！

「至於你最後一個問題，這正是我們目前正在認真思考的事。目前我的初步打算大概會採取幾個遴選原則：第一，我們會公開進行徵選，只要滿足我們的條件就可以報名；第二，會以電視直播的形式對遴選過程進行現場直播，以接受民眾和媒體監督；第三，我們會聘請最專業的評委進行評分。第四，這筆形象代言人的費用並不是由我們瑞源縣財政來支付，將會採取招商引資的方式解決這個問題。

「我們也歡迎各界人士積極投資這個項目，我們會以極大的熱情，公平的合作條件，來與所有投資商展開合作。」

最後，柳擎宇又選了一個記者進行提問。

這個記者只提了一個問題：「柳書記，恕我直言，你認為這樣一個小縣城的形象代言人的海選，會有投資商願意贊助嗎？除了你們瑞源縣電視台，會有電視台願意轉播這樣一個沒有什麼話題的活動嗎？這可不是中國好聲音啊！」

柳擎宇還沒有回答呢，人群中一個男人站起身來，向上推了推黑框眼鏡，說道：「這位記者，你的問題我可以回答，我準備投資五千萬贊助這次的代言人海選，其中一千萬用於支付代言人的費用，另外四千萬則用於海選的活動經費。」

說完，這個男人看向柳擎宇道：「柳書記，不知道你們瑞源縣是否願意接受我的贊助呢？」

現場立時爆出嗡嗡的議論聲，眾人都把目光聚集到說話男人的臉上。

柳擎宇順著聲音的方向看去，發現說話的竟是最早來到會議室的眼鏡男，沒想到他竟然會在這個關鍵時刻為自己解圍。

柳擎宇對這個眼鏡男的身分不由得好奇起來。要知道，五千萬可不是小數目啊！這個眼鏡男眉頭不眨一下就說了出來，好像只是拿出五十塊錢一般；而且看對方的樣子，似乎很擔心自己不讓他贊助這個海選活動。

現場的記者也紛紛猜測起來，這個眼鏡男到底是誰呢？為什麼以前沒有見過這個人呢？

就在這時候，讓眾人跌破眼鏡的一幕又出現了。

只見一直坐在第一排的那位穿著白襯衣的男人站起身來，帶著笑容看向柳擎宇說道：「柳書記，我也願意贊助本次形象代言人海選活動，我的投資金額和分配方式和剛才那位老弟一樣，一千萬用於支付代言人的費用，另外四千萬用於活動經費。我希望我們兩人聯手，把這次的海選活動辦好，為這個項目找到一個真正合適的形象代言人。」

白襯衣男人說完，氣氛立時為之沸騰。那個眼鏡男沒有人認識，但是這個白襯衣男人卻是有記者認識的，因為這個人可是商界十分知名的人物，雖然他平時為人低調，但是偶爾也會接受記者採訪。

一名專跑財經線的記者激動地說道：「天啊，如果我沒有認錯的話，您……您是正龍投資集團的董事長徐正龍吧？」

白襯衣男人轉過身來，看了記者一眼，有些詫異的說道：「你認識我？」

那名記者使勁的點點頭說：「是啊，我跟我的領導曾經採訪過您，您的正龍投資集團可是國內很著名的投資基金之一啊。」

聽到「正龍投資集團」這幾個字，記者們都倒吸了一口涼氣，因為正龍投資集團是最近三四年來新近崛起的投資基金，他們近幾年投資了數十個項目，每個項目都至少給他們帶來三到五倍的收益回報，最為市場津津樂道的一筆投資，是他們投資了兩億的項目，目前所持股份市值竟高達五十億，而且還在增值中。有人計算正龍投資集團目前市值上千億。

當徐正龍的身分被記者識破後，會議室內的氣氛立馬發生了急劇的變化，連徐正龍都願意投資的項目，已經沒有人再質疑這次海選活動失敗的可能性了。

兩個人，一億的投資，只是搞個小縣城的形象代言人選拔，這絕對用不了這麼多的啊。

有個記者打破沉默，問徐正龍道：「徐總，請問您為什麼想投資這個海選活動呢？」

徐正龍淡淡一笑，他的回答出乎了所有人的意料：

「這個項目之所以值得投資。是因為柳擎宇這個人的做事風格讓我信服，他雖然年輕，卻是一個做實事的人。」

「徐總，你以前認識柳擎宇嗎？如果不認識，為什麼要說柳擎宇做事讓人信服呢？」又有一個記者問道。

徐正龍笑道：「我和柳擎宇並不認識，我是昨天晚上在柳擎宇的微博看到了他所發的訊息，在好奇心的驅使下，通過微博和他聊了幾句，我發現柳擎宇的回答十分誠懇，沒有一絲一毫老王賣瓜的意思，反而把事情的來龍去脈和得失利弊都說得十分清楚，正是他的坦誠引起了我的興趣，所以我今天才到現場來看一看的。

「到了現場，我就發現吉安縣故意設局把你們這些人往他們的會議室拉的事情，我感覺挺有意思的，我想看看柳擎宇會如何處理這件事。而他的處理過程和結果，我相信你們大家也都看到了，我只能說一句，我這個人一向重視細節，從目前我所掌握的細節來看，我認為柳擎宇是很有擔當、有勇氣、有魄力的人，所以我認為和瑞源縣合作應該是一個不錯的選擇。」

柳擎宇趕緊走下主持台，把手中的麥克風遞給徐正龍。

徐正龍接過麥克風，讚許地說：「大家看到了吧，從柳擎宇遞給我麥克風這個細節，就表現出他雖然年輕，卻十分謙遜。在這裡，我同時宣布一件事，正龍集團將會出資三百億，參與瑞源縣三省樞紐項目中去。我相信，這個時候大家也應該可以明白為什麼我要投資五千萬贊助形象代言人活動了吧？」

徐正龍震撼性的發言，不僅所有的記者呆住，就連柳擎宇也愣住了。

他辦這次推介會的目的，原本是抱著有棗沒棗打一竿子再說的態度來搞的，只是想藉由新聞發布會和項目推介會把這個項目透過新聞媒體向外傳播出去，對於能否找到投資商根本沒有抱任何希望，沒想到第一個走進會議室的胖子竟然是正龍投資集團的大老闆，而且如此財大氣粗，一出口就是三百億的投資。

柳擎宇真的有些被鎮住了。

不過柳擎宇是個厚道人，在所有人還沉浸在震驚之中的時候，柳擎宇便誠懇的說道：「徐總，非常感謝您對我們瑞源縣這個項目的看重，不過，我得再次向您坦誠這個項目所面臨的風險，第一個風險，就是這個項目目前只獲得縣裡和市裡的審批，省裡和部裡的審批還沒有通過；第二，這個項目投資十分巨大，而且涉及到各方面的協調，希望您慎重考慮。」

徐正龍笑道：「柳書記，這一點您儘管放心，身為商人，我肯定是要考慮風險的，我對這個項目非常感興趣，但是這筆資金我會在項目都協調得差不多的情況下才會入注，我想我們可以簽訂一個意向協議，只要你們那邊協調得差不多了，我們就直接注入資金，這樣，有了這個意向協議，你們也可以拿去申報審批，我相信，上級領導看到有了資金支援，在審批上肯定也會有所考慮的。」

聽到徐正龍向自己交底交心，柳擎宇也笑了。

不得不說徐正龍這個人十分老道，把醜話都說在了前面。他雖然願意投資，但前提是這個項目要協調得差不多了才會投入資金，也就意味著審批以及各省之間都沒有問題了，到那個時候，投資商會蜂擁而至，資金肯定不用發愁。

無商不奸！柳擎宇此刻才真正理解了這句話。不過柳擎宇還是對徐正龍十分感謝，因為他在自己最需要有人站出來的時候伸出援手。雖然要等協調差不多之後再注入資金，但是他也提出了一個先簽署意向協議的概念，通過意向協議，柳擎宇又可以把瑞源縣的風險降低很多，雙方形成相互制衡。所以從這一點來看，這個徐正龍做生意還是很光明正大的。

柳擎宇點點頭：「好，徐總夠爽快，我代表瑞源縣縣委縣政府對你和你的正龍投資集團表示熱烈歡迎，希望我們能夠合作愉快。」

說著，柳擎宇主動伸出手來，和徐正龍的手緊緊地握在一起。

第七章

天擎集團

那個記者不屑的看了眼鏡男一眼，說：「你是誰啊？這裡可不是胡說八道的地方。」

眼鏡男淡淡道：「我是天擎九成股權的實際擁有者、天擎的大股東——胡雪峰。」

「啥？你是天擎的大股東？」這個記者聽了差點沒跌倒。

兩人相視一笑。儘管兩人的年齡相差足有一輪，但是都對對方充滿了欣賞。徐正龍欣賞柳擎宇的年輕有為，有勇有謀，柳擎宇則是欣賞徐正龍的光明正大卻又心機深沉。

現場立刻響起了熱烈的掌聲，記者們趕緊把照相機、攝影機對準了柳擎宇和徐正龍大拍特拍。這可是歷史性的一刻啊！這次果然沒有白來！這則新聞絕對足夠震撼，足夠吸引眼球了！

一個小小縣城竟然能吸引到投資界巨鱷的老闆親自出面，而且一出手就是三百億，這得需要多大的魄力和勇氣啊！

最重要的是，**正龍投資集團到現在為止還沒有一個投資失敗的案例，所有人都在關注著正龍集團，都在等著看正龍投資集團到底什麼時候會遇到第一個投資失敗的項目，**很顯然，瑞源縣的這個項目很值得期待，正龍投資集團這次到底是會失敗還是成功呢？

喀嚓！喀嚓！快門聲響成一片。

這時候，又有一個記者站了出來，看向柳擎宇道：

「柳書記，我想問問你，既然你不停地向徐總強調這個項目的風險，那為什麼還要舉辦項目推介會呢？你們舉辦推介會的目的不就是尋找投資商嗎？這樣做豈不是自相矛盾？這是不是說明你這個人很虛偽呢？」

現場再次靜了下來！好犀利的問題！

此刻，就連徐正龍都感到有些震驚了，徐正龍目光看向柳擎宇，他想要看看這個年輕的縣委書記到底如何回答？

柳擎宇面色不驚地看著這位記者說道：「我認為兩者之間並不矛盾。原因很簡單，我要推薦我們瑞源縣的項目，自然要把這個項目的好處與風險全都說明白，這一點沒錯吧？做任何項目都是有風險的，但是有風險才會有利潤，沒有風險而有利潤的項目，恐怕早已人滿為患了。這也是為什麼這個世界上有錢人總是小部分，因為他們有風險意識，他們懂得什麼時候、什麼項目才能獲得比較好的利潤。

「我相信，徐總既然看好這個項目，說明他對風險與利潤之間的比例已經有所評估，否則你以為徐總會隨意拿出這麼一大筆錢來進行投資嗎？這位記者朋友，我想你的邏輯思考能力可能有所欠缺，需要多吃一些核桃。」

柳擎宇的調侃之語，使現場立刻響起了一陣哄笑聲。很多記者暗暗說道：「這個柳擎宇的口才還真是厲害啊，他說讓記者多吃一些核桃，其實是在暗指對方沒腦子，真是罵人不吐髒字啊！不過這個記者也是，人家投資商都認可了柳擎宇，你還在這裡瞎折騰啥啊！」

那個記者被柳擎宇這麼一說，臉色一陣青一陣白，顯得十分難看。他是吉祥省來的記者，原本是出席吉安縣的新聞發布會的，被柳擎宇那麼一嗓子給喊了過來。就在剛才柳擎宇在臺上說明項目的時候，他收到趙志勇發來的簡訊，讓他幫忙給瑞源縣的事攪攪局。

這個記者與趙志勇熟識，關係不錯，自己只要幫他做事，肯定會收到好處，這也是他為什麼要向柳擎宇發難的原因。

此時見自己被柳擎宇給嗆了回去，還暗諷了自己一番，他感覺相當不爽，眼珠轉了轉說：「柳書記，我還有一點懷疑，該不會你與徐總關係很好，他今天是過來給你當暗盤的吧？」

這句話一出口，現場再次陷入一陣死寂，隨即便是眾人的竊竊私語聲。

現在這個社會，**陰謀論橫行**，有不少人凡事總喜歡用陰謀論去思考問題。但是不得不說這個記者的說法迎合了很多媒體記者的心思，眾人對柳擎宇與徐正龍之間的關係不由得多了幾分懷疑。

此刻，連徐正龍也有些無語了，他沒有想到這個記者連他都懷疑上了，他卻無法回擊。

這時候，人群中，眼鏡男站起來說話了。

「這位記者朋友，你的懷疑從理論上來講，的確是有幾分可能性，不過，徐正龍身為偌大一個集團老總，他會做這種事嗎？有這個必要嗎？他這樣做對他們正龍投資集團有什麼好處？」

那個記者反擊道：「那誰知道呢！反正他們正龍集團也不是上市公司，徐總那樣做對他們的股價也不會產生任何影響。」

眼鏡男順勢道：「照你這樣說，如果是上市公司要是投資這個項目，那就是真的了？」

記者回道：「至少可信度要高一些。」

眼鏡男笑著點點頭，說道：「好，既然如此，那我在這裡也宣布一個消息，順便也借瑞源縣這次的新聞發布會平臺，為我們天擎舉辦一個臨時發布會。

「我宣布，我將會賣出手頭上掌握的天擎百分之三十的股權，募集兩百億，各位投資基金的負責人，誰如果感興趣的話，可以和我們天擎進行聯繫，洽談合作事宜。另外，我將會把募集到的兩百億全部投資到瑞源縣的三省交通樞紐項目中去。

「同時，我再宣布一個消息，天擎將會組建一個新的部門——物聯互通部，總部便設在瑞源縣，並且會投入至少三十億，在瑞源縣建立大型物流倉儲配送中心。」

說到這裡，眼鏡男看向柳擎宇道：「柳書記，你要為我們天擎的投資提供便利條件啊！我們可是十分響應你們瑞源縣縣委縣政府的政策號召，大力發展新技術綠色產業。」

柳擎宇頓時一愣，到現在他還沒有搞清楚眼鏡男是誰呢。不過柳擎宇是個極度聰慧之人，從眼鏡男剛才的這番話中，他立刻推斷出眼鏡男的身分——「天擎」的幕後老闆。

「天擎」是一家集社交網站、Ｂ２Ｂ購物平臺、視頻娛樂為一體的綜合性網站，市值高達三百多億。一直以來，天擎的幕後大老闆都是一個謎團。即便是天擎已經成為上市公司，也沒有人知道天擎的大老闆究竟是誰。雖然在上市公司的各種財報中都會公布公司的股東等人員，但是天擎是一個十分特殊的存在，那就是天擎只有一個大股東——天擎集團。

它的法人代表是鄭冬豔，但是實際上，鄭冬豔很少出現在天擎公司，因為這只是一個農村的大嬸而已，沒有人相信她會是天擎集團的掌舵人。

天擎集團有四大金剛，分別是財務總監、市場總監、行政總監、營運總監。這四位總監平時負責整個公司的營運管理，很多決策都是他們作出的，然而，涉及到公司的重大戰略，他們也做不了主，必須向大老闆請示；公司也從來不會召開任何董事會，即便召開，大老闆也不會出席，但是所有的決策都是按照大老闆的意思在操作進行著。

那個記者不屑的看了眼鏡男一眼，皺著眉頭說：「你是誰啊？這裡可不是胡說八道的地方。」

眼鏡男淡淡道：「我是天擎九成股權的實際擁有者、天擎的大股東——胡雪峰。」

「啥？你是天擎的大股東？」

這個記者聽了差點沒跌倒。其他記者也一臉震驚的看向眼鏡男。

一直以來，沒有人知道天擎的大股東到底是誰，很多記者挖空心思想要把這個幕後大股東給找出來都沒能如願，沒想到，這位神秘人物今天竟然出現在現場，並且還宣布了如此震撼的消息。

頓時，快門聲、閃光燈一片繁忙，新聞的焦點由徐正龍轉移到了胡雪峰的身上。

這時候，那個記者再次將自己凡事懷疑的本性表現出來：

「你說你是天擎的大股東，你有什麼證據？」

胡雪峰淡淡一笑，走到主席臺上，在筆電上飛快操作了一會兒，投影布幕便出現了視訊會議的畫面。

背景便是天擎總部會議室，四大金剛赫然在列。

胡雪峰看向四人說道：「一會兒你們四個到華恆大酒店來，再舉行一場新聞發布會，主題是我要轉讓天擎百分之三十的股權，募集兩百億用於瑞源縣三省交通樞紐項目的投資。」

四個人立刻表示明白，並且會立刻準備。

胡雪峰看向那名記者：「如果你還是不信的話，可以再等一會兒，兩個小時後，天擎的新聞發布會將會在這裡舉行。」

那個記者再也沒有任何疑問了。

其他的記者群早已蜂擁到胡雪峰的身邊，想要趁機多挖出點內幕。

「胡總，據我所知，你們天擎目前的發展勢頭十分良好，股價節節攀升，為什麼你要在這個時候賣掉三成股權去投資三省交通樞紐項目呢？難道那個項目比你們網站的發展前途還要好嗎？難道你不擔心其中的風險嗎？萬一這個項目最終無法啟動怎麼辦？豈不是虧大了？」

胡雪峰雲淡風輕地說：「無所謂好不好，而是我認為現在投資這個很值得，雖然這個項目具有很大的風險性，但是我認為，這個三省樞紐項目絕對是大勢所趨，而且前景看好，一旦這個項目能夠啟動並且建設成功，瑞源縣必定會成為東北地區的重地，現在投資正是時機。真正的商人永遠都要具有超前的眼光，這一點，我對正龍投資的徐總佩服至極。所以，這次我打算陪著徐總一起瘋一回！」

胡雪峰竟然是賭博式的投資！真的是瘋了吧！

柳擎宇看向胡雪峰和徐正龍說道：「徐總，胡總，瑞源縣現在正在進行瑞岳高速公路的項目，這是瑞源縣連接岳陽市的一段高速公路，屬於三省交通樞紐項目的前期工程，總投資需要五十多億，現在已經籌集到三十多億，還差二十億左右，不知道二位對這個項目有沒有興趣？不過，我得聲明，這個項目已經通過審批了，如果要投資的話，就得直接投入資金了。」

胡雪峰和徐正龍對視了一眼，隨即同時點點頭。

徐正龍笑道：「胡總，要不這樣吧，咱們每個人投資十億怎麼樣？」

胡雪峰同意道：「好，沒問題。」

柳擎宇臉上露出了笑容。他總算可以長長地出一口氣了。

雖然這兩個人都說要投資三省交通樞紐項目，但是這個項目前途未卜，屬於長線項目，一旦審批無法通過，那麼一切合作就無從談起，但是瑞岳高速公路項目卻是需要真金白銀的往裡投的，柳擎宇之所以提出這個項目，也是存了試探兩人的想法，沒有想到兩人答應得十分爽快，這讓柳擎宇放心了不少。

隨後，媒體記者們再次提出很多問題，不過這一次柳擎宇輕鬆許多，幾乎所有的問題都是問向徐正龍和胡雪峰，因為兩個人都是充滿了話題性的人物。

尤其是胡雪峰，更是話題人物中的翹楚。

透過記者的提問，柳擎宇這才瞭解這位眼鏡男的背景。原來眼鏡男出身農村家庭，但是極有天賦，也是神人級的天才，十六歲時考取麻省理工學院，並且拿到全額獎學金，只用三年時間便拿到學位，隨即在矽谷打工兩年，回國用自己打工賺的三百萬創建了「天擎」，短短五年之間，便將天擎發展成市值高達三百億的大公司，去年公司剛剛上市。

兩個小時的時間過得很快，看看時間差不多了，柳擎宇宣布本次推介會圓滿成功，並對與會人員表示感謝。

散會之後，柳擎宇邀請徐正龍與胡雪峰一起到茶室坐了一會兒，仔細聊了聊這個項目，並且邀請兩人前往瑞源縣進行實地考察，同時簽署合作意向書，兩人毫不猶豫的表示了贊同。

就在當天晚上，瑞源縣舉辦的新聞發布會暨項目推介會的事，便密集地出現在網路和平面媒體上，瑞源縣一下子成了媒體的焦點。

吉安縣縣長趙志勇得知這個消息後，氣得直接當場摔碎了自己的茶杯，咬牙道：「柳擎宇，你竟然搶走了我這麼大的政績，還搶走了我的投資商，我絕對不會和你善罷甘休的！」

這時，南華市方面也得到了這個消息。市長黃立海與三靈集團麻生三郎坐在一家茶館內，氣氛顯得十分壓抑。

這個消息還是麻生三郎告訴黃立海的，黃立海知道柳擎宇要去北京招商引資，但是他壓根就不重視，在他看來，瑞源縣不過是一個小小的縣城而已，這個項目推介會根本連個水泡都未必打得起來。

所以，當麻生三郎把結果告訴他時，黃立海驚得眼珠差點掉出來。此刻，黃立海還在慢慢地消化著麻生三郎所帶來的這個消息。

麻生三郎不滿地說道：「黃市長，現在我們三靈銀行已經陷入了裡外不是人的尷尬境地中啊，我們本來是應你的要求前來幫助你們解決問題的，沒有想到瑞源縣不僅不接受我們的好意，還對我們指手畫腳，甚至潑髒水，說我們有別的企圖，說我們影響到了貴國的國家安全。黃市長，你是知道的，我們非常冤枉啊，我們三靈銀行在世界上一向有著良好的信譽，我們只是單純的商人，我們只想賺錢。」

麻生三郎表現出一副痛心疾首的樣子，黃立海連忙安撫道：「麻生先生，你不要著急，我相信事情總是有解決辦法的。」

麻生三郎嘆道：「有什麼辦法呢？柳擎宇已經復職了，他根本就不把你這個市長當回事，而且你們市裡給瑞源縣設下的融資條件限制，他們也藉這次的推介會擺平了，難道你還有什麼好辦法可以讓我們三靈銀行介入到這個項目中去嗎？」

黃立海被問得啞口無言，只好敷衍道：「目前可能有些困難，但是我相信，只要我們積極些，肯定會找到解決辦法的。」

黃立海語氣顯得很真誠，然而在麻生三郎這位精明的日本商人看來，黃立海這完全是推諉之詞。

麻生三郎毫不留情地直指道：「黃市長，我能夠猜得出你此刻的想法，對你來說，瑞源縣能夠把這件事情做成功，你們肯定有政績可拿，所以怎麼樣都不虧，你自然沒有必要繼續為難瑞源縣。

「但是，當初是你把我們三靈銀行引入到你們南華市的，而且也是你積極邀請我們參與瑞源縣瑞岳高速公路項目的，正是因為你一再的保證，所以我們三靈銀行非常重視這個大型工程，為此籌集了將近八百多億，為了籌到這八百多億，我們可是跟很多外資銀行進行了拆借，利息相當高，如果我們拿不下三省樞紐這個項目，損失將會相當大啊。

「另外，如果我們拿不下這兩個項目，之前我們答應你的每年給你兩千萬的分紅就自動失效了；恐怕我這個總裁位置也很可能會保不住，我擔心我之前給你的八百萬好處會被新的總裁拿出來說事，到時候不僅是我，連你也會受到牽連啊！」

麻生三郎眼中淚光閃現，聲音有些哽咽的說道：「黃市長，請你看在咱們私交這麼好的份上，幫我一把吧！我真的不想失去這個總裁的位置，不想被查出行賄，回國接受審判，黃市長，求求你了。」

說到這裡，麻生三郎突然噗通一聲跪倒在地，給黃立海磕了一個頭。

黃立海被麻生三郎這突如其來的舉動給驚呆了，麻生三郎竟然向自己跪地請求幫助，他的思緒頓時亂了起來。

此刻的黃立海內心深處升起了要摘桃子的想法，他的本意是讓柳擎宇先把這兩個項目推動得差不多的時候再摘桃子，至於這個麻生三郎和三靈銀行嘛，就當是他們陪太子讀書了，利用一下也就是了。

但是剛才麻生三郎說的話卻讓他心臟砰砰地劇烈跳動起來，麻生三郎剛才說得很明白，如果他拿不下三省樞紐項目，那麼他下臺後，新總裁上任就會對他展開調查，一旦被查出他行賄八百萬他就完了。麻生三郎話裡也透出了強烈的威脅，要是不幫他，自己也會很麻煩，如此看來，**他們是一條線上的螞蚱啊！**

怎麼辦？我該怎麼辦呢？一時間，黃立海飛快地轉起腦子盤算著。

麻生三郎站起身來，一雙三角眼斜睨著黃立海，眼底深處掠過一絲不屑和陰毒之色。對麻生三郎而言，跪地只不過是他達到目的的手段而已，**他很享受那種把中國人玩弄於鼓掌間的快感**。

麻生三郎曾在許多國家工作過，多年的經驗讓他得出一個結論，那就是在中國做生意最簡單，因為只需要把主管該領域的官員拉下水就成了，下面的蝦兵蟹將們自然能輕鬆搞定。

麻生三郎看著黃立海，心中暗道：這個黃立海太注重政績和利益了，而且十分膽大心黑，又謹慎狡猾！為了塑造政績，他當時承諾會給三靈銀行很多的優惠，但是黃立海在提到這些優惠的時候，話說得十分有技巧，直到自己送了八百萬紅包後，他才明確表示這些優惠會給他們，所以現在他也別想置身事外。

黃立海大腦飛快的轉動著，沉思良久後，決定靠攏麻生三郎，和麻生三郎站在一起，這不僅僅是因為麻生三郎的威脅，還有另外一個因素，就是麻生三郎拿下項目後給自己帶來的巨大利益！

下定決心之後，黃立海便說道：「麻生總裁，我認為瑞岳高速公路項目投入比較小，而且柳擎宇已經籌到了足夠的資金，你們三靈銀行要是涉入這個項目的話，我這邊的壓力很大，也無法向市委交代。你知道的，我和市委書記戴佳明一直不對盤，所以我建議你們三靈銀行只需要介入三省交通樞紐項目就行了，我會協助你們拿下這個項目的。」

聽到黃立海的話，麻生三郎淡淡說道：「嗯，瑞岳高速公路項目我們可以不參加，不過你又怎麼保證我們可以拿下三省樞紐項目呢？」

黃立海老神在在說：「這個非常簡單，現在根本就不用管他，我們讓柳擎宇盡情的去發揮就成了，而且從上次柳擎宇去部裡申請資金的過程來看，柳擎宇似乎在部裡也有人支持，所以三省樞紐這個項目要想通過審批，必須得由柳擎宇去跑，南華市還真沒有誰能夠勝任這個工作。我們可以等柳擎宇把審批手續都拿下來時直接介入，把柳擎宇請來的那些投資商踢出局，由你們三靈銀行頂上。只是你們的資金能否滿足整個項目的需要呢？」

麻生三郎眼前一亮，對黃立海的心腸之黑有了更深一層的認識，這傢伙這一招的確是非常陰險，笑道：「我們打算投入六百零一億獲得整個項目的控股權，至於另外的五百九十九億，可以讓你們中國方面的投資商去投資，我們完全沒有必要把他們踢出局嘛！畢竟多一個人分攤，我們的風險就小一些。」

麻生三郎說這句話的時候，心中卻暗道：「到時候我們可以用剩餘的兩百億資金在瑞源縣進行投資，拿下瑞源縣縣城周圍百分之三十到五十左右的土地，一轉手，就可以賺取一倍的利潤，**那個時候，瑞源縣就是一個聚寶盆啊！**同時，我們也可以在瑞源縣設置一些諜報設施，監控整個東北地區。」

黃立海自然不知道麻生三郎心中在想什麼，不過他卻感覺出來這個小日本真是夠奸詐的，他的意圖非常明顯，就是想用百分之五十左右的投資控制百分之百的資金，太陰險了！

反正他無所謂，只要有政績拿，有好處費可拿，其他的都不重要，他期待著項目可以快點啟動；甚至連柳擎宇他看著也沒有那麼不順眼了，因為他把柳擎宇看成是他計畫中的一枚棋子。

遠在北京的柳擎宇自然不知道千里之外的南華市，黃立海和麻生三郎已經準備了一連串的陷阱在等著他跳進去。

因為此刻的柳擎宇正沉浸在欣喜中。

當晚，消失了一天多的秦帥出現在柳擎宇的房間內。

柳擎宇驚訝地說：「我說秦帥啊，這大晚上的，你不陪著你的女朋友，怎麼跑回來了？」

秦帥一臉哀怨道：「老大，你以為我不想陪她啊，可是吃過晚飯後她就回家了，說是看到我就煩，讓我這幾天別去找她。哎，我也沒有得罪她啊，她怎麼會看我就煩呢？我長得這麼帥，人又風趣，她為什麼會討厭我呢？」

柳擎宇笑道：「這我可就不知道了，不是有那麼一句歌詞嘛，女人的心思你別猜，猜來猜去還是猜不明白，既然她說你煩，那你就幾天就別去煩她好了，沒準到時候她又想你了。我跟你說，談戀愛，**你必須得懂得收放之道**，對於女人，你不能追得過緊，否則會給她帶來壓力，但是你也不能十天半個月不見她一面，那樣她會認為你不在乎他。」

秦帥苦惱地看著柳擎宇說：「老大，那你說我該怎麼辦？」

柳擎宇傳授妙法道：「這很簡單啊，你要採取若即若離的態度，接連緊追她幾天，然後再突然消失兩天，讓她去猜測你到底幹什麼去了，等到她對你開始產生關注，甚至主動詢問你到底去哪裡的時候，你追上她的機率就非常大了。」

秦帥思索著其中奧妙，一拍腦門，衝著柳擎宇豎起大拇指說道：「高明啊，老大，你這一招是欲擒故縱啊，真沒有想到你竟然能夠把三十六計用到這裡，小弟對你的佩服猶如滔滔江水連綿不絕，又如黃河氾濫……」

「少拍馬屁了！」柳擎宇笑罵著。

「老大，看你說得頭頭是道的，不知道你現在有女朋友了沒有？」秦帥拍完馬屁後，立刻反問了一句。

柳擎宇臉色尷尬起來，輕咳一聲道：「嗯啊，這個秦帥啊，你和陳夢妍這兩天都幹啥去了？」

秦帥哪是那麼好糊弄的，立即吐嘈道：「老大啊，該不會你還沒有女朋友吧？這樣說來，你跟我說的那些也只是理論罷了。哎，老大，你也老大不小了，該找個女朋友結束一下自己的處男生涯了！」

柳擎宇頓時老臉一紅。

這時，秦帥站起身來，走到窗前，看著窗外，語氣突然變得沉重起來：

「老大，你有沒有感覺到今天的推介會上，徐正龍和胡雪峰出現的實在是太突兀了，他們為什麼對三省樞紐項目在沒有多少瞭解的情況下，就願意投入如此鉅資呢？」

聽到秦帥的話，柳擎宇不禁一愣。

他一直把注意力放在如何去吸引投資上面，現在終於有了投資商，他只顧著高興了，並沒有多想，現在聽了秦帥的話後，柳擎宇不禁靜下心思考起來。

秦帥說得很有道理，**只參加一個小小的新聞發布會，聽了自己不到半個小時的說明，就決定投入幾百億的鉅資，這可能嗎？哪個投資商是傻子？**能夠混到投資的級別，那些人可都是從一場場慘烈商戰中一路拼殺過來的，哪個沒有過人的眼力和做事風格？

劉小飛他們敢來投資，那是因為彼此接觸過，很瞭解對方，相互信任，但是這些投資商可不一樣啊。**他們的投資意願到底是真的還是假的？他們參加新聞發布會的目的到底是什麼？**一時間，柳擎宇陷入了深深的沉思。

秦帥也眉頭緊皺地思考著。

過了好一會兒，秦帥打破沉默問道：「老大，你有什麼想法？」

柳擎宇笑道：「不管他們的投資是真是假，不管他們抱有何種目的，都無所謂，因為他們能夠參加發布會，就足以對這個項目起到相當大的宣傳效應，哪怕事後他們不投資了，對我們的幫助也是非常大的，如果他們真是有什麼其他目的的話……」柳擎宇嘿嘿一笑：「到時候，他們會知道什麼叫搬起石頭砸自己的腳！」

秦帥看到柳擎宇這種表情，曉得柳擎宇已經想好了應對之策，也就不再多說什麼。

身為柳擎宇的高參，他知道什麼時候該做什麼，對進退之道有著深深的理解。

第二天，柳擎宇乘飛機返回白雲省，隨即坐車回到瑞源縣。

隔天，柳擎宇立刻召開了復職後的第一次常委會。

會上，柳擎宇沉聲道：「同志們，今天召開這次常委會的目的主要有兩個，一個呢，我復職後，大家重新再認識一下，同時也討論一下有關的人事調整事宜；另外，是討論有關瑞岳高速公路的招標問題。下面我們先談人事調整問題。」

臺下，魏宏林的臉色十分難看。他很清楚，柳擎宇這番話明顯是針對他而來的，他趁柳擎宇昏迷之際，便開始進行自己的佈局，同時也積極往市裡跑，準備拿下縣委書記這個位置，卻沒想到柳擎宇奇蹟般地醒過來，還很快的官復原職，他的縣委書記夢落空了，這對他的打擊非常大。

魏宏林想得沒錯，柳擎宇就是針對他的，柳擎宇目光掃視了眾人一眼，隨即目光落在魏宏林的臉上，說道：「據說在我受傷住院期間，有人對縣電視台台長和一些部門的主要領導進行了調整，而且這些人的工作明明做得十分出色，卻被調到了閒職上，我和這幾位同志們溝通過，他們都感到十分委屈和不平，甚至有人還發出了一朝天子一朝臣的感嘆。」

柳擎宇語氣加重了幾分，聲音也提高了幾度說道：「同志們，身為縣委領導，我們必須要有大局觀，要從全域去考慮問題，要公平公正，把有能力的官員放在相應的位置上，我看這幾個人的位置還得重新調整一下，哦，不，應該說是互換一下，大家有什麼反對意見嗎？」

說著，柳擎宇看向了孫旭陽，想要獲得他的支持。

孫旭陽附和道：「我同意柳書記的意見，這些人的調整的確有些草率了，而且新上來的人明顯掌握不了他們所負責的工作，頻頻出現失誤，趕快換回來吧。」

見孫旭陽表態支持柳擎宇，魏宏林意識到大勢已去，為了不讓自己全盤皆輸，損失更為慘重，於是立刻說道：「柳書記，我認為讓那些人恢復原職沒有問題，但是現任的人應該讓他們回到本來的單位，不該放在閒職上。」

柳擎宇否決道：「那樣太麻煩了，而且我相信你提拔的那些人，之前的位置應該也有人已經頂替上來了吧，就算他們想要回到原來的位置上也不可能了，我看就先互換一下吧。

「接下來我們瑞源縣馬上就要進入大規模發展的階段，我打算對所有幹部來一次大調動，同時對各個鄉鎮、局委的主要領導進行輪換，能力強的提拔、重用，能力一般的調崗使用，能力很差、品德也差、口碑也差的，該處理就處理，該退休就退休，務必要確保我們瑞源縣以一個嶄新的姿態迎接新一輪的挑戰。」

柳擎宇又看向孫旭陽說道：「旭陽同志，接下來一個月裡，你和宋曉軍同志會同組織部的同仁們辛苦一下，對全縣的幹部們好好的摸摸底，寫一分詳實的調查報告給我，作為一個月後人事調整的參考，怎麼樣，有困難嗎？」

孫旭陽聽到柳擎宇把這個重任交給自己，心中一喜，知道這是柳擎宇對自己剛才對他表示支持的一種回報，立刻說道：「沒問題，我們會克服一切困難，保證做好調查工作。」

柳擎宇讚許道：「好，那這件事我們就暫時討論到這裡。下面我們再討論一下關於瑞岳高速公路招標的事。現在瑞岳高速項目審批、資金都已經到位，可以正式啟動工程招標了，我建議組織一個指揮部，專門對這個項目進行統籌指導，我擔任指揮部的組長，孫旭陽和魏宏林同志擔任副組長，其他常委們擔任組員，大家齊心協力把這個項目搞好。

「不過，由於各位常委們都很忙，所以我看平時的日常工作就由宋曉軍同志來負責，由副縣長周服山和程正茂同志來擔任宋同志的助手。目前第一個重任就是招標工作，一定要選品質可靠、口碑好的建設公司。為下階段三省交通樞紐工程做好鋪墊工作。大家有沒有異議？」

孫旭陽又是第一個表示贊同。孫旭陽的人馬也隨之表示同意。

這一下，魏宏林徹底鬱悶了，柳擎宇在常委會上雖然嫡系人馬不多，但是和孫旭陽聯合起來恰恰比自己這邊多出一兩票，這種情況下，他就算是反對也沒有用。

而且他看出來，柳擎宇這是憋了一口氣，想要把自己的人馬排除在瑞岳高速公路項目之外，無奈這個項目是柳擎宇主導的，資金也是柳擎宇籌集的，他只能咬著牙表示贊同。

散會後，常務副縣長方寶榮和副縣長周服山先後來到縣委副書記孫旭陽的辦公室內。

方寶榮面色凝重地說：「孫書記，柳擎宇這是在玩什麼啊？怎麼沒有一點預兆的要搞人事大調整啊！這也太突然了。」

孫旭陽毫不奇怪地說：「其實，你會感到突然，是因為你不瞭解柳擎宇這個人而已，如果你瞭解他的話，就不會感到意外了。從柳擎宇到任的第一天開始，我就知道早晚會有這麼一天的，這也是我為什麼盡可能配合他的原因。」

「哦？這是為什麼？」方寶榮好奇地道。

孫旭陽笑道：「老方，你問出這個問題，說明你沒有仔細研究柳擎宇的為官經歷，如果你仔細調查過就會知道，柳擎宇是一個為官風格十分強勢的人，在用人上也有自己的觀點，和一般官場中人不同，很多官員用人總喜歡用自己的人，哪怕是能力差一點，只要聽話忠心就成，但是柳擎宇並不是這樣，**他喜歡用有能力的官員，只要你夠能幹，哪怕不是他這個陣營的，或是有一些缺點，他也會用你的。**」

方寶榮問道：「難道他不擔心會失去控制嗎？」

孫旭陽搖搖頭：「不會，因為此人極度自信，而且他的掌控能力也的確非常強，這一點從柳擎宇到任後接連做出的幾件事就可以看得出來，不管是清理環境衛生也好、清理瑞源河也罷、農貿會也好，透過這些事，柳擎宇將他的掌控能力展現得淋漓盡致，瑞源縣那麼多任領導都搞不定的事，柳擎宇輕鬆就搞定了。

「最出乎我意料的是，他竟然籌到了高速公路項目足夠的資金，這一點恐怕整個南華市沒有人可以做到，但是柳擎宇卻做到了，我看，黃市長想要用資金問題把高速公路項目的主導權抓到手裡的計畫是落空了。」

「是啊，黃市長給他丌天時間，柳擎宇卻用三天時間就搞定了，黃市長肯定後悔死了。」方寶榮頻頻點頭。

孫旭陽笑道：「是啊，他現在肯定非常後悔。其實，你們如果仔細觀察的話就會發現，柳擎宇到任後雖然接二連三的出手，但是他還沒有對人事進行過大的調整，我估計這一點魏宏林肯定也早就看到了，他一定很納悶，甚至連黃市長都很納悶。」

副縣長周服山聽了說道：「為什麼柳擎宇不早點進行調整呢？」

孫旭陽道：「因為柳擎宇認為時機不到，他剛來的時候，在瑞源縣幾乎沒有可用之人，對瑞源縣的形勢不熟悉，所以他不敢輕易調整，以免作繭自縛，現在情況不同了，經過近半年的熟悉，柳擎宇已經初步在瑞源縣建立起以縣委辦主任宋曉軍為核心的班底，你們發現沒有，柳擎宇的這批核心班底雖然人數不多，但是幾乎每一個都是精英，這一點我不得不佩服他。想想看，掛職副縣長程正茂以前有誰注意過？沒有吧！但是柳擎宇卻敢把很多重要的工作交給他去做，這一次更是把招標工作交給了周服山和程正茂，這充分說明柳擎宇對程正茂的信任。

「程正茂這個人雖然平時低調，但其實他是一個能力很強的人，而且能夠下來掛職肯定也有一定的背景，最重要的是，哪怕是掛職副縣長，他也希望自己能夠取得一些政績，而不是庸碌無為，魏宏林對他壓制、柳擎宇對他重用，恰好形成鮮明的對比，在這種情況下，不用說，程正茂肯定會毫無二心地倒向柳擎宇的陣營。

「再加上一個即將退休的魯元華也站在柳擎宇那邊，即便魏宏林是縣長，但是縣長辦公室裡有四個已經不受魏宏林掌控，你們說，魏宏林的日子會好過嗎？而且身為縣長，有一個最重要的權力，就是財政權，但是咱們瑞源縣的財政收入那麼少，就算掌握財政權又如何？人家隨便操作起來的這個項目就有五十億的資金，誰負責這個項目，誰手中的權力都是相當驚人的！誰不眼紅啊?!」

方寶榮突然醒悟道：「我懂了！由於沒有辦法掌控高速公路項目，魏宏林的權威將會進一步被削弱，這時候，正是柳擎宇進行大範圍人事調整的最佳時機。透過這次人事大調整，恐怕以後魏宏林這個縣長掌握的實權將會越來越少。高明，真是高明啊！柳擎宇不過才廿五歲就有這種心機，太厲害了。」

孫旭陽感慨道：「是啊，如果沒有兩把刷子，他也不敢跟黃市長叫板啊！放眼南華市，敢跟黃市長叫板的除了戴書記之外，也就只有柳擎宇了！」

這時，周服山突然問道：「孫書記，柳擎宇讓我參與招標領導小組，以後我該怎麼做呢？」

孫旭陽指點道：「跟著柳擎宇一起做事，你只要記住一點就行了——**公平公正**！只要你不做損公肥私的事，柳擎宇是不會動你的。你是我的人，柳擎宇也要顧到我的面子，因為沒有我的支持，他在常委會上的日子也不好過，而與柳擎宇合作，我們陣營則可以獲得很多的好處。」

方寶榮問道：「那和魏宏林合作呢？我們難道獲得不了好處嗎？」

孫旭陽分析道：「和魏宏林合作雖然我們也可以獲得好處，但是無異於與虎謀皮，因為魏宏林那個人私心重，萬一合作出現失誤，會有很多人被牽連進去，所以，我們要想在官場上走得更遠，就要和魏宏林這種人離遠一點，**和魏宏林可以謀取利益，但是和柳擎宇合作卻可以獲得政績**。

「而且最重要的是，和柳擎宇合作可以為老百姓做事，既然有這麼多好處，為什麼不選擇柳擎宇呢？**身為官員，我們可以自己能力差一些，但是必須要有眼光，要懂得審時度勢，要懂得看人，要懂得選擇最為正確的合作夥伴**，那樣的話，我們距離成功就不遠了。」

孫旭陽這番精闢的話，周服山聽了頻頻點頭。他很慶幸自己是和孫旭陽站在一個陣營，隨著國家反腐力度越來越強，那些平時看起來囂張跋扈、不可一世的貪官污吏們，早晚都會倒在反貪的利劍之下。

這時，方寶榮又問道：「孫書記，你說這個瑞岳高速公路項目，咱們瑞源縣真的能夠主導得了嗎？這麼大的一塊肥肉，我感覺市裡肯定不會放棄的。」

孫旭陽擔憂地說：「那是一定的，你等著吧，市裡肯定還會繼續出手的，就看柳擎宇怎麼應對了。」

第八章

出其不意

柳擎宇搖頭說：「事情已經發展到這種地步，即便是我親自拜訪那些投資商，告訴他們沒事，大概也沒有幾家投資商敢輕易下標了，所以我打算明天給那些人來一個出其不意，好好地教訓教訓那個幕後操控者。」

孫旭陽的分析完全正確。

第二天上午，沒有多久，宋曉軍便帶著憤怒走進了柳擎宇的辦公室。

「柳書記，我剛才和省招標辦聯繫，想要辦理瑞岳高速公路招標的事，但是省招標辦的人告訴我，市交通局跟他們打過招呼，說這個項目市交通局正在進行籌畫並制定相關的招標內容，過兩天才公開招標，而且招標連絡人也是市交通局，而不是我們瑞源縣。」

聽到這個消息，柳擎宇的臉色刷地沉了下來，市交通局在沉寂一段時間之後，竟然選在招標的關鍵時刻出手！這一招真可夠陰險的！

招投標可以說是整個項目最為核心的環節之一，如果這個環節掌控得不好，很有可能導致整個項目的品質失控，後果十分嚴重，尤其是在招標文件中對投標者條件的設定上，可以說貓膩非常多，所以柳擎宇絕對不能容忍任何人染指這個環節。

想到此處，柳擎宇拿起桌上的內線電話撥通了市交通局局長郭增傑的電話：

「郭局長，我是柳擎宇，聽說你們市交通局正在起草有關瑞岳高速公路的招標文件？」

「是啊，柳同志，你可千萬不要多心啊，市局主要是考慮到你們縣交通局和縣裡在高速公路項目的操作上缺乏經驗，加上市裡對這個項目高度重視，說是這個項目的主導權由你們瑞源縣來主導沒有問題，但是招標環節則要我們市交通局來進行把關才行。說實在的，我真的不想參與這個項目，但是市裡的指示我又不敢不聽，所以只能勉為其難的先制定一些招標文件了。你放心，招標條件制定完後，肯定會給你們瑞源縣先過目的！」郭增傑一副得了便宜還賣乖的語氣說道。

柳擎宇反駁道：「郭局長，對你的話我並不認同，不管你們交通局和市裡出於何種考慮，我認為大家既然身在官場，還是要尊重官場的規則為好，你們這是明顯違背了官場規則。

「第一，這個項目是由我們瑞源縣發起的，主要資金都是我們瑞源縣自己籌集的，所以我們對這個項目擁有絕對主導權！也就是這個項目的關鍵環節必須由我們瑞源縣來主導。

「第二，請問郭局長你有任何書面文件可以證明市委市政府把這個項目交給你們交通局來主導了嗎？如果有的話，請拿給我看一看，我會直接拿著這份文件到省裡告狀去，我倒是要看看，誰這麼大膽子敢胡亂插手！

「如果你沒有市委市政府的授權文件，那就說明這件事是你們交通局擅自做主的，對於你們的這種行為，我們瑞源縣不予認可，所以你們制定的招標文件也是無效的！」

柳擎宇的話說得很簡單，卻又十分尖銳，他的話只有一個重點，那就是**錢不是你籌來的，所以你沒有資格主導這件事。**

郭增傑聽了，氣得拿著電話的手都顫抖起來，卻又不得不承認，他們交通局搶先和省招標打招呼要主導招標文件的製作是出自黃立海的授意，並沒有任何白紙黑字的公文，黃立海更不會傻到去下達這樣一份文件，那樣等於給人留下了把柄。

雖然錯在自己，柳擎宇的這番話還是把郭增傑深深地刺痛了，他怒聲道：

「柳擎宇同志，我得鄭重的提醒你，我們交通局主管全市的交通項目，所有重大項目都必須由我們來負責統籌安排，你們瑞源縣也不例外！是，這個項目的主要資金是你們瑞源縣籌來的，但是你不要忘了，根據組織規則，我們市交通局對你們瑞源縣的交通建設項目上有指導權，所以你們離不開我們交通局的指導。而且有五億資金是由市裡出的，市裡絕對有權對這個項目進行指導。」

柳擎宇淡淡一笑：「郭局長，我從來沒有否定你們交通局的指導權，我們也願意接受你們的指導，接受你們的監督，但是，我們不接受你們的主導操控，這是兩個完全不同的概念。」

郭增傑怒氣沖沖地道：「柳擎宇，你不要胡攪蠻纏了好不好，你可以去打聽打聽，哪一個重大交通建設項日不是由我們交通局來主導的，你們瑞源縣懂得如何編製招標文件嗎？你們懂得相關的技術標準如何制定嗎？這些你們全都不懂，要是在招標過程中出了差錯，你們如何向關心這個項目的市委領導和省委領導交代？」

柳擎宇冷笑道：「郭局長，你多慮了，關於招標文件制定這件事，按照常理，不應該由你們市交通局或者我們瑞源縣來制定，而是應該由省招標公司根據這個項目的實際情況，根據我們建設方對整個項目的整體要求而制定，這一點，招標法上早已明文規定了，憑什麼你們市交通局要負責招標文件的制定？從這一點上來說，你們市交通局已經違法了！」

柳擎宇又嚴肅地說道：「郭局長，我不想讓事情鬧得太僵，那樣只會讓彼此的面子都不好看，我知道，以你的權力，你也不敢直接插手這件事，之前我已經給過你足夠的教訓了，我想請你轉告市裡的某些領導，手不要伸得太長，不該伸的最好不要伸，尤其是涉及到國家和老百姓利益的時候，最好還是走正常程序，否則萬一要是出問題，誰也承擔不起！」

聽到柳擎宇這樣說，郭增傑心裡也有些膽寒了，他知道，柳擎宇這番話不是衝著他來的，而是針對黃立海而發，便說道：「柳擎宇，要是按你的意思，你打算怎麼辦？」

柳擎宇淡淡說道：「我的意思非常簡單，這個項目的招標文件，必須由省招標辦來負責起草，至於對參與企業的資格，我有三個要求，第一，必需具備甲級工程執照，對於那些資格不夠的公司一概不許參加；第二，商業信譽良好，無重大違規行為，近三年內財報資料沒有虛假記載的公司；第三，不接受聯合承包，不得進行轉包。至於其他的資格，則由省招標辦參考其他公路建設項目進行補充。」

柳擎宇的條件令郭增傑眉頭緊皺起來，他之所以這麼積極想要參與這件事，主要原因就是要確保自己兒子所開的「輝煌建築工程公司」能夠入圍招標範圍，輝煌建築工程公司成立時間很短，現在僅僅取得了乙級資格，離甲級質格還有一段距離，所以大多是靠他這個老子撐腰，但是，柳擎宇所提出的這三個條件，等於直接把兒子的公司排除在外了。

郭增傑有信心，只要兒子的公司入圍就讓公司得標，但是連入圍都入圍不了的話，得標就更沒戲了。

想到此處，郭增傑抗議道：「柳同志，你這些要求太高了吧？就算是上百公里的高速公路項目也沒有幾個要求要甲級資格的，畢竟高速公路是分標段進行招標的，不可能由一家公司全部承建，所以對於招標資格我們沒有必要要求得如此嚴格。

「另外，我們南華市的項目，應該對南華市的本土企業適當的傾斜一下，照顧在地的企業才對。南華市有好幾個工程公司，但是沒有一家擁有甲級資格，你說的這三個條件一下子就把我們南華市所有的本土公司都排除在外了，這樣會引起本土企業的不滿的，也不利於促進本土企業的發展。」

柳擎宇冷冷回道：「郭局長，我再重申一次，這個是高速公路建設項目，而且是我們瑞源縣第一個高速公路建設項目，這個項目的成敗，對於後面即將啟動的三省交通樞紐建設項目有著十分重要的意義，所以不容一點馬虎。我非常清楚本土企業需要照顧，但是工程品質卻必須嚴格控制，必須從一開始就樹立高標準。

「我們本土企業也不是沒有機會，瑞岳高速公路建設項目會涉及不少拆遷等初級工程，這些可以交給本土企業來做，但是涉及到設計、施工等環節，就必須要有相應的資格夠的公司來負責。即便是擁有甲級資格的公司，也不能完全放心，還需要請甲級監理資格的企業進行監理，以便及時發現問題，確保工程品質和工期。」

聽柳擎宇這樣說，郭增傑知道兒子的公司肯定是沒戲了，不過好在工程建設這塊有很多文章可以做，他倒不是很擔心，他最擔心的就是評標委員會的問題，所以，他假裝沉默了一會兒，這才說道：「既然你這樣說，那我也沒有什麼好說的，但是我認為，在評標委員會人員的確定上，我們市交通局必須要有足夠的人員參與，一來我們具有豐富的經驗，二來我們也能夠起到監督的作用。」

柳擎宇曉得市裡拿出了五億的扶植資金，要想讓他們完全不參與是不可能的，所以他點點頭道：「沒有問題，你們市交通局可以派出一名高級工程師參與本次評標。」

郭增傑沉聲道：「我們市交通局有三名高級工程師，南華市歷次高速公路項目三人都有參與，專業能力毋庸置疑。」

郭增傑這是獅子大開口，因為一般而言，這種級別的項目一般有七名評標人員就差不多了，他只要塞三個人進去，就占了將近一半，只要搞定另外四個評標委員中的一個，就可以左右整個結果了。

柳擎宇也不是傻子，反對道：「絕對不行！這個比例太高了，市裡只出了五億，三個評標委員太多了。」

郭增傑立刻說道：「如果是那樣的話，那你和黃市長去談吧。」郭增傑直接以退為進。

柳擎宇眉頭一皺，沒想到郭增傑玩這麼一招。柳擎宇對黃立海早就徹底失望，他知道自己絕對不可能說服黃立海，畢竟人家是市領導，自己只是縣委書記，他不能總是和領導叫板。

怎麼辦呢？**如果不同意郭增傑的條件，恐怕市裡那邊很難擺平；同意的話，恐怕整個項目有可能失去控制。一時之間，柳擎宇陷入了兩難。**

見柳擎宇半天不說話，郭增傑臉上露出了得意的笑容，在他看來，柳擎宇頂多跟自己討價還價，讓交通局這邊出兩個人，而黃立海給他的底限指標是一個人。

按照招標規定，評標委員會成員一般是從省裡的專家庫隨機抽取一部分，再加上建設方的一些人，組成五人以上的單數人員進行評標的。而專家庫的專家也就那幾十個，這些人早在多個評標過程中和有關人員、部門形成了緊密的利益關係，專家只要配合建設方的工作和指示，就能夠輕鬆賺取專家費和一筆額外收入，誰也不會和錢過不去的。

柳擎宇沉思許久，這才說道：「郭局長，你們市局要出三名專家也可以，但是我有一個條件，那就是省裡專家庫最多只能再抽取一名專家，我們瑞源縣至少要出一個人進入評標委員會，剩下的專家則由國家級的專家庫內選取。」

聽到柳擎宇的條件，郭增傑思考了一下。柳擎宇肯定是想要先控制住省裡的這個專家名額，然後再想辦法確保國家級專家庫的專家，這個想法的確不錯，因為從目前的情況來看，柳擎宇似乎在北京方面有些人脈。

於是郭增傑點頭說道：「好，那就這樣吧！」

「好，剩下的事情我會直接和省招標辦進行溝通，你們市交通局就不要參與了，你們可以派人全權監督整個招投標的過程。這樣沒問題吧，郭局長？」柳擎宇拍板道。

郭增傑同意道：「行，那就這樣！」

既然柳擎宇答應讓市交通局出三名專家進入評標委員會，那一切對郭增傑來說就沒有任何問題了。

掛斷電話後，郭增傑立刻給兒子郭正輝打了個電話：

「小輝啊，你立刻去外省找一家具有甲級資格的公司，借用他們的執照進行投標，你告訴他們，如果沒得標，給他們五十萬的執照使用費；如果得標，承諾分給他們五百萬的好處，請他們派人協助和配合一下。」

郭正輝聽老爸說要給對方五百萬的使用費，頓時不滿地說道：「老爸，五百萬太多了吧，那可不是一筆小數目啊，只是借用一下他們的執照而已。」

郭增傑訓斥道：「小輝，不要只盯著眼前那麼一點點的利益，我告訴你，給他們那麼多，目的是為了避免麻煩，柳擎宇已經說了，這次只允許甲級公司進入投標，也就是說，一旦你得標了，就必須經常借用他們的執照和公司章，甚至有可能要讓他們公司派一個人到瑞源縣來，你不給人家足夠的價碼，誰會借你執照用啊！而且這次工程不允許分包，所以到時候很有可能還要由他們公司派人來進行實際施工，所以五百萬只是表達我們的誠意，真正到了後期，雙方還得深入合作，表面上沒有分包，實際上我們還是要把工程按照分包去操作。」

聽到郭增傑這樣說，郭正輝這才恍然大悟，點點頭說：「嗯，明白了，五百萬只是給他們一個甜頭，等他們真正介入這個項目後，我們可以在分包施工的時候，把這筆錢想辦法再撈回來。」

郭增傑讚道：「孺子可教也！」

郭增傑這邊和兒子在密謀，柳擎宇那邊也沒有閒著，立刻撥通了省招標辦副主任錢伯泉的電話。錢伯泉是負責這次瑞岳高速公路項目的分管領導。

撥通電話後，柳擎宇直接開門見山的說道：

「錢主任，我已經和我們南華市交通局的郭局長溝通過了，具體的招標文件由你們招標辦來制定，主要的招標參數和限定條件，由我們瑞源縣來負責，由市局進行全程監督，並且市局將會派出三名專家進入評標小組。」

錢伯泉謹慎地說道：「我需要和郭局長核實一下，柳書記，請你稍等片刻。」

「好的，那我等你。」

錢伯泉立刻撥通了郭增傑的電話，確認無誤之後，回覆道：「柳書記，我已經核實過了，你看你有哪些條件？」

柳擎宇交代道：「這樣吧，你們先按照一般高速公路項目的要求，做一份初步的招標文件，然後把電子檔傳給我，等我看過修改後再傳給你，作為最終的版本。對了，這次招標項目只要甲級資格的公司，不允許轉包，這一點你要特別注明。」

錢伯泉毫不猶豫的答應道。

雖然整個項目是在省招標辦開標，但實際上，省招標辦只是負責開標，實際操作是由招標公司來負責，所以錢伯泉只是把柳擎宇的意思跟主導的招標公司交代了，就不再管這件事了。對他而言，只要拿到對方返還的招標代理費的回扣之後，這個項目到底誰得標他都無所謂，因為他清楚，這一點也不是他能夠左右的。

確定了柳擎宇的條件之後，當天下午省招標就把瑞岳高速公路的消息發布到了網上，正式開始進入二十天的公告期，領取招標文件的時間放在五天之後。

第三天上午，柳擎宇便接到了招標公司發來的電子檔，柳擎宇仔細流覽了一遍，隨即把一些關鍵點修改了一下，再回傳給招標公司，招標公司的人很快便把招標文件製作完成。

第五天，陸續便有公司帶著保證金前往招標公司購買招標文件了。

在此期間，郭正輝找到了鄰省赤江省一家叫「天科建築工程公司」的甲級公司，和他們簽訂了秘密協定，並且支付了五十萬的訂金，對方派出公司的技術人員，隨著郭正輝派出的人一起到招標公司購買了招標文件。

等到郭正輝仔細翻完招標文件後，立刻撥通老爸郭增傑的電話，驚慌失措地說道：

「爸，出大事了！」

郭增傑心頭一顫，冷靜地道：「出啥事了？」

「爸，招標文件上對評標委員會成員的設定竟然是十一個人，這也太誇張了吧！」

郭增傑一愣：「什麼？十一個人？怎麼會是十一個呢？不行，我得問問柳擎宇這孫子，這不是在玩我嘛！」

郭增傑立刻撥通柳擎宇的電話，怒氣沖沖地質問道：「柳擎宇，你是怎麼回事？為什麼評標委員會的人數多達十一人啊？」

柳擎宇不慌不忙地說：「郭局長，評標委員會的人數為十一人違反了招標法嗎？」

郭增傑啞口道：「這倒是沒有，不過我們不是約定好了嗎？」

柳擎宇回道：「我們的確約定好了，不過我們約定的是：你們市交通局出三名專家，我們瑞源縣派出一個人，省裡出一個人，其他的全都是從國家級的專家庫內抽取，這沒錯吧？」

郭增傑皺著眉頭道：「這是沒錯，不過一般而言，評標委員會不都是七個人嗎？」

柳擎宇點點頭道：「沒錯，一般的確是七個人，但是這個項目不是一般項目啊，這可是三省交通樞紐的前期項目，十分重要，這一點我之前也說過吧，所以，把評標委員會成員設定為十一個豈不是更加合理，更加公平！郭局長，難道你不希望評標過程合理與公平一些嗎？」

郭增傑這才曉得自己是被柳擎宇給耍了！

柳擎宇給自己玩了一招**明修棧道，暗渡陳倉**，先讓自己產生勝局在握的感覺，以致失去了對他的防備，他卻把評標委員會成員設定成十一個人，大大的稀釋了交通局三名專家左右局勢的能力。

陰險！真是太陰險了！而且自己還沒辦法駁斥他，只能打落牙齒往肚子裡咽！

郭增傑氣急敗壞地說道：「柳擎宇……你……你太陰險了！」

柳擎宇嘿嘿笑道：「郭局長，你錯了，我只是在按照規則行事，沒有任何違反法律的地方，希望瑞岳高速公路項目在市交通局的監督下，能夠公平公正的找到最優秀的承建商！」說完，便直接掛斷了電話。

現在招標文件已經發出，大局已定，柳擎宇沒有任何要顧慮郭增傑的東西，他只需要確保整個招標過程公平公正就可以了。

郭增傑第一時間把這件事向黃立海進行了彙報。

黃立海聽了，卻只是淡淡一笑，說道：「老郭啊，這件事柳擎宇做得沒錯嘛，既然是投標，那肯定是要公平公正的進行啊，至於評標委員會的成員多了也未必是壞事嘛，關鍵是看事情如何操作！我給你提供一個建議，我弟弟黃立江在這方面有著豐富的經驗，你可以讓你兒子和他一起去商量商量，看看這個項目後續應該如何操作，爭取拿下兩個標段！」

「兩個標段？」聽到黃立海這樣說，郭增傑頓時瞪大了眼睛，有些不解的說道：「黃市長，為什麼我們不把全部的標段都拿下來呢？以前咱們不是經常這樣操作嗎？」

黃立海指點道：「老郭啊，你也不是三歲小孩子了，做事情要多思考一下。以前是以前，現在是現在，以前那些項目都是很單一的，就是幾十公里的公路建設，這次的項目卻不一樣，瑞源縣即將展開三省交通樞紐項目，而瑞岳高速公路就是整個交通樞紐項目的前期工程，如果能夠在這個項目中得標，對於將來在三省樞紐項目中得標具有十分重要的意義。所以這個時候，會有各路的猛龍參與到這個項目之中，你難道沒有聽到消息嗎，白雲省第三建築工程公司已經購買了第一、第二兩個標段的招標文件？」

聽黃立海這麼說，郭增傑憤怒的說道：「黃市長，這個白雲省第三建築公司也太囂張了吧，難道他們還想一口吞下兩個項目？」

黃立海搖搖頭說：「他們不敢那麼囂張，不過他們看重的是第二個標段。」

郭增傑臉色一沉。整個瑞岳高速公路項目分成三個標段，第一標段屬於平原標段，差不多有二十公里左右，標段金額十五億，第二個標段長十三公里，標段金額廿三億，第三個標段十六公里，標段金額十二億。可以說第二標段是含金量最高的標段，雖然這個標段需要打通山脈開鑿隧道，工程難度很高，但是這個標段也是利潤率最高的一段，如果操作得當的話，絕對會比其他兩個項目利潤要多得多。

郭增傑不平地說：「第二標段絕對不能讓他們拿走，這個標段和三省樞紐建設項目的地形最為接近，是最容易展現實力的一部分，對於得標三省樞紐項目大有裨益。」

黃立海說：「說是這麼說，但是你應該清楚第三建築工程公司的老闆是誰吧？那可是主管交通的副省長彭國華的兒子彭成飛，彭成飛這個人的個性，圈子裡應該都聽說過的。」

聽黃立海這麼一提醒，郭增傑這才想起來，第三建築工程公司的大老闆是彭成飛，這位少爺可是一位十分貪婪的主，只要是由交通廳主導的項目，其中有一半都進了他們公司，郭增傑萬萬沒有想到，彭成飛竟然會盯上瑞岳高速公路項目。

黃立海又再爆料：「老郭，不久前交通廳的范廳長還給我打電話，讓我照顧一下第三建築工程公司，所以我壓力很大啊。」

郭增傑苦著臉說：「黃市長，那我們怎麼辦？總不能把第二標段讓給他們吧？」

黃立海道：「這個嘛，大家各憑本事公平競爭嘛，他們不是報了兩個標段嗎？只要能讓他們得標其中一個，我們就可以對上面有交代了。」

郭增傑這才明白黃立海的意思，連忙說道：「好的，我明白了，我這就讓正輝去找立江董事長商量這件事情。」

掛斷電話後，郭增傑恨恨地吐了口吐沫，憤怒的說道：「黃立海，你也太貪婪了吧，拿著輝煌公司的乾股也就罷了，居然還想讓你弟弟參與到這個項目中來，你該不會想要分走一半的利潤吧？」

雖然心中十分憤怒，但是郭增傑卻不敢說什麼，畢竟，他只不過是一個小小的交通局局長而已，他也清楚，沒有黃立海和黃立江在後面活動，他未必能夠搞定那些評委，為了長遠的政治利益和經濟利益，他也只能忍了。

時間飛逝，二十天的公示期眨眼就到，過了今天，瑞岳高速公路項目就要正式開標了。這一天，整個瑞源縣幾乎好一點的賓館全都住滿了來自全國各地的投標企業的負責人。

招標公司的人、省招標辦的人、公證處的人也在昨天就已經進駐瑞源縣，籌備本次招標會會務組。

這天晚上，忙碌了一天的柳擎宇在結束完一天的工作後，乘車趕到了瑞源賓館，因為他剛剛接到消息，好兄弟肖天龍和徐愛國剛住進瑞源賓館。對於這兩個從小一起長大的兄弟，柳擎宇自然要好好敘敘舊。

來到兩人的房間，才知道這兩個傢伙是奉了他們的老爸肖強和徐哲的指示，代表強者集團前來投標的。

按照常理，在開標前這個敏感時刻，為了避嫌，柳擎宇身為領導是不應該和投標商見面的，不過柳擎宇對此卻根本就不在乎。一是因為他並沒有偏袒照顧強者集團的意思，二是因為他也不是評標委員會的成員，三是因為這次投標方式採取的是最高限價的方式，每一個標段都給出了最高限價，這對所有公司都是公平的，他們只需要報出自己的價格就可以了，不存在洩露底價的意思。四是對柳擎宇來說，別人怎麼說根本就無所謂，他今天來就只是單純的看望一下兄弟倆，同時盡一下地主之誼，請兩個好兄弟去吃頓飯。

肖天龍說：「老大，沒想到我們這麼快又見面了。」

柳擎宇笑道：「是啊，沒想到強者集團會派你們兩個過來投標，我說你們兩個行不行啊？可別到時候搞得一團糟，回去肖叔叔和徐叔叔可要打你們屁股的。」

徐愛虎轉了轉他那虎頭虎腦的大腦袋，道：「老大，你也太看不起我們了，我們雖然工作經驗不多，但好歹也是高學歷的知識分子，要是這點事情都幹不來，老爸也不敢派我們出來了。哦，對了，忘了告訴你一個好消息，我們哥倆又升官了，我們已經是市場部副總監了，算是公司的中層，整個白雲省的投資項目今後都是由我們哥倆負責。白雲省是你的地盤，你可得照顧我們哥倆一下啊。」

柳擎宇還沒說話，肖天龍立刻吐嘈道：「我說愛虎，你這不是白日做夢嗎？咱們老大是什麼人啊，他是一個大公無私的人，你讓他照顧咱們？我看他不對咱們嚴格要求就不錯了。」

徐愛虎做出一副受傷的樣子，委屈的說道：「老大，你該不會真的那樣吧？」

柳擎宇哈哈笑道：「你說呢！正是因為咱們關係好，所以對你們的要求我會比別的公司更加嚴格。好了，不說了，咱們去吃飯吧，我忙了一整天，肚子早就餓得咕嚕咕嚕叫了。」

就在這時候，房間的門被人一腳給踹開來，六名手持鐵棍、開山刀的彪悍男人滿是殺氣的從外面闖了進來。

這些彪悍男人進來後，走在最前面的光頭男人掃視了一下房間內的三人，臉色陰沉地說道：「你們是來投標的？」

肖天龍陪笑著說道：「是啊，幾位大哥，你們看起來真的很彪悍啊，不知道你們找小弟有啥指示？」

一邊說著，肖天龍一邊伸手從口袋中摸出一盒頂級特供小熊貓，撕下包裝，從裡面倒出六根香菸，一邊點頭哈腰的遞了過去。

「幾位大哥，來來來，先抽根菸降降火氣，我這菸可是花了不少錢從某省長的公子那裡買來的。」

領頭的光頭看到稀有昂貴的特供香菸立刻雙眼放光，身為一個資深菸民，只是拿在手上的瞬間便可以感覺出這絕對是頂級的菸。

他手拿著開山刀，一手接過菸放在嘴裡，肖天龍趕緊從口袋中掏出限量版的 zippo 打火機給光頭點上。

看到老大都抽菸了，其他幾個人也紛紛接過香菸，肖天龍一一給幾個人點上。

這時，光頭用刀背拍了拍肖天龍的肩膀說道：「小兄弟，看你還算懂事，我也就不跟你玩橫的了，我給你兩個選擇，第一，要麼不參加明天的招標會，直接捲舖蓋走人；第二，參加明天的招標會，但是，你們必須要投最高價，否則的話，你看到沒？我們哥幾個直接把你們給廢了！你們要是敢玩什麼花樣的話，就算你們得標了，恐怕也是有命得標沒命回家。」

說話間，光頭男深吸了口香菸，享受著特供菸所蘊含的醇厚感。

肖天龍依然保持著一副謙卑的姿態，點頭哈腰的說道：

「我說這位大哥，你們這樣做是不是太危險了啊，我可是聽說瑞源縣的縣委書記柳擎宇是個十分厲害的角色，對黑社會抓得十分厲害的，萬一你們今天的行動被柳擎宇知道了，我擔心幾位大哥會有麻煩啊！」

那個帶頭大哥又使勁地抽了口菸，嘴角露出不屑的冷笑說：「小兄弟啊，這你就不懂了，我告訴你，我們今天敢做這種事，就是因為我們有底氣，有靠山，誰不服氣我們就弄死他！柳擎宇不過是個小小的縣委書記罷了，我們兄弟還真沒有把他放在眼裡，而且我們在瑞源縣恐怕沒有人敢管！」

肖天龍立刻做出崇拜的樣子，緊握右拳說道：「哇，幾位大哥，你們真的是太厲害了，難道你們不是瑞源縣的人嗎？」

光頭男點點頭道：「當然！瑞源縣的人誰敢幹這種事啊！好了，別廢話了，說吧，你們到底是選第一種還是第二種？」

光頭男刀尖一指肖天龍手中的打火機說道：「哇，這個是限量版的吧？」

肖天龍點頭。

「嗯，我看這個打火機不差，菸也不錯，你這樣的人拿著實在是太可惜了，乾脆給我吧，我幫你享受享受！」說著，光頭男用刀尖點了點肖天龍。

肖天龍討好地說：「沒錯，大哥，你說得對，我用這種東西的確是太浪費了。」肖天龍把打火機和菸放在光頭男的刀面上。

此時，柳擎宇和徐愛國一直在旁邊默默看著，心想：肖天龍等會兒不知會怎麼對付這些人。

他們兩個人對肖天龍太瞭解了，以肖天龍的個性，哪怕是面對比柳擎宇還要狂的大少，也從來沒有怕過，除了對柳擎宇叫一聲老大之外，他可從來沒有服氣過任何人。

他們這個圈子的人，骨子裡全都寫滿了高傲。尤其是肖天龍，更是高傲人中最高傲的那種。現在，他竟然點頭哈腰的管光頭男叫大哥，這光頭男還大咧咧地一而再再而三的得寸進尺，這不是自己找死嘛！

柳擎宇猜得沒錯。

光頭男看到肖天龍順從地把菸和打火機都放在刀面上，雙眼立刻金光四射，臉上寫滿了興奮的顏色。

他是一個打火機愛好者，收藏了不少各式各樣的打火機，他知道肖天龍的這個打火機至少值十萬塊，而且根本就買不到，自己轉手賣掉的話，二十萬絕對沒問題。看來這一次買賣真是值得了！

想到這裡，他把開山刀往回縮，想要伸手去拿上面的打火機和香菸。

誰知道就在這時候，肖天龍突然動了起來，他猛的飛起一腳，狠狠地踢在光頭男的手腕上，那把刀子立刻向上一挑，隨即向下落去。

這時，肖天龍再次飛起一腳，踹在光頭男的胸部，把他直接踹飛出去，同時，右手在空中一抓，抓住了從空中落下的打火機和香菸，動作俐落的給自己點燃了一根菸，抽了一口，吐出一串菸圈。

光頭男摔了一個跟頭後才醒悟過來，一骨碌身從地上爬起來，憤怒的看著肖天龍說道：「小子，你他媽是不是找死啊？竟然敢耍我！」

肖天龍不屑的說道：「耍你？你夠資格嗎？」

光頭男頓時大怒，大手一揮道：「兄弟們，給我上，幹掉這個傢伙！」

他手下的小弟們立刻甩掉香菸，揮舞著手中的武器就要往前衝。

肖天龍不慌不忙，十分淡定的站在那裡，用手夾住香菸，指著這幾個人說道：「給我倒！」

「你說倒就倒啊！」最前面的那個彪形大漢口中罵著，揮舞著手中的開山刀，就要朝著肖天龍砍去。

卻沒想到他的刀剛舉起來，手便軟綿綿的垂了下去，身體也不支的向地上倒去。其他的彪形大漢也和這傢伙一樣，全都四肢無力、毫無抵抗力的倒在地上。

這一下，光頭男和他的手下都傻眼了，震驚地看著肖天龍說：「你……你到底是什麼人？我們怎麼會這樣呢？」

肖天龍走到光頭男前面，伸出腳踩住光頭男的大光頭，嘴裡罵道：「你奶奶滴，居然想搶我的限量版打火機，我看你是不想活了！」

說著，肖天龍狠狠的踹了光頭男肚子幾下，光頭男被踢得身體蜷縮成一團，鬱悶的快要撞牆了，**他怎麼也想不明白，為什麼自己會在突然間失去了抵抗能力**。

肖天龍撿起地上光頭男的那把開山刀，用刀背拍打著光頭男的臉問道：「說，是誰派你們來的？為什麼要讓我們不去投標？」

光頭男倒是十分講義氣，梗著脖子說：「沒有人叫我們來，是我們自己要來的。」

肖天龍用刀背抽了光頭男一下，冷哼道：「沒有人指使？你以為老子是傻瓜啊？我最後問你一遍，你到底說不說？」

「我沒有什麼好說的。」這個時候，光頭男只能硬挺下去了。在他想來，這個傢伙挺年輕的，應該不會把事情做得太絕。

讓他沒有想到的是，肖天龍拿起開山刀直接向他兩腿之間探了過去，一邊說道：「既然你不願意說，那我也就不勉強了，只好從你身上割下累贅的東西，讓你去練一練葵花寶典好了。」

一股涼颼颼的感覺襲來，光頭男再也堅持下去了，他算是看出來了，這個男人雖然長得一副人畜無害的臉，但是手段卻是又狠又辣！

他可不想變成東方不敗，因而大聲說道：「好漢刀下留情，我說，我說！」

肖天龍把刀放在光頭男的皮膚上，喝道：「說吧。」

光頭男咬著牙說：「是六哥讓我們來的。」

「六哥是誰？哪裡人？」

光頭男說道：「六哥是南華市的黑道大老，南華市的黑道勢力幾乎都在他的掌控之下，我們都是六哥的手下。」

肖天龍眉頭一皺：「他參與這件事做什麼？」

光頭男回道：「他好像是要為某個公司的得標開路，具體的情形我也不太清楚，我們只是奉命行事而已！」

柳擎宇在一旁聽了，質問道：「你們一共出動多少人？」

光頭男苦著臉道：「詳細情形我不清楚，就我所知的，有三撥屬於六哥的勢力都已經出動了。」

柳擎宇聽完，臉色越顯陰沉，問道：「你們現在找了幾家公司？」

光頭男道：「已經找了三家，你們是第四家。」

柳擎宇不敢相信竟然會有人動用惡勢力來阻止正常的投標商進行投標，這是一種極其惡劣的行為，絕對不能容忍。

肖天龍看著柳擎宇，接下來的事就看柳擎宇怎麼處理了。

柳擎宇冷冷地對光頭男說：「你們幾個聽清楚了，你們之所以渾身無力，是因為你們中了我兄弟的十香軟筋散，中了這種毒，會在半個小時內渾身沒有力氣，半個小時後會恢復正常，但是，如果不服用解藥的話，十天後你們會感覺到渾身疼痛，隨後是全身開始潰瘍，等到第十五天，就會成一堆腐屍爛肉。哎！不是我說你們啊，你們得罪誰不好，非跑到他的面前裝，你們可知道，這位可是陰死人不償命的主。」

柳擎宇長嘆一聲，對幾個人表現出一副十分同情的樣子。

光頭男悔不當初的說道：「三位大哥，真的對不起，小弟我有眼不識泰山，多有得罪，還請三位大哥能夠賜給我們幾個兄弟解藥，我們幾個以後一定唯三位大哥馬首是瞻。」

柳擎宇哼了聲：「你當我們兄弟是傻瓜嗎？憑什麼給你們解藥啊！如果今天不是我這位兄弟機靈，恐怕我們三個都得被你們收拾了。想要解藥也不是不可以，給你們九天的時間，給我查出到底是誰在幕後指使你們所謂的六哥在搗鬼！另外，不准再去找其他投標商，立刻捲鋪蓋滾蛋，離開瑞源縣！

「還有，對今天的事你們必須要保密，不能讓任何人知道這裡發生的事情，九天後的晚上到這個房間來領解藥，如果在這九天內你們洩露了今天的事，或者沒查出是誰在幕後指使你們和六哥的，那麼你們就等著毒發身亡吧。那時候，可別怪我們兄弟心腸硬了。機會，我們已經給你們了。」

光頭男幾個瞬間癱軟在地上，沒想到一向橫行江湖的他們，到了瑞源縣居然吃癟，連一點反抗之力都沒有就被對方給搞定了，還被人給下了毒，幾個人恨不得找塊豆腐撞死的心都有了，卻又不得不答應柳擎宇的條件。

又過了二十分鐘左右，幾個人果然感覺到身體一沉，看向柳擎宇和肖天龍的眼神中充滿了畏懼，又不敢輕舉妄動，深怕再惹到幾個人下毒手。

柳擎宇手一揮道：「你們可以走了，難道還等我們送你們出去嗎？」

光頭男有如得到赦令般，狼狽地帶著小弟迅速離開了。

等幾個人離開後，徐愛國立即豎起大拇指說道：

「柳老大，龍哥，太強了，你們兩個配合起來真是陰險到了極點啊，我看那幾個傢伙要惶惶不可終日了。」

肖天龍嘿嘿一笑：「要說陰險，我差柳老大好幾條街呢，我這普通的迷魂香到了柳老大嘴裡就變成十香軟筋散了，哈哈！柳老大，我很想知道你為什麼要放他們離開，而不是抓住他們順藤摸瓜呢？而且，許多的投資商也受到威脅了，明天的投標肯定會有很多競標者為了自己的人身安全退出戰場，變成陪標的，這樣一來，整個投標的公平性就無從保證了。」

柳擎宇搖頭說：「事情已經發展到這種地步，即便是我親自拜訪那些投資商，告訴他們沒事，大概也沒有幾家投資商敢輕易下標了，所以我打算明天給那些人來一個出其不意，好好地教訓教訓那個幕後操控者。」

肖天龍和徐愛國聽了一愣：「明天？教訓幕後操控者？怎麼教訓啊？」

柳擎宇賣弄玄機道：「沒錯，就是明天，你們看著吧，明天的招標會，一定會非常有意思的。」

第二天上午九點半，開標會在瑞源縣政府的禮堂正式舉行。

在招標公司的主持下，來自全國各地廿一家甲級資格公司對瑞岳高速公路三個標段展開了激烈的競爭。

柳擎宇作為監督人員，也出席了這次開標會。

看著主持席旁的桌子上擺放著的投標文件，一份份堆積得猶如小山一般，柳擎宇的嘴角露出一絲淡淡的微笑。

按照規定，投標公司主持人對各個公司的報價先進行唱標，等三個標段的價格唱標完畢，坐在人群中的郭正輝和黃立江，以及白雲省第三建築工程公司的彭成飛臉上都露出了得意的微笑，因為他們知道，自己的公司肯定得標了。

而且他們兩家公司得了三個標，可謂收穫頗豐。現在他們唯一糾結的只有一件事，那就是由哪家公司來負責第二標段的工程。

相對的，其他投標商的臉上都露出了無奈和憤怒的表情。

由於這次投標採取綜合評分法，在資格差不多的情況下，決定到底哪家公司得標的主要有兩個要素，一個是投標價格，一個是投標方案，雖然很多公司認為自己的投標方案絕對不會錯，但是由於在價格上很多報的都是限額價格，所以得分肯定比較低，基本上不可能得標。

就在招標公司的人想要把投標文件搬進評標會議室的時候，柳擎宇突然輕咳了一聲，站起身來大聲說道：「各位投標商朋友，公證處的朋友以及各位媒體朋友，開標前，我們瑞源縣縣委接到一份匿名舉報資料，昨天晚上有人採用暴力手段威脅多位投標商，這些人給投標商們兩個選擇，要麼在投標價格上故意不得標，要麼立刻離開本縣。

「本來，對這種說法我是存疑的，但是今天看了開標價格後，我相信大家都應該看出一絲不對勁了，現場一共有廿一家投標商，竟然有十四家報了最高限額的價格，這不是不想得標的意思嗎？**既然來參加招標，卻不打算得標，這不是很奇怪嗎？**

「鑑於本次開標的價格問題十分嚴重，作為建設方的主要負責人，我認為這次招標結果應該予以作廢，廢除本次投標價格，採取三輪競價辦法，每家公司可以有三次報價的機會，每次競價完成後，直接現場報出每家公司價格的排名情況，第三次競價為最終的結果。現在請公證處和招標公司方面說一下你們的意見。」

柳擎宇說完，現場一片譁然！

尤其是「第三建築公司」的老闆彭成飛和「輝煌建築工程公司」的老闆郭正輝，全都氣得臉色發白。

彭成飛更是恨恨地拍桌子大罵道：「柳書記，你憑什麼要重新開標？難道本次開標結果不夠公開嗎？至於你所說的什麼暴力威脅，誰有證據可以證明？沒有證據的話，憑什麼廢除本次投標結果，這一點不公平！我堅決反對！」

柳擎宇冷冷說道：「你的反對無效！是否重新就價格標進行開標，不是你能夠決定的，根據招標法的規定，你有質疑的權利，你可以向上級部門進行舉報，但是真正的決策權並不在你的手中。請公證處的同志們先鑑定一下本次投標的價格結果是否合理吧。」

本次公證處來的是省公證處的工作人員，在他們來之前，領導便交代他們，這次投標各路人馬雲集，讓他們不要搞任何小動作，一定要確保投標過程的公平公正。

有了領導的指示，公證處的兩名公證員不敢怠慢，立刻對投標結果進行鑑定，鑑定完後，宣布道：「柳書記，我們認為本次投標結果問題很嚴重，正常情況下，不會有這麼多的投標公司在價格上投限額價格的，所以，我們認為**這次的投標結果是無效的。**」

公證員說完，現場再次譁然。

郭正輝和彭成飛、黃立江全都拍著桌子大聲抗議道：「不公平，絕對不公平！我們嚴重懷疑公證處和瑞源縣縣委相互勾結，肆意操作投標結果，我們要向上級紀委部門反映這個問題。」

柳擎宇老神在在地說：「沒問題，為了確保本次招投標過程的公平公正，我們瑞源縣已經請來省紀委的鄭處長，全程參與本次招投標過程，以監督招投標的公正性，既然你們有疑慮，可以直接向鄭處長反映，他就在你們身後，那位穿著深色休閒服的就是鄭處長。」

只見人群中，一位四十歲左右，國字臉，一臉威嚴的男人站起身來，目光掃視了一下眾人，隨後落在郭正輝和彭成飛等人的臉上，沉聲道：

「我是省紀委監察處的鄭培強，同時，也是白雲省第三巡視小組的副組長，南華市屬於我巡視的範圍，我代表省紀委願意接受任何人的質疑與舉報，請問這幾位，你們是投資商嗎？你們要舉報麼？」

鄭培強說完，彭成飛立刻說道：「鄭處長，我現在正式向你舉報瑞源縣縣委書記柳擎宇，在招標工程中擅自操作投標結果，涉嫌嚴重違紀……」

「我也舉報……」郭正輝附和道。

鄭培強不慌不忙的聽兩人說完，隨即看向柳擎宇道：「柳擎宇同志，對此你有何解釋？」

「各位投標商，我是瑞源縣縣委書記柳擎宇，先代表瑞源縣縣委縣政府向你們問好。對於在瑞源縣投標時發生有人威脅你們生命安全的情況，我深表歉意，我們將會對此事展開深入調查，不管涉及到誰，都會 查到底。

「現在，鑑於我們瑞源縣發生這麼嚴重的問題，在有些投資商已經報案的情況下，我們瑞源縣公安局竟然沒有一點動靜，大大損害了大家對我們瑞源縣的治安信心，對此我再次深表歉意，同時我宣布，從現在起，立刻免去縣公安局局長康建雄的職務，同時報請上級有關部門批准。

「另外，我相信現場肯定有不少投資商被威脅，你們可以站出來，在鄭處長面前備個案，我向大家保證，瑞岳高速公路項目一定給所有願意參與這個項目的投標商公平公正的投標環境，只要你有能力，有意願，我們瑞源縣都熱烈歡迎。

「同時，我也宣布一件事，凡是本次瑞岳高速公路項目的得標商，在接下來我們即將要啟動的三省樞紐項目中，在同等條件下，具有得標優先權。」

柳擎宇的話，立即引來現場一陣騷動，尤其是那些媒體記者，柳擎宇竟然如此大動作，直接免去了瑞源縣公安局局長的職務，此舉可謂大快人心！

真正對柳擎宇狠辣手段感到欣慰的，則是那些被恐嚇的投標商們，因為他們當中的確有一些人在受到威脅後報了警，警方卻沒有任何處理，讓很多投標商有如驚弓之鳥，更對瑞源縣的治安感到十分失望，這也是他們為什麼選擇最高限額價進行投標，目的非常簡單，那就是趕快參加完開標會，拿回投標保證金後走人。

現在聽了柳擎宇的這番話後，很多投標商都震驚於柳擎宇的魄力。更沒想到瑞源縣縣委書記竟然會親自出席本次開標會，為本次開標會保駕護航，**誰說官官相護？在瑞源縣沒有！**

在柳擎宇的保證之下，那十四家報了最高限額的投標商就有十二家站了出來，投訴道：「鄭處長，我們向您備案，昨天晚上我們被好幾個拿著砍刀的人威脅……」

一時間，各種聲音此起彼伏，投標會場議論四起。

此刻，省紀委監察處的鄭培強處長一一記錄了被威脅公司的名字和舉報人，記錄好後，面色嚴峻地對柳擎宇說道：「柳同志，相信你也看到了，這一次在投標前，你們瑞源縣的的確確發生了嚴重的安全事件，希望你們瑞源縣能夠把投標商被威脅的事情處理好，一定要抓住那些不法分子，找出幕後操控者，給大眾一個交代。」

柳擎宇保證道：「鄭處長請您放心，我們一定會找出幕後操控者的。」說完，柳擎宇轉向眾位投資商說道：

「各位，為了確保招標工作公平公正的展開，現在我提出兩個建議供大家選擇。第一個，本次開標結果全部作廢，三天後重新開標。第二個建議，保留本次開標的技術標部分，再次對價格標進行重新開標，採取三輪競價方式，技術標部分的分數與價格標的分數加總之和最高分者為得標方。下面請大家舉手表決，同意第一個方案的請舉手！」

柳擎宇說完，郭正輝和彭成飛立馬第一個舉手。他們之所以舉手是想要拖延時間，以便於他們再想出更好的辦法以確保得標。

隨後，柳擎宇又問道：「同意第二種方案的請舉手？」

很快的，有十五個人舉手！

沒有舉手的，要麼是因為怕得罪人，要麼是郭正輝和彭成飛找來的人。

柳擎宇點點頭，看向鄭培強和公證處的工作人員說道：「鄭處長，王公證員，現在有十五個人表示支持按第二種方案進行投標，你們看接下來應該怎麼進行？」

鄭處長點點頭說：「那就開一下價格標吧，照你的第二個方案進行。」

「我同意鄭處長的觀點。」王公證員從善如流。

柳擎宇便看向眾人宣布：「各位，經過省紀委鄭處長、王公證員和我的一致討論，由於大部分投標者都同意照第二種方案進行投標，現在就請招標公司工作人員按照三輪競價方案協助大家展開競標！」

隨後，招標工作重新開始。

這一下，郭正輝、彭成飛全都傻眼，但是事情發展到這裡，他們也不敢掉以輕心，只能照著規則走，就算是要告柳擎宇，也得等投標結束之後了。

經過三輪價格標競價之後，第一標段的榜首為白雲省一建，第三標段的榜首則是一家外省公司；第二標段的競爭最為激烈，一家來自東海省的東海一建以廿七分（三十分為滿分）高居第二標段榜首，而白雲省第三建築工程公司則以廿六分排名第二，強者集團則以廿五分居第三。

當天下午四點半左右，再經過十一名評委委員會的集體評審，最後第一標段被白雲省一建拿到，而第二標段則被強者集團拿到，第三標段則被一家外省企業拿到。

當競標結果宣布後，郭正輝、彭成飛立時暴跳如雷！

郭正輝當場把椅子狠狠地摔在地上，大聲抗議道：「不公平、太不公平了，我要申訴！」

彭成飛也憤怒地喊道：「太不公平了，強者集團價格分比我們少一分，技術標分數竟然比我們高出八分，這裡面肯定有貓膩！我們要申訴！」目光還挑釁地看著柳擎宇。

柳擎宇平靜地說道：「歡迎任何投資商對投標結果提出質疑，也歡迎大家做好準備，瑞源縣下一階段即將要展開三省交通樞紐建設項目，這是一個總投資高達十億元的大項目，至少會分十個標段來展開競標，歡迎得標的，和沒有得標的投資商到時候繼續支持我們。現在正式宣布本次招標會結束，得標結果我們也會在政府部門的官方網站上做正式公告。」

郭正輝和彭成飛用充滿忿懣的眼神瞪了柳擎宇一眼後，怒氣沖沖地離去。

郭正輝和黃立江回到黃立江的賓士車上。

郭正輝恨恨地咬著牙道：「黃總，瑞源縣的投標絕對有問題啊！」

黃立江點點頭，撥通了黃立海的電話：「哥，我們沒有得標！」

黃立海一愣：「什麼？沒有得標？」

黃立江把過程說了，黃立海眉頭緊皺起來。

而彭成飛在回到自己的車上後，也立刻撥通了老爸彭國華的電話：

「爸，我的公司沒有得標，瑞源縣竟然一點都不給你這個主管交通的副省長面子！柳擎宇真是太可惡了！」

彭國華聽到兒子的話後，臉色亦不由得一沉。他主管交通這麼長時間以來，還很少有人不給自己面子，**柳擎宇這個小小的縣委書記竟然敢公然挑釁他，看來還真是一個囂張的傢伙啊**。

「整個招標過程都合乎程序嗎？」彭國華畢竟是副省長，比較沉穩，淡淡問道。

彭成飛嚷道：「根本就不合乎程序，投標結束後，柳擎宇竟然說投標結果有問題，推翻了第一次的投標結果，隨後重新舉行了三輪競價投標，如果柳擎宇沒有推翻結果重來的話，我們肯定得標了，爸，這次瑞源縣實在太過分了。」

彭成飛刻意隱瞞了紀委工作人員在場的事。

彭國華臉色陰沉下來，詫異地道：「柳擎宇為什麼要這樣做？」

彭成飛叫道：「誰知道啊，我看他有可能是故意針對我們公司，他說昨天晚上有人威脅投資商……」彭成飛把現場發生的事有選擇性的說了。

彭國華聽了，沉吟道：「嗯，這件事我知道了，我會找人問一下究竟是怎麼回事的。」

掛斷電話，彭成飛嘴角露出一絲奸笑：「柳擎宇啊柳擎宇，你竟然連我老爸的面子都敢不給，看來是得好好教訓教訓你了。」

第九章

一箭三鵰

「我認為他此舉可謂一箭三鵰。第一鵰，展現他的開闊胸懷。第二鵰，通過此舉對你形成心理上的震懾，至於第三鵰，只是一種假設，那就是他此舉乃是虛張聲勢，表面上對你表示肯定，實際上，他很有可能會秋後算帳。」

第二天上午剛剛上班，省招標辦主任高宏的桌上便擺上了幾分質疑函，質疑函上對瑞岳高速公路項目的招標結果提出了嚴重質疑，最上面的一份，便是來自省第三建築工程公司的質疑函。

高宏很熟悉省第三建築工程公司的背景，從來都是別人質疑這家公司的招標結果是否公平，現在卻換成是他們質疑瑞岳高速公路項目不公，這可是一件新鮮事啊。

高宏正想把副主任喊來瞭解一下情況時，桌上的電話響了起來，是從省政府打來的，他連忙接通電話。電話是副省長彭國華親自打來的：

「高宏同志啊，我聽說瑞岳高速公路項目在投標過程中竟然出現了縣委書記親自插手並推翻投標結果的事，很多群眾對此十分不滿，向我反映，這可是一件大事啊，你們省招標辦對此需要高度重視才行，一定要確保招標過程公平公正公開，絕對不能有任意插手招標過程的事，希望你們能夠把這件事情調查清楚。」

高宏聽到是彭副省長親自打來的質詢電話，自然不敢怠慢，連忙說道：「彭省長，請您放心，我們一定會確保整個投標過程公平公正，既然有民眾提出質疑，我們省招標辦一定會本著認真負責的態度，對此事展開調查，如果舉報屬實，我們會第一時間宣布投標結果無效的。」

彭國華又丟下一句話道：「既然舉報的民眾很多，我認為投標結果是不是應該暫緩宣布呢？」

彭國華都這麼明示了，高宏也只能點頭道：「好，我馬上撤掉得標公告，並通知得標單位結果暫時撤銷，等調查結果出來之後再另行宣布。」

彭國華對高宏的態度很是滿意，稱讚道：「嗯，高同志辦事果然很牢靠。」便掛斷了電話。

聽到彭國華的表揚，高宏暗自長出了口氣。

身為省招標辦主任，高宏現在真的是有些頭疼了，一邊是曾鴻濤很看重的柳擎宇，一邊卻又是手握實權的副省長的兒子，自己兩頭都不能得罪，該怎麼辦好呢。

沉思了好一會兒後，他這才撥通了柳擎宇的電話：

「柳同志，我們省招標辦接到民眾舉報，說你們這次舉行的招標會過程中存在著嚴重的舞弊行為，省裡領導對此高度重視，建議我們重新審查此事，所以我們會派出調查組下去調查，得標結果也暫時先從網站上刪除了。」

柳擎宇臉色變得極其難看，雖然他知道事情不會那麼順利，卻沒想到省裡領導也會插手此事，便問道：「高主任，這是哪位省領導如此關注呢？」

高宏巧妙地說道：「高速公路項目屬於交通項目，你說哪位領導會關注呢！柳同志，我桌上可是擺著好幾家公司的質疑文件呢。」說完，便掛斷了電話。

聽到高宏的話後，柳擎宇這才明白，敢情是省三建的人在做這件事情，省三建到底是什麼背景，他們和省領導又有什麼關係呢。

突然，柳擎宇想起了一件事，前段時間他去白雲省，和曾鴻濤一起去大排檔吃飯的時候，曾經聽到隔壁的人在談論高速公路項目的事，那家公司好像就是省第三建築公司，當時于金文秘書長曾經點出過省第三建築工程公司的背景，說這家公司的幕後大股東是副省長彭國華的兒子彭成飛。

想到此處，柳擎宇有點明白這其中是怎麼回事了，看來這次省三建沒有得標十分不爽啊，尤其是第一次投標結束後，如果自己不加以制止的話，他們很有可能會得標一個標段。會不會昨天晚上威脅投資商的人就是他們幕後主使的呢？柳擎宇不禁陷入沉思中。

當天下午，省招標辦的調查小組便下來了，同時來的還有省交通廳紀檢處的工作人員，他們到達瑞源縣後，立刻對工作人員進行了詢問，也來到柳擎宇的辦公室。

主導本次調查的，是交通廳紀檢處的副處長牛國偉。

牛國偉帶著調查小組的人走進柳擎宇的辦公室，在進行了自我介紹之後，立刻擺出一副公事公辦的樣子說道：「柳同志，我們這次來主要是想要向你瞭解一下這次招標過程中的舞弊問題，還請你如實回答我們的問題。」

柳擎宇立即打斷牛國偉的話：

「牛副處長，我認為我必須糾正你一下，在事情沒有調查清楚前，請你不要先給事情定調，到目前為止，你有掌握任何證據證明這次招標過程中存在舞弊問題嗎？」

牛國偉被柳擎宇給嗆了一下，官腔官調的說：「對民眾舉報的事，我們就有義務去查實，至於證據，還需要調查。」

柳擎宇說道：「這不就得了，既然還處於調查期間，請不要先下結論！至於你們想要瞭解什麼，我非常清楚，抱歉，我非常忙碌，沒有時間接待你們。」

柳擎宇撥通了宋曉軍辦公室的電話：「宋主任，你過來一下，請你將招標當天會議室的全程錄影拿來，讓調查組的同志們看一看招標過程是否存在舞弊問題。」

說完，柳擎宇便低下頭繼續做自己的事了。

牛國偉頓時臉色沉了下來，怒道：「柳擎宇，你這是什麼態度，你怎麼一點都不配合我們的調查呢？」

柳擎宇冷冷看了牛國偉一眼：「牛副處長，我有必要配合你們的工作嗎？你們願意調查那是你們的自由，但是請不要打擾我的工作。」

「你……」牛國偉又被柳擎宇回頂了一次，讓他為之氣結。

這時，省招標辦下來的科室主任眼見情況不對，拉了牛國偉一把，低聲道：「牛處長，我們還是先看一下當天錄影再說吧。」

牛國偉只得暫時把心中的怒火壓了下去。

要知道，**他們交通廳紀檢處的人去到各個地方，哪裡不是好吃好喝的招待，只有瑞**

源縣一點表示也沒有，縣委書記柳擎宇更是不配合他的工作。

這讓他相當不爽，尤其是柳擎宇的那種態度，徹底激怒了牛國偉，牛國偉暗下決心，一定要把事情調查個水落石出，狠打柳擎宇的臉，等他抓到他的把柄時，看他還怎麼囂張！

過了一會兒，宋曉軍走了過來，滿臉含笑把牛國偉等人請了出去，一行人來到會議室，播放當天招標會的過程錄影，又給牛國偉等人拷貝了一份。

宋曉軍又看向牛國偉等人說道：「牛副處長，我想我必須提醒各位，你們這個調查小組是否具有權威性值得商榷，這是其一；其二，這次招標會，不僅有南華市方面的監督人員，還有從省紀委直接派下來的現場監督人員，同時還有公證處的工作人員，我們當時重新開標完全徵得了這些監督人員的同意，所以整個招標過程中不存在任何違規違法和所謂的舞弊問題。」

宋曉軍又補充了一句：「對了，柳書記告訴我，讓我向省紀委反映一下你們這個調查小組的合理性問題。」

說完，宋曉軍招來一名縣委辦的工作人員說道：「小孫，你陪著調查小組的領導們去轉一轉，看看有什麼需要我們配合的地方，辛苦你了，我得忙去了。」便轉身離去。

這一下，牛國偉等人的臉色全都變了。

牛國偉非常清楚，嚴格來說，省交通廳紀檢處雖然有監督權，但是他們的權限針對的主要是交通系統內部，對瑞源縣是沒有這個資格的，儘管打著調查招投標過程舞弊的幌子，但是他們只是受到省廳領導的指示，並沒有得到紀委部門的授權或者省委領導的指示，**在名義上，其實他們是名不正言不順的**，所以宋曉軍走後，牛國偉心中便開始打鼓了。

牛國偉不知道，他們走了之後，柳擎宇也沒有閒著，他直接撥通了省紀委書記韓儒超的電話，開門見山的道：「韓書記，我有件事情想要向您諮詢一下。」

韓儒超聽到柳擎宇沒有稱自己韓叔叔，而是喊韓書記，就明白柳擎宇這小子肯定是有公事要談，便說道：「哦，什麼事？」

「韓書記，這次瑞岳高速公路的招標過程中，我們瑞源縣為了確保過程的公平公正，特地向省紀委申請派出監督人員進行現場監督，在招投標過程中，我們完全按照程序，中間出現了有人威脅投標商的情形，所以在徵得省紀委監督人員、公證處的公證人員以及投標商的同意後，重新進行了投標。

「然而，就在剛才，由省交通廳紀檢處和省招標辦組成的聯合調查小組來到我們瑞源縣，說是在招標過程中存在舞弊問題。所以我想問一下韓書記，省紀委的監督人員並沒有對我們的招標過程提出質疑，這是不是說明我們的招標過程沒有問題？省紀委現場監督人員是否具有權威性？還有，就算招標過程中的確存在病端，是不是該由省紀委派人下來調查，什麼時候輪到省交通廳下來調查啦？」

柳擎宇一說完，韓儒超立時就反應過來，看來是交通廳那邊對瑞源縣的工作進行了干預。

柳擎宇又說道：「韓書記，我再向您反映一個問題，據說這次舉報我們招標過程存在舞弊行為的，其中一家公司是省第三建築工程公司，據我所知，這家公司的大股東是彭成飛，而彭成飛是主管交通的副省長彭國華的兒子，那麼我就有一個疑問了，根據國家的規定，**領導子女不能從事與其直系血親所負責領域相關的生意**，以回避利益輸送的問題，那為什麼彭成飛卻是在從事交通領域的生意呢？」

韓儒超聽了，點點頭道：「嗯，這件事我會瞭解一下，至於省紀委的權威性這一點你儘管放心，我們省紀委做事一向公平公正，只要我們的工作人員本身沒有犯原則性錯誤，他就能代表我們省紀委的權威性，這件事我會親自過問。」

掛斷電話後，韓儒超立刻讓秘書把副省長彭國華叫來。

彭國華接到省紀委書記的電話很是吃驚，因為平時他的工作和省紀委之間沒有任何的關聯性，就算是自己真的犯錯了，也輪不到省紀委出面，那麼韓儒超找自己到底有什麼事情呢。

彭國華在韓儒超對面坐定，小心翼翼地說道：「韓書記，您找我？」

韓儒超點點頭道：「彭副省長，聽說省交通廳和省招標辦共同派了一個調查組去瑞源縣調查招標過程的舞弊問題，這件事情你知道嗎？」

彭國華聽到是這件事，不由得眉頭一皺，心中暗道：韓儒超問自己這個問題到底有什麼意圖呢？因為聯合調查小組就是他拍板，吩咐省交通廳廳長去辦的。

面對韓儒超的質疑，他小心謹慎地說道：「這件事我聽說了，好像是很多家投標公司對這次的競標結果提出了質疑，省交通廳和省招標辦對此事十分重視，所以組成了聯合調查組下去進行調查。」

彭國華對於說話火候和分寸的把握十分到位，隨時都為自己預留了後路。

韓儒超接著說道：「在競標之前，瑞源縣已經向我提出了申請，請我們派出監督人員全程監督投標過程，我批准了，而且也派去了一位副處長下去監督，監督報告在這兒，你可以看一看。」

說著，韓儒超便把手中的監督報告放在彭國華面前。

彭國華拿起報告看了一下，報告中最後的結論是投標過程沒有問題，後面並附有公證人員的簽名。

看到這份報告，彭國華的臉色一下子難看起來。這時候，彭國華已經有些明白韓儒超為什麼要喊自己過來了，很顯然韓儒超是在用這種方式表達對自己的不滿。

省紀委這邊已經給出了招標過程沒有問題的結論，交通廳和省招標辦又派調查小組下去，**這豈不是在否定省紀委監督人員的監督結果嗎？這等於是在質疑紀委的權威性，**

相當於在打韓儒超的臉啊！

彭國華的腦門上冒起汗來，做這件事情之前，他不知道省紀委派人下去監督的事，他也沒有想到省紀委竟然會派人監督此事，畢竟這只是一個小縣城的項目而已。他接到兒子的投訴後，直覺認為是柳擎宇不給自己面子，做事不公平，**沒有想到竟然踩到了地雷**。

這下怎麼辦，調查小組都派出去了，難道還能再收回來嗎？彭國華飛快地轉動著大腦，思索著其中的利害關係。

彭國華對柳擎宇深受曾鴻濤看重的事是知道的，他也聽說了曾鴻濤即將調走的消息，而且彭國華也知道韓儒超和曾鴻濤的關係不錯，因而韓儒超對柳擎宇很照顧。**難道韓儒超是要為柳擎宇出頭嗎？**

彭國華的心中一動，如果韓儒超真是要為柳擎宇出頭的話，這對自己來說也許是一個機會，因為隨著曾鴻濤的調走，白雲省的政治勢力將會重新洗牌，自己有很大的機會進入常委班子，這時候**試探一下韓儒超的火力，對自己今後的站隊也許會有幫助**。

盤算已定，彭國華便說道：「韓書記，我認為聯合調查小組的調查還是很有必要的，畢竟舉報的公司很多，如果不調查一下的話，恐怕會引起很多外地公司對我們白雲省省委省政府的公平性提出質疑。」

聽彭國華這麼說，韓儒超就有些明白了彭國華的企圖，看來他是想在這件事情上固執己見了。

韓儒超一笑，身體向椅子上微微靠著說道：「國華同志，我剛剛接到瑞源縣縣委書記柳擎宇的舉報，說這次的投標公司中有一家第三建築工程公司，幕後的大老闆是你的兒子彭成飛……」

當韓儒超說出兒子名字時，彭國華身體就是一震。如果是別人說出這番話，他不會在意，但是韓儒超說出這番話的效果卻不一樣，因為韓儒超是省紀委書記，還是省委常委。

看到彭國華的表情，韓儒超便知道柳擎宇說的是實情，而且柳擎宇在電話中告訴他，是省委秘書長于金文說的，以于金文的身分，如果不是掌握了確鑿證據，是絕對不會亂說的，兩相對照，韓儒超不難想到這次調查小組的事，背後八成是彭國華、彭成飛父子搞的鬼了。

這讓韓儒超對彭國華相當不滿，好歹你也是副省長，怎麼能**為了自己兒子使出如此下作手段呢**，而且還是在公證人員都確定整個過程完全合法的情況下派出調查組，這不**擺明了是針對柳擎宇的嘛**。

彭成飛囁嚅地道：「韓書記，這個消息不實啊，據我所知，我兒子現在從事的是進出口貿易，好像和建築沾不上邊……」

韓儒超臉色一沉，「好，既然你認為這件事情不實，那我們就派出一個調查小組調查一下這件事情吧，畢竟柳挚宇把狀告到我們省紀委了，我們省紀委就重新把整件事情再好好調查一下，還原事情的真相。我們省紀委一向講究證據，絕對不會冤枉一個好人，但是也絕不會放過一個壞人，好了，彭副省長，這件事就談到這裡吧。」

說著，韓儒超端起了茶杯，做出端茶送客的暗示。

彭國華看到韓儒超鐵青的臉，哪裡敢走人！如果省紀委執意把這件事情鬧大的話，最後不好收場的肯定是他，一旦兒子經營建築公司的事被查證核實，自己想要晉級常務副省長的事弄不好就要泡湯了。

雖然不至於讓自己丟官罷職，頂多也就是一個管理不嚴，但是這件事卻足以成為把柄，成為競爭者攻擊自己的軟肋，成為阻擋自己前進的一個障礙。

彭國華越想越心驚，連忙臉上陪著笑說道：「韓書記，您不要急嘛，聽我解釋，我的確對我兒子現在從事什麼行業不太清楚，我只聽他說在從事進出口貿易，要不我再去找他核實一下，如果他確實違反了組織原則，從事了相關行業的工作，我會立刻勒令他退出的。身為領導子女，他必須要以身作則，絕對不能以身試法，您說是不是。」

直到此刻，彭國華依然不肯撤回調查小組。

韓儒超淡淡一笑：「呵呵，你怎麼教育子女和我們省紀委沒有關係，既然交通廳和省招標辦派出調查小組去調查招標過程中存在的舞弊問題，我們省紀委如果不仔細調查一下我們省紀委的工作人員有沒有涉嫌瀆職的行為，是沒有辦法向廣大的民眾交代的。」

韓儒超絕對是老狐狸，他看到彭國華稍微後退一步，他也後退一步，但是只是在形勢上的後退，實際上，話裡話外卻留有充分的餘地；既然調查小組可以調查紀委人員本身有沒有瀆職，自然也可以調查彭成飛有沒有問題。

聽到韓儒超這樣說，彭國華徹底鬱悶了，他也看出來了，**這一次韓儒超是打定主意要力挺柳擎宇了，甚至為了柳擎宇不惜得罪自己。**

他很納悶，為什麼韓儒超要如此力挺柳擎宇呢，柳擎宇不過是個小小的縣委書記，自己可是堂堂的副省長啊，而且還是前途無量的副省長，韓儒超這樣做值得嘛？

但是，不管他心裡怎麼想，面對韓儒超咄咄逼人的進攻態勢，他不得不選擇退讓，他不希望因為兒子的這點小事耽誤了自己的仕途前程，畢竟，**錢沒有了可以再賺，但是如果前途沒有了，權力沒有了，那麼一切可就成空了，只要是有了權力，還愁沒有錢嗎！**

彭國華很快便明確了自己的重中之重，立刻認錯道：「韓書記，我承認省交通廳方面派出調查小組這件事的確有些魯莽了，他們在沒有和你們省紀委進行充分溝通的情況下，就擅自派出調查小組，這種行為的確有些不妥，我馬上給他們打電話，讓他們把調查小組撤回來。」

韓儒超看到彭國華退縮了，臉色才緩和了些，語重心長的說道：「老彭啊，你也是老黨員了，一定要牢記歷史上的教訓，要管教好自己的子女，否則，千里之堤毀於蟻穴可就太悲劇了，亡羊補牢，為時未晚，儘快處理吧，人家瑞源縣方面不容易啊，交通部門就不要再肆意指手畫腳了。」

聽著韓儒超的教訓，彭國華只能苦笑著點點頭。

等彭國華走後，韓儒超給自己的嫡系手下打了個電話：

「小陳，你仔細調查一下省第三建築工程公司，看看他們的違法行為到底嚴重不嚴重，上次省委曾書記親自點名批評了這家公司，但是最後的處理結果卻是輕描淡寫，我們省紀委做事必須要以事實說話。」

對方立刻說道：「您放心，我們一直沒有放棄對省第三建築工程公司的調查，只不過之前因為各方面阻力很大，調查難有進展，這次柳擎宇反映第三建築工程公司存在問題，恰好為我們深入調查提供了非常不錯的機會，我們會想辦法克服一切困難和阻力的。」

韓儒超滿意地掛斷了電話。

韓儒超可不是三歲小孩子，他非常清楚彭國華談話過程中態度的轉變，從他一開始的表現來看，他分明是想要和自己掰掰手腕的，看來他對晉級常務副省長的位置十分有信心，也做了很多工作，要是他真做了常務副省長的話，那麼今天的事他絕對不會罷休的。

官場上一向講究君子報仇十年不晚，韓儒超也不是那種有婦人之仁的男人，相反地，他能夠走到今天的位置上，靠的就是殺伐果斷的勇氣和隨機應變的智慧，靠的是對官場規則的熟悉與運用。

最重要的是，韓儒超一向對貪官污吏深惡痛絕，他相信，彭國華不可能對彭成飛的行為不清楚，而且是非常清楚，否則交通廳的調查組就不可能下去，因此考慮事情前後的關係，幾乎可以斷定彭國華是在為兒子站臺；說白了，就是想要為兒子撈取利益。

這樣的官員可能是一名好官嗎？這樣的官如果當了常務副省長，成了省委常委，危害還能小得了嗎？

而今天韓儒超和彭國華之所以要周旋這麼一大圈，主要目的，一是為了敲打彭國華，另外一個目的則是為了降低彭國華的警惕性，以便調查彭成飛的事。

官場上，誰如果輕信了對方的諾言，尤其是敵人的諾言，那麼等待他們的結果只有一個，那就是失敗。

牛國偉等調查小組的人員憤怒的離開瑞源縣縣委大院，回到酒店後，交頭接耳地開始商量起來。

一名組員忿忿不平地說道：「牛處長，我們絕對不能容忍柳擎宇如此不配合我們的行為，我們必須要想辦法落實瑞源縣在招投標過程中的舞弊行為。」

牛國偉苦笑著說：「現在的問題是，柳擎宇根本連見都不見我們，就連縣委辦主任也見不到了，我們有什麼辦法呢。」

那個組員發出陰笑聲說道：「牛處長，我有一個想法……」

這哥們說了一個十分陰險歹毒的方法，牛國偉聽完頻頻點頭：「嗯，不錯不錯，這個辦法雖然損了一點，但是如果成功的話，肯定很有效果。」

然而，就在這個時候，牛國偉的手機突然響了。是交通廳孫副廳長打來的。

「牛國偉，你和調查小組都回來吧，不用調查了。」

牛國偉為之一愣，說道：「孫廳長，我們馬上就要查出眉目了，現在停止的話實在太可惜了。」

孫副廳長命令道：「叫你回來就回來，廢什麼話，彭副省長都發話了，你敢違抗嗎？」

牛國偉聽孫副廳長這樣說，只好不甘心地說道：「好吧，那我們馬上回去。」

孫副廳長是牛國偉的老領導，對牛國偉非常欣賞，聽到牛國偉口氣有些不太情願，便點撥他道：「國偉啊，你記住，**高層之間的事不是下面的人能夠想到的，他們的較量未必會刀刀見血，往往只要把姿態做足就可以了，身為下屬，只需要記住一點，那就是絕對地服從指示、服從命令就可以了**，只要服從，你就立功了。」

牛國偉知道老長官是在提點他，立即恭敬的說道：「老領導，謝謝您……」然後滿腹委屈的把柳擎宇如何囂張的事說了一遍。

孫副廳長聽了，只是淡淡一笑：「國偉啊，柳擎宇就算再囂張也囂張不了幾天了，等曾鴻濤一走，他就成了沒人管的孩子，到時候想要收拾他還不是易如反掌的事?!**身在官場，就必須要懂得兩個字：忍和等。**」

牛國偉恨恨地說：「好，我等，我一定要等到收拾柳擎宇的那一天。」

隨著調查組的撤走，省招標辦也第一時間重新公布了得標消息，並給得標公司發去了得標通知書，瑞岳高速公路項目正式啟動。

彭國華家裡。

彭成飛坐在老爺子對面，一臉不平的說道：「爸，交通廳是怎麼回事，為什麼要把調查小組撤回來，我們之前的努力豈不是白費了嗎？這個項目可是事關後面那個大項目的關鍵啊。」

彭國華鐵青著臉說：「成飛啊，你在外面是不是特別招搖啊，怎麼連柳擎宇都知道第三建築工程公司你是幕後大股東的消息，還舉報到了省紀委書記韓儒超那邊去了。」

彭成飛聽了一愣：「這怎麼可能呢，我平時為人可是相當低調的啊，而且就連公司的法人代表都不是我，柳擎宇憑什麼說我是幕後大老闆。」

彭國華教訓道：「別管為什麼，柳擎宇已經知道了這件事，而且告到了韓儒超那邊，韓儒超今天把我找去，用這件事對我好好敲打了一番，如果是在平時，我是絕對不會屈服的，但是現在的情況很特殊，你應該知道，曾鴻濤很快就要調走了，省裡勢力會重新洗牌，我正在積極活動常務副省長的事，我不希望在這個關鍵時刻出現什麼意外。

「瑞岳高速公路的事就到這裡吧，不要再去摻和了，另外，省三建的事你快點想辦法脫身，徹底和省三建撇清所有關係，我現在最擔心的是韓如超這個老狐狸雖然表面上好像不追究了，但是暗中仍會派人調查，要是在我競爭常務副省長的時候給我來那麼一下，那可就真夠我受的了。」

彭成飛聽老爸要自己放棄省三建，眉毛立刻豎了起來，不滿地說道：「爸，你知道省三建一年有多少利潤嗎，好的時候有三四億呢，即便是項目少的時候，一億也是有的，我是大股東，占了六成的股權，這可是一塊大肥肉，說什麼也不能放棄啊。」

彭國華不屑的說道：「你這小子怎麼就不開竅呢，等老爸當上了常務副省長，權力範圍一擴大，到時候你想做什麼生意不行？比這賺錢的生意多著呢，不要總是圍著那麼一小塊利益打轉，記住，有捨才有得，如果你捨不得這麼一點小利益，老爸我要是因此當不上常務副省長，到時候恐怕連分管交通的這個權力也未必能守得住，你也就沒有錢賺了。聽我的，趕快和省三建撇清關係，千萬不要給別人抓住把柄。」

隨後的半個多月裡，在柳擎宇的親自協調下，瑞岳高速公路項目各種事情大致協調完畢，就差舉行啟動儀式了。

就在這時候，柳擎宇接到韓儒超的電話：

「擎宇啊，告訴你一聲，曾書記要調走的事確定了，具體調去哪裡還不知道，但是新任省委書記人選已經知道了，是來自天安省的省長譚正浩，正式的通知會在一個星期內下達。」

柳擎宇感到十分錯愕，沒想到一直謠傳曾鴻濤要被調走的事竟然是真的，這讓柳擎宇心中有些空落落的，一直以來，他就受到曾鴻濤的關注，尤其是在後來得到曾鴻濤的大力支持，他才敢放手大刀闊斧地做他想做的事，正是因為如此，他也取得了相當不錯的政績，他很清楚，如果沒有曾鴻濤的支持，自己很多想法只能是空中樓閣。

可以這樣說，曾鴻濤對柳擎宇有知遇之恩，在一個年輕人的仕途中，能夠遇到這樣一位好的領導，尤其是賞識、支持你的好領導，實在是太不容易了，而且曾鴻濤對柳擎宇的支持是沒有任何條件的，純粹是出於對柳擎宇的賞識而支持他。

此時，不僅僅是柳擎宇，南華市市委書記戴佳明、市長黃立海等人也已經得知曾鴻濤在一個星期左右就會被調走的消息，得到消息的當天，南華市很多市委常委幾乎全都趕向了白雲省省會，開始活動起來。

官場就是這樣，一旦上面有個風吹草動，下面肯定草木皆兵，因為上層一旦出現人事異動，就意味著自己要重新站隊，還可能牽扯到下層的人事也跟著變動。

因為新來的領導為了能夠更好的掌控大局，往往會在一段時間之後，就對下面的重要位置進行調整，身為南華市的市委常委們，誰都不希望自己在新一輪的人事變動中被調整到不好的位置上，都希望自己能更進一步。

南華市的領導們知道了這個消息，瑞源縣的縣委常委們自然也有消息靈通的人，就在這種草木皆兵的氛圍下，瑞源縣例行常委會召開，由柳擎宇主持本次會議。

柳擎宇的表情很平靜，他環視一圈，目光從在座常委們臉上一一掃過，清楚地看到在座常委們很多人的臉上表情十分豐富，有的寫滿了興奮，有的則是一臉憂慮，還有人一副無所謂的樣子。

會議進行了半個小時左右，大家談完近期彼此的工作。

輪到柳擎宇的時候，柳擎宇說道：「經過半個多月的準備和協調，瑞岳高速公路項目第一階段招投標的工作已經結束，得標公司也確定了，下一階段工作馬上就要展開，三天後，在瑞源縣將會舉行瑞岳高速公路開工奠基儀式，到時候請一些省裡、市裡的領導過來，大家對此有什麼意見嗎？」

柳擎宇說完，現場一下子安靜下來，看向柳擎宇的目光中充滿了錯愕和震驚之色，有的人則是不屑和冷笑。

柳擎宇竟然在這個時候要舉行開工奠基儀式。要知道，現在可是敏感時期，奠基儀式請誰來，這更是一個十分敏感的話題。

因為請誰來，這就意味著瑞岳高速公路項目的政績會由這個人幾分，如果不出意外，那時候的省委書記還是曾鴻濤，如果柳擎宇請曾鴻濤來的話，這個政績可就要算在曾鴻濤的頭上了。

假使柳擎宇再多等幾天舉行開工奠基儀式，新任省委書記上任，把他請來，新任的省委書記肯定非常開心，這可比直接提著東西送禮要強多了，因為**在官場上，沒有比送政績更讓領導高興的事了**。

在短暫的沉默之後，魏宏林第一個站了出來，質疑道：「柳書記，我看三天後就舉行奠基儀式是不是有些太倉促啊，現在招投標剛剛結束，我們應該再準備一兩個星期，等籌備工作做得十分到位之後，再請省裡、市裡的領導來，那個時候我們才能做到有備無患嘛。」

魏宏林的目的非常明顯，那就是要請新任省委書記下來參加開工奠基儀式。

魏宏林說完，常務副縣長許建國立刻附和道：「我同意魏縣長的觀點，我認為三天後就舉辦開工奠基儀式實在是太倉促了，根本來不及籌備，而且據說省裡會有變化，我們在這時候應該以穩為主。」

許建國這番話說得比魏宏林更加直白，直接向柳擎宇暗示最好是等新任省委書記上任之後再舉行開工奠基儀式。

兩人說完後，再也沒有人說話了，眾人都看向柳擎宇。

在眾人的注視下，柳擎宇不慌不忙的說道：

「身為瑞源縣的縣委常委，我認為我們做事情必須以我們瑞源縣為核心，不管外界風雲如何變幻，都要記住瑞源縣的老百姓才是我們工作的重點！既然瑞岳高速公路項目已經招投標完畢，準備工作基本就緒，就差一個開工奠基儀式了，我看還是儘快開始吧，就定在三天之後，由魏宏林同志負責，怎麼樣，魏宏林同志，有沒有信心能夠辦好這次開工奠基儀式？」

魏宏林心中那叫一個怒啊，心說：柳擎宇！你也太陰險了吧，就三天時間讓我籌備，你當我是神啊，萬一出紕漏怎麼辦，我豈不是要負全責？如果哪裡做得不到位了，我豈不是要倒大楣！

想到此處，魏宏林立刻爭取道：「柳書記，我看什麼時候舉行，咱們是不是要多聽聽大家的意見比較好呢？」

柳擎宇卻斬釘截鐵的說道：「這麼一件小事還爭辯什麼，就這樣決定了，就在三天後舉行！」

魏宏林只能求助地看向孫旭陽，希望孫旭陽能夠替他說兩句話，兩人聯手制衡柳擎宇。

然而，孫旭陽卻是低頭不語，他可不想參與魏宏林與柳擎宇間的鬥爭中去。他很清楚，魏宏林與柳擎宇爭論的表面上是哪天舉行開幕式，**實際上，是一種政治立場的對決**，身為精明的老狐狸，在事態沒有明朗化之前，他暫時不想表態。

看到孫旭陽冷處理的態度，魏宏林臉色一寒，心中暗罵一聲老狐狸，只好無奈地放棄爭辯，不管怎麼說，柳擎宇是縣委書記，自己只是縣長，在沒有強力支援的情況下，和柳擎宇直接對幹並不划算，這一點他已經從之前的教訓深刻認識到了這一點。

不管，魏宏林不肯獨自承擔責任，便說道：「柳書記，我一個人恐怕忙不過來，所以我想讓宋曉軍同志過來幫忙，他是縣委辦主任，在操持各種會議上有十分豐富的經驗。」

聽到魏宏林的要求，柳擎宇笑了，他之所以要把這個責任丟給魏宏林，為的就是讓魏宏林把宋曉軍拉進來。

他太了解魏宏林了，以魏宏林的小人性格，肯定不願意自己負這個重責，勢必要拉一個人下水，而這個人選自然是他這邊的人，這樣萬一有什麼差錯，就不用獨自承擔責任。

事實上，柳擎宇早就想要宋曉軍加入了，但是如果自己直接點將宋曉軍，又擔心魏宏林故意不配合，畢竟在很多方面還是需要縣政府的支援，所以他來了個以退為進，於無形中巧妙地逼著魏宏林把宋曉軍拉過去。

柳擎宇心裡偷笑道：「嗯，讓宋曉軍過去給你幫忙也行，不過魏縣長，這件事還是要以你為主，如果出了什麼差池的話，還是要追究你的責任的。當然，如果做得好，你也是首功一件。」

事情確定下來後，瑞源縣便開始忙碌起來，南華市的領導由魏宏林親自邀請，省裡的領導則由柳擎宇來負責。

為了成功造勢，打響瑞岳高速公路項目的啟動，柳擎宇特地找了許多北京的媒體記者前來報導此事，省電視台那邊也打了招呼。

等各方面都聯繫得差不多了，柳擎宇這才撥通了省委書記曾鴻濤的電話。

曾鴻濤爽朗的聲音從電話那頭傳了出來：「擎宇啊，你這小子怎麼有時間想起給我打電話了，我聽說你最近很忙啊。」

柳擎宇笑道：「曾書記，我就是再忙也不會忘記您啊，我給您打電話，主要是想請您幫個忙。」

「說吧，幫什麼忙，只要在我能力範圍之內的事，我都會答應的。」曾鴻濤毫不猶豫地說道。

他對柳擎宇一直非常欣賞，尤其是這一次柳擎宇克服多重困難，終於把瑞岳高速公路項目給搬上舞臺，讓他很欣慰自己沒有看錯人。

想到曾鴻濤馬上就要離開了，但是自己說要請他幫忙，他還是一口就答應，柳擎宇感到心頭暖呼呼的，感激地道：

「是這樣的，瑞岳高速公路準備三天後舉行開工儀式，正式啟動，我已經聯繫了各路記者前來報導此事，不過，還缺少省委領導坐鎮，所以我帶著全縣同志們的重託，想請您過來親自為我們坐鎮這個項目，您看您能抽出時間來參加一下嗎？」

柳擎宇話說得十分婉轉，字裡行間充滿了請求幫忙的味道，但是曾鴻濤是什麼級別的人物，聽柳擎宇這麼說，他馬上就明白柳擎宇的意思，**柳擎宇明顯是想要把這個項目的政績分攤到自己頭上啊**，而且還在自己臨走之前、新書記即將上任之際！柳擎宇這樣做可是冒了極大的政治風險，新任領導肯定會對柳擎宇有所不滿的。

曾鴻濤暗示道：「擎宇啊，我建議你把開工儀式再晚一段時間再舉行，不然，我怕你們準備的可能不夠充分啊。」

柳擎宇心中又是一暖，他知道曾鴻濤這樣說完全是為了自己著想，誠摯的說道：「曾書記，我們的籌備工作已經準備得差不多了，三天後保證準時開工，而且這條公路如果沒有您的支持根本啟動不起來，所以我非常希望您能夠來參加奠基儀式，為這個項目把好關，為我們坐鎮。」

柳擎宇堅定的表態，令曾鴻濤心中也是暖呼呼的，**宦海沉浮幾十年，他見多了人情冷暖，世態炎涼，更見多了人走茶涼的事情**，就像現在，自己即將被調走的消息一發布，便明顯感受到很多人對自己態度的轉變。

但是，柳擎宇竟然在這個本來可以用來討好新任省委書記，為自己撈取政治資本的時候，卻把這個重量級的政績分給自己，這讓曾鴻濤大感意外。

此刻，曾鴻濤心中更多的是感慨，什麼叫有良心？**這就叫有良心！不會為了自己的前途去蒙昧自己的心，不會去刻意地曲意逢迎，這才是真正的有擔當。**

雖然自己並不需要這點政績作點綴，但是柳擎宇敢把這個政績分給自己，他的心意自己不能不收下，便高興地說道：「好，既然你這樣說的話，到時候我會過去的，我會把于金文也拉去。」

曾鴻濤不會去說什麼感謝的話，他只是把這件事深深的記在心裡。

柳擎宇聽了，也很興奮地說：「那就太感謝曾書記了，我終於可以對瑞源縣的同志們有所交代了。」

事實上，柳擎宇並不知道，他掛斷電話不久，曾鴻濤便得到了柳擎宇在縣委常委會上力排眾議，否定魏宏林的提議，拍板確定邀請自己的事，再對比剛才柳擎宇所說的話，他更加確定了**柳擎宇是個懂得感恩、有擔當的人，而這樣的人，才是一個合格的官員**。

三天後，瑞岳高速公路項目開工奠基儀式如期舉行。

魏宏林站在臺下，嘴角充滿了不屑的冷笑。

主席臺上，曾鴻濤、于金文、戴佳明、黃立海都出席了開工儀式。

曾鴻濤也做了簡短的發言，在發言中，高度肯定了瑞源縣眾人的努力付出，尤其是對柳擎宇提出了表揚。

聽著曾鴻濤的表揚，魏宏林更加開心了，心中暗道：「柳擎宇啊，曾鴻濤越是稱讚你，你到時候死得就越慘！」

七天後，曾鴻濤離職卸任，去向暫時未明，新任省委書記譚正浩正式走馬上任。

譚正浩上任的第二天，黃立海便和李萬軍一起拜訪了這位省委大老。

譚正浩並沒有搬進曾鴻濤的那間辦公室，而是讓省委秘書長于金文幫他另外找了一間規模、檔次都不比曾鴻濤那間辦公室差的套房。

按照官場潛規則，如果前任領導是升官的話，那麼新任領導肯定會搬進他的辦公室，目的是沾一沾對方的喜氣；如果對方是平調、降級甚至是被雙規的話，那麼新任領導通常不會搬進去，會另要一間辦公室。

寬敞明亮的新辦公室內，李萬軍、黃立海坐在新任省委書記譚正浩的對面。

譚正浩看起來也就是五十四五歲的年紀，皮膚白皙，身材微胖，微微有些啤酒肚，戴著金邊眼鏡，看起來文質彬彬的。

李萬軍和黃立海先是向譚正浩彙報了遼源市和南華市近期的工作情況，同時表達了他們的靠攏之心。

李萬軍可是白雲省省會遼源市的市委書記、省委常委，譚正浩對他的表態自然十分重視，當場也表達了接納和重用之意；對黃立海的投靠之意，譚正浩自然也沒有輕視，畢竟他剛剛到任，有人向自己靠攏這絕對是好事，對自己迅速在白雲省展開工作絕對是有好處的。

最重要的是，黃立海年紀有優勢，位置有優勢，只要自己稍加提拔，他就有可能成為市委書記掌控一市，再加上李萬軍掌控的遼源市，自己剛剛到任就掌控兩個地市的話，這種成就是相當大的。

隨著話題的深入，黃立海不由得談到了瑞源縣的現況。

「譚書記，我們瑞源縣的瑞岳高速公路項目五天前剛剛舉行開工儀式，瑞源縣縣委書記柳擎宇邀請了前任省委曾書記前去剪綵，這個項目投資額達到了五十多億，是一個影響力非常大的項目。

「目前，瑞源縣正在籌備一個三省樞紐工程項目，這個項目預計投資一千多億，如果成功的話，將會把瑞源縣，甚至是南華市打造成整個東北的交通樞紐，輻射面非常廣泛，會極大的帶動瑞源縣和南華市的發展，目前項目已經籌到了五百多億，正在部裡進行審批。」

說話時，黃立海極有技巧地提到了前任省委書記曾鴻濤。

譚正浩臉上古井無波，沒有任何表情，但是心中卻有些不爽。從黃立海的彙報中他可以聽得出來，柳擎宇是故意趕在曾鴻濤離任前舉行開工儀式的，目的不用想，肯定是想把這份政績分給曾鴻濤。

譚正浩眼底掠過一絲不悅之色，不過一閃即逝，誰也沒有看到。

譚正浩靜靜地聽兩人彙報完，兩人走後，譚正浩陷入了沉思。

在他來白雲省前，早就聽說過柳擎宇的名字，他知道柳擎宇是個極能折騰的角色，尤其是在曾鴻濤的支持下，柳擎宇的確搞出不少名堂，在全國皆引起了極大的轟動，風頭一時無兩。

沒想到柳擎宇在自己上任前來這麼一齣，他明顯感覺到，**柳擎宇這是在向曾鴻濤表示感恩之心，同時也表明他並沒有向自己靠攏的意思。**

以譚正浩的身分自然不會和柳擎宇計較，但是**心中已經留下了芥蒂**，不過短時間內，譚正浩並沒有動柳擎宇的意思，因為譚正浩很清楚，三省樞紐項目那麼大的項目，南華市甚至是白雲省其他人都未必能夠搞定，否則的話，以這些人的性格，絕對不可能在這麼多年都沒有一絲一毫的動靜；也就是說，三省樞紐項目只有柳擎宇親自操作才有可能成功。

所以，出乎所有人意料的，譚正浩上任後的第三天，便決定要對白雲省展開調研活動，而他調研的第一站，便是南華市瑞源縣。

柳擎宇接到通知，說新任省委書記譚正浩要前來瑞源縣進行調研的時候，心中就是一愣，大感意外，他不相信前幾天舉行的開工儀式，這位新領導會不知道，肯定對自己有些看法，而譚正浩點名第一站就到瑞源縣，他到底是什麼目的呢。

晚上，柳擎宇與正在北京泡妞的秦帥進行了視頻通話。

「秦帥，對於譚正浩的這次調研你怎麼看？」柳擎宇把目前的形勢跟秦帥說，問計道。

秦帥沉吟了一會兒，緩緩說道：「我認為譚正浩之所以第一站選擇你們瑞源縣，肯定是因為他知道你們前幾天剛剛舉行完開工儀式，從這一點可以看出來，這位省委書記非常不簡單啊！」

「哦？何以見得？」柳擎宇發出疑問。

「你想想，你們瑞源縣在這個特殊時期舉行開工儀式的事，幾乎全省的人都知道，對你的意圖，我相信只要官場閱歷夠的人都能看得出來，相對來說，譚正浩在你的面前就有些尷尬。但是他偏偏第一站就選擇到你們瑞源縣來調研，那麼他的目的可就不簡單了。

「我認為他此舉可謂**一箭三鵰**。**第一鵰，展現他的開闊胸懷**。在你如此做的情況下，他還把第一站放在你們瑞源縣，表明他的心胸是開闊的。

「**第二鵰，通過此舉對你形成心理上的震懾**，他用這種方式警告你，我雖然心胸開闊，但並不表示不知道你的意圖，所以你接待他的時候務必要小心謹慎，不排除他借機敲打你。

「至於**第三鵰**，只是一種假設，那就是他此舉**乃是虛張聲勢**，表面上對你表示肯定，實際上，他很有可能會**秋後算帳**。」

聽了秦帥的分析，柳擎宇點點頭，他的觀點和秦帥不謀而合，他十分確定譚正浩此舉絕對是有意為之，至於他的真實目的，恐怕也只有他自己心中清楚了，自己唯一能做的，只是做好自己的分內工作。

第二天下午三點左右，譚正浩的車隊在市委書記戴佳明、市長黃立海等一干南華市市委領導們的陪同護送下，浩浩蕩蕩駛進了瑞源縣，停在縣委大院內。

柳擎宇帶領著全體縣委常委們在縣委大院門口外面列隊迎接。

市長黃立海是第一個下車的，下了車後，他快步走到譚正浩的車門旁，為譚正浩打開車門，還不忘把手扶在車頂，以免領導不小心碰到頭。

譚正浩精神抖擻的走出汽車。

黃立海用手一指柳擎宇道：「譚書記，這位就是瑞源縣縣委書記柳擎宇。」又朝著柳擎宇招招手道：「柳擎宇，過來見過咱們省委譚書記。」

柳擎宇伸出手來說道：「譚書記您好，歡迎您到我們瑞源縣調研，如果我們哪裡有做得不到位的地方，還請您多多批評指正。」

譚正浩輕輕和柳擎宇握了一下便收回手掌，嘉許道：「嗯，你們瑞源縣最近發展非常迅速嘛，很多地方做得都很不錯啊。」

譚正浩剛下車，便對瑞源縣的工作給予了肯定，大大出乎所有人的意料。

隨後，黃立海又為譚正浩介紹了其他的常委們，介紹完，眾人簇擁著譚正浩走進了會議室。

柳擎宇默默地跟著調研小組走進會議室。

雖然會議室還是原來的那個會議室，但是今天柳擎宇和一干常委們都坐在第二排靠牆的位置上列席本次會議，會議桌前坐著的都是省市領導。

譚正浩發表了熱情洋溢的講話：

「我聽說這半年多來，瑞源縣的經濟發展勢頭非常不錯，同志們的幹勁十足，尤其是農貿會和瑞岳高速公路這兩個項目，更是影響力非常大，這充分體現出瑞源縣的縣委班子是一個很團結、很有能力的縣委班子，值得表揚。

「瑞岳高速公路項目雖然剛剛開工，但是這個項目的前景是廣闊的，影響是深遠的，我這次來，主要是重點視察一下這個項目的進展，同時瞭解一下三省樞紐項目的推動情形，同時，我也給大家帶來一個好消息，那就是我會動用全省的力量來為三省樞紐項目保駕護航，確保整個項目能夠順利成功。

「當然，具體的工作還得你們瑞源縣來做，省裡會在政策、資金方面全力護航，我們白雲省要上下合力，把瑞源縣乃至南華市打造成一個聯通三省的交通樞紐，我相信瑞源縣和南華市的未來會更加美好……」

第十章

迂迴戰術

劉飛忍不住對諸葛豐說：「擎宇這小子還真是挺有頭腦的，他和吉祥省溝通無果，竟然玩起了迂迴戰術。」

諸葛豐也大讚道：「是啊，我想擎宇要是知道首長不僅看了他的那篇文章，還十分欣賞，肯定也十分高興的。」

譚正浩洋洋灑灑地講了足足半個小時才結束演講。顯然他對瑞源縣目前的發展態勢相當滿意，尤其是三省樞紐項目，更是高度關注，這和之前曾鴻濤只是默默的支持形成了鮮明的對比。

這就是兩個領導兩種風格。此刻，南華市的領導層對譚正浩的表態全都十分興奮，尤其是黃立海這一派系的人，一旦三省樞紐項目順利啟動，那麼他們將會獲得極其巨大的政績。

與黃立海等人興奮的態度相比，柳擎宇雖然表面上表現得很高興，但實際上，他的內心卻充滿了憂慮。

柳擎宇雖然官場經驗並不豐富，但是，譚正浩今天如此大張旗鼓的表態，卻讓柳擎宇感覺到一絲危機感，尤其是譚正浩還強調會在政策上和資金上支持，柳擎宇總感覺譚正浩此舉頗有深意。

譚正浩到白雲省才不到三天的時間，就算他這三天一直都在研究這個三省高速公路樞紐項目，也不可能研究得多麼透徹，至於要做出支持的表態，至少需要省委常委會上大家的一致表態。

然而，據柳擎宇瞭解，譚正浩到白雲省後就舉辦了一次常委會，這還是一次常委們的見面會，會議上大家只是談一些場面上的話，根本就沒有談及三省樞紐項目，譚正浩卻強烈表達了他的關注態度，這其中的意思就有些耐人尋味了。

等譚正浩講完，戴佳明、黃立海等人先後發表了簡短的講話，隨後，按照流程，由柳擎宇親自領頭，前往瑞岳高速公路的奠基處，譚正浩視察了這條公路的起點，並且和施工的工人們進行了親切的談話，對他們給予鼓勵。

省電視台、南華市電視台的記者們鎂光燈不停，現場記者也對譚正浩進行了採訪。譚正浩面對鏡頭侃侃而談，充分表現出對這個項目的支持，再次對瑞源縣和南華市的工作表示了肯定，卻沒有提到柳擎宇一句。

隨後眾人又前往三省樞紐項目的起點查看了一下，看到這個項目的規劃圖，譚正浩的眼中閃過一絲亮光。

他之前是省長出身，對各種大小規劃、項目有相當深的功夫，雖然只是粗略地看了一眼規劃圖，便可以看出這個項目的廣闊前景，不由得心中暗暗豎起了大拇指：「這個柳擎宇還真是不簡單啊，小小年紀就敢規劃這麼大的項目，還籌到了五百多億的資金，真是後生可畏。」

看完規劃圖，譚正浩拍了拍柳擎宇的肩膀鼓勵道：「柳同志，幹得不錯，好好幹，爭取儘快讓這個項目在部裡通過，我也會積極幫你去部裡協調，這個項目能不能順利啟動就看你的了。」

在別人看來，譚正浩這個親密的舉動無疑是表現出他對柳擎宇的高度重視和期待。柳擎宇出於禮貌地說道：「謝謝譚書記的支持，我們瑞源縣一定會努力的。」

「好，很好。」譚正浩微笑著點點頭。

接著，譚正浩向眾人揮了揮手說道：「好了，今天的調查就到這裡吧，具體的工作我們在車上再聽一聽柳擎宇和瑞源縣同志們的彙報。」

譚正浩在瑞源縣待了差不多三個小時左右，沒有在瑞源縣吃飯，調研結束後，便直接乘車返回了南華市，柳擎宇並沒有跟著調研小組去南華市，只派出了縣長魏宏林陪同前去。

譚正浩上車前，向柳擎宇揮了揮手，臉上露出微笑，似乎是鼓勵，陪同的人都認為譚正浩對柳擎宇很滿意，是在表達他的支持，很多人心中已經暗暗說道：

「這柳擎宇還真是走了狗屎運，前任書記對他那麼支持，現任書記又是這樣，看來這小子要官運亨通了。」嫉妒者有之，準備溜鬚拍馬者有之。

送走了譚正浩，柳擎宇的心情卻沒有眾人想的那麼興奮，他的情緒反而低落下來，他的腦海中不時浮現起譚正浩臨走前的那次揮手，似乎包含著一股柳擎宇也說不明白的味道。

不知道為什麼，柳擎宇總有一種不祥的預感，根據他以往的經驗，自己出現這種感覺的時候，往往意味著在今後一段時間內，自己極有可能會遇到巨大的困難。

不過柳擎宇是一個極其善於調整自己情緒的人，在經過一番自我的心理調整後，柳擎宇很快就調整好自己的心情，再次以飽滿的熱情投入到工作中去。

半個月後，一件讓柳擎宇十分高興的消息從北京傳來，三省高速公路樞紐項目已經獲得相關部委的審批，正式立項；也就是說，柳擎宇可以正式啟動這個項目了。

柳擎宇這邊剛剛拿到審批文件，便接到新任省委書記譚正浩的電話：

「柳同志，我得恭喜你和你們瑞源縣啊，三省樞紐工程項目已經通過審批了。」

柳擎宇客套地回道：「這多虧了譚書記和省委領導的支持，沒有你們的支持，這個項目肯定沒有這麼快通過審批的。」

譚正浩笑道：「行了，你也別拍馬屁了，我今天給你打這個電話的目的非常簡單，就是督促你們瑞源縣儘快推進下一步的工作，雖然審批通過了，但這只是萬里長征的第一步，只代表規劃可以付諸實施了，但是後面還有很多工作需要你去做，尤其是與吉祥省和赤江省協調的工作，這些都需要紮紮實實的工作，容不得一點馬虎，甚至還涉及到三省間的談判，前期的工作你得先去好好地開拓一下，我已經讓省委給你發去了白雲省授權代表公文，由你代表我們白雲省與其他兩省進行協調，你有沒有信心把這件事情做好啊？」

柳擎宇回道：「譚書記，您放心，不管任何事情，我都會盡力做好。」

譚正浩的眉毛挑了一下，柳擎宇似乎話裡有話，不過他根本不在意柳擎宇話裡的意思，面色如常地說道：「好，只要你能夠做好就好，今後的工作就看你的了，希望你能夠儘快促成三省合作協調。」

當天下午，柳擎宇在收集了足夠的資料之後，便連夜趕到與瑞源縣相鄰的吉祥省松山市。

松山市是吉祥省與南華市相鄰的城市，真正跟瑞源縣接壤的是松山市的吉安縣。由於工程涉及要打通瑞源縣與吉安縣之間的崇山峻嶺，所以柳擎宇決定先與松山市的市委領導好好的談一談，柳擎宇相信，這個三省樞紐項目絕對是任何一個領導都願意看到的，因為這是利國利民的好事。

然而，事態的發展卻讓柳擎宇始料未及。

柳擎宇從瑞源縣出發的時間是下午三點，松山市到瑞源縣的直線距離也就是兩百公里左右，然而等柳擎宇到達松山市的時候，已經是晚上十一點多了。

汽車曲折迂迴，整整行駛了八個小時，這還是因為程鐵牛的車技很好，如果換個司機的話，沒有十幾個小時根本就到不了，這也是為什麼瑞源縣和吉安縣雖然直線距離不遠，但是兩個縣之間卻幾乎沒有什麼往來的主要原因了。

柳擎宇找了一家商務旅館住下後，便迷迷糊糊的進入了夢鄉。

第二天一大早，剛到上班時間，柳擎宇便趕到了松山市市委大院，在警衛處登記後，來到市委書記辦公室外面，等待松山市市委書記孟祥飛的接見。

讓柳擎宇感到鬱悶的是，雖然他來得很早，秘書辦公室裡只有秘書一人，但是秘書小吳卻沒有安排柳擎宇見孟祥飛，他的解釋是孟祥飛習慣在上班後先處理緊急公務，大約要一個多小時，這段時間是不能打擾的。

柳擎宇十分無奈，只能坐在那裡乾等著。

過了差不多半個小時左右，開始有人來向孟祥飛彙報工作，秘書小吳卻沒有再提什麼孟祥飛在處理公務的事，而是直接進去向孟祥飛通報，孟祥飛很快便接見了這些前來彙報工作的人。

隨著時間流逝，前來找孟祥飛彙報工作的人越來越多，但是小吳卻一直沒有安排柳擎宇去見孟祥飛，柳擎宇的臉色漸漸變得難看起來。

到了上午十一點左右，看著辦公室的人再次減少，柳擎宇也快失去耐性了，他發出質疑道：「吳秘書，現在能否為我通報一聲呢？」

小吳依然是滿臉含笑說道：「柳書記，你還是得再等一會兒，孟書記上午聽取的彙報很多，人感到非常疲累，現在正在休息，他已經吩咐說暫時不要安排會見了，真是不好意思啊。」

自始至終，小吳都十分客氣，卻總是有理由不讓柳擎宇見到孟祥飛。

看到小吳這副嘴臉，柳擎宇陰沉著臉說：

「吳秘書，我有一點不太明白，你之前說什麼孟書記需要一個多小時處理公務，但是不到半個小時你就安排人進去了，然後你又說來彙報的人有預約，我沒有預約，還是讓我等；現在你卻又告訴我孟書記在休息，我想問一問，這就是你們松山市的待客之道嗎？這就是你們松山市市委書記秘書的素質嗎？」

說話間，柳擎宇已經帶著濃濃的怒氣。

柳擎宇不是傻瓜，自然看得出來這個小吳根本就是在刁難自己，在整個過程中，柳擎宇也發現了一個有意思的現象，很多人來向孟祥飛彙報工作的時候，都會給小吳帶上一兩盒菸或者一兩張購物卡之類的小東西，他收下後便會放進抽屜裡。

而其他那些沒送東西的，則是看起來級別不低，小吳見到這些人表現可是判若兩人，態度十分恭敬。

柳擎宇猜想小吳一直不安排自己去見孟祥飛，很有可能就是因為自己沒有給他送禮的關係。柳擎宇最看不慣的恰恰是小吳這種人，所以他仍然默默等待著，沒有想到這個小吳竟然如此過分，柳擎宇再也無法忍受了。

聽到柳擎宇指責自己，小吳冷哼一聲道：「柳同志，請注意你的用詞，我到底是什麼素質用不著你來批評，至於我們松山市的待客之道，自始至終我們都沒有委屈你吧，要喝茶我給你倒茶，要休息我給你準備了沙發，只不過因為你多等一會兒罷了就大發牢騷，這可不像是一個縣委書記該有的素質啊。」

小吳做市委書記秘書多年，口才自是不同於一般，對柳擎宇的指責立即口齒伶俐的反擊了回去。

柳擎宇露出遺憾的表情，大聲說道：「吳秘書，你是不是因為我沒有給你送禮所以才不安排我跟孟書記見面啊？真沒想到，一個堂堂市委書記的秘書竟然心胸如此狹隘，目光如此短淺，我看你們市委書記的素質恐怕也高不到哪裡去。算了，我本來是來尋求合作的，既然你們松山市的領導一直端著架子，不想見我，那我也就不用見了。哎，真是讓我失望至極啊。」

說完，柳擎宇站起身來，邁步向外走去。

由於柳擎宇說話聲音很大，辦公室裡面的孟祥飛聽得一清二楚，臉上也氣得一陣紅一陣白。因為小吳之所以一直為難柳擎宇，並不是小吳自作主張，而是受到了他的指示。而孟祥飛之所以要這樣做，是因為他曾經聽嫡系手下吉安縣的縣長趙志勇向他講述了和柳擎宇競爭新聞發布會的事。

趙志勇在講述中倒打一耙，把柳擎宇說成是一個肆意搶奪別人資源的無恥流氓，還說柳擎宇的那個三省樞紐項目根本就是抄襲他們吉安縣的創意，實在是可惡至極。讓柳擎宇更想不到的是，趙志勇還告訴孟祥飛，說要是由瑞源縣來操作的話，那麼松山市就會成為三省樞紐項目的陪襯，根本得不到任何政績，只能為他人做嫁衣。

孟祥飛雖然聽得出趙志勇的話有誇大的成分，但是有一點趙志勇卻說的不假，那就是如果三省樞紐項目由瑞源縣來主導的話，松山市的確得不到多少政績。

身為松山市市委書記，做什麼事肯定要考慮到政績，如果松山市或者吉安縣付出很多卻得不到什麼回報的話，他自然不願意去做。所以當他聽到瑞源縣三省樞紐工程在部委獲得審批後，便算到柳擎宇一定會過來找自己協商兩地聯動之事，因而他早早就向秘書小吳做了交代，要他刁難柳擎宇，給柳擎宇一個下馬威，以便在之後雙方的談判中取得主動優勢。

孟祥飛沒想到，柳擎宇的脾氣竟然那麼火爆。

一般人站在別人的地盤上，還是求別人辦事，怎麼樣都會低調一點，只要能夠把事情辦成，多等一會兒也沒什麼，但是柳擎宇偏偏是個火爆浪子，看到小吳一再的故意刁難，瞬間點燃了他的火氣。

孟祥飛使勁地咳嗽了一聲，一把拉開辦公室門，滿臉怒氣的樣子說道：「小吳，你是怎麼回事？不知道我正在休息嗎，吵什麼吵！」

小吳立刻喊冤道：「孟書記，不是我吵，是這位從南華市來的柳擎宇同志在大聲說話，他還口出不遜，質疑我們的水準呢。」

孟祥飛看向柳擎宇道：「你是從白雲省來的？有什麼事嗎？」說話間，孟祥飛還帶著被人打擾的不悅神色。

柳擎宇是啥人啊，察言觀色的水準超一流，從孟祥飛的表情上他就可以看得出來，這老傢伙絕對是在裝模作樣，他淡淡一笑說道：

「孟書記，我是白雲省南華市瑞源縣縣委書記柳擎宇，我這次來是想要跟您溝通一下從瑞源縣聯通吉安縣之間的高速公路的事情，我相信您應該對這個項目有些瞭解，只是我沒有想到，我早晨八點多就到了，一直等到現在十一點二十，排在我後面的人都見到您了，但是吳秘書卻偏偏不安排我和您見面。

「我看到吳秘書不停地收下他人送的禮物，我恰恰是不喜歡給人送禮的人，所以雖然有些話我一個外人本不應該說，但是我還是想對您說一聲，您看人的眼光真的有問題，像吳秘書這樣的人，早晚會成為你仕途上的絆腳石，甚至弄不好還會連累到你。」

說完，柳擎宇瀟灑地說道：「孟書記，看樣子您似乎很忙，我就不打擾您了，我走了。」便轉身向外走去。

孟祥飛和小吳的臉色都陰沉下來。

小吳憤怒的說道：「柳擎宇，你……簡直是在胡說八道！」

柳擎宇冷笑道：「我胡說八道？你敢不敢打開你的抽屜？就一上午的功夫，你就收了兩張購物卡、三盒菸，要是一天的話，不知道你會收多少東西呢，這還只是想要見孟書記一面而已，如果對方要是想要託你辦事的話，那得送多少東西才夠啊。」

柳擎宇又看向孟祥飛道：「孟書記，我不知道你聽說過沒有，現在網路上流傳著一個十分熱門的段子，講的是**貪官落馬十大方式：一靠媒體關注，二靠美女脫褲，三靠乾女炫富，四靠簡訊外露，五靠情婦反目，六靠小偷入戶，七靠二代跋扈，八靠爛尾事故，九靠訪民攔路，十靠內訌悔悟**，在這十種方式之外，我再送上一句，**十一靠秘書貪婪無**

度！」

說完，柳擎宇便冷冷望著孟祥飛，意思非常明顯，那就是想要看看孟祥飛如何處理這件事。

孟祥飛被柳擎宇那番話說得心中十分不爽，雖然他很欣賞小吳，但是如果小吳真的是一個貪得無厭之人的話，的確會成為潛在的隱憂，影響自己的仕途之路。

他不敢有絲毫馬虎，立刻對小吳說道：「小吳，你拉開抽屜，我看看。」

小吳緊張了，趕忙說道：「孟書記，您千萬別聽柳擎宇在那裡瞎說八道，我哪裡會做這種事啊。」

柳擎宇哼了聲：「我有沒有說謊，只要打開抽屜便知，難道你有什麼顧忌嗎？」

孟祥飛板起臉，用威嚴的聲音命令道：「小吳，抽屜打開！」

小吳無奈之下，只能拉開抽屜。

抽屜拉開的那一剎那，小吳的心緊緊地縮了一下，孟祥飛則是張大了眼，柳擎宇的臉上也露出了錯愕之色。

因為當小吳的抽屜打開來後，裡面堆滿了香菸、購物卡，甚至是手錶、玉鐲等東西，琳琅滿目，幾乎將整個抽屜給塞滿了。

孟祥飛的臉瞬間布滿了陰雲，冷冷地看著小吳說道：「小吳，從今天開始你去檔案館報到吧，你的問題我會調查一下再給出處理結果。」

這一下，小吳害怕了，滿頭都是汗。

他現在是正科級幹部，前段時間孟祥飛答應他，如果表現良好的話，會在年底前幫他升到副處，如果自己去檔案館報到的話，那麼不僅自己升副處的機會泡湯了，弄不好還會有牢獄之災，最重要的是，自己將會徹底遠離權力核心圈，那個時候，再也不會有誰把自己放在眼中，也再無法接受任何禮物了，那種平淡冷遇的生活實在不是他想要的。

小吳連忙用求饒的眼神看向孟祥飛，惶恐地說道：「孟書記，對不起，我知道錯了，我以後會改的，求求您不要讓我去檔案館，我只想做您的秘書，為您服務。」

說話時，小吳聲情並茂，還流下了眼淚。

孟祥飛看到小吳流眼淚，以為小吳對自己很有感情，所以心就軟了下來，不過柳擎宇在場，他不能在這時候表現出軟化的樣子，否則會讓柳擎宇看笑話，因而板著臉說：「都這麼大的人了，哭哭啼啼像什麼樣子，讓你去檔案館就直接去，我會給你一個公正的調查結果的。」

孟祥飛揮了揮手，無奈之下，小吳只能收拾一下自己的東西，轉身向外走去。

柳擎宇在一旁豎起大拇指說道：「孟書記不愧是一個地市的市委書記，做事果然乾脆俐落，殺伐果斷，在下佩服至極，告辭了。」說完，便要向外走去。

孟祥飛見狀說道：「柳擎宇，就不要玩什麼以退為進這一套了，進來談談吧，就算是我替小吳之前的無理舉動向你道歉。」

柳擎宇跟在孟祥飛身後，走進他的辦公室，輕輕帶上房門。

孟祥飛坐在他的椅子上，居高臨下的看著柳擎宇，冷冷道：「說吧，找我有什麼事？」

「孟書記，我找你，主要是想要跟你談談修建一條從我們瑞源縣穿越群山聯通你們松山市吉安縣的高速公路，這樣一來，就可以打通我們瑞源縣與你們松山市的距離，也會打通與赤江省之間的交通，這對三個省之間的經貿往來、經濟發展，都將會起到十分巨大的帶動作用。」

孟祥飛聽完，露出嘲諷之色說道：「恐怕是對你們瑞源縣和南華市起到巨大的拉抬作用吧，那個時候，你們瑞源縣就成了三省樞紐，前途無量啊。」

柳擎宇淡淡一笑：「我們瑞源縣的確是受益最大的一方，不過孟書記，三省樞紐工程一旦聯通，三個省的老百姓都會得到實惠，由於交通便利性大大提高，我們三省相鄰地區的經貿往來、貨物運輸效率都將大大提高，又可以節省許多成本。」

孟祥飛疑問道：「你認為我們松山市應該怎麼做呢？需要付出什麼，又會得到什麼？」

柳擎宇道：「你們松山市只需要配合我們瑞源縣上報部委的審批規劃來行動就可以了，頂多做一些拆遷處理的工作，我們這邊在資金、審批等都做好了詳盡的規劃方案，方案一旦得以實施，就會有一條從瑞源縣直接通到吉安縣的捷徑，通過這條高速公路，不管是從赤江省出發也好，從吉祥省出發也好，到達相鄰的省分只需要兩個鐘頭，交通時間會大大的減少。」

孟祥飛沒有絲毫猶豫的搖頭說：「你這個方案我並不贊同，我們付出的太多，獲得的太少，這根本就是對你們瑞源縣單方面有利吧。算了，不談了，該吃午飯了，走，我請你去吃午飯吧。」

柳擎宇不死心地說道：「孟書記，我認為您應該好好考慮一下，這件事促成的話，絕對是對松山市老百姓十分有利的事。根據我掌握的訊息，從松山市運往赤江省和我們白雲省的貨物量高達二十多億，其中運輸成本就占了整個交易額的百分之十到二十，這個數字十分可觀，如果三省樞紐項目通車的話，運輸成本不超過交易額的百分之四，老百姓將會受益匪淺。」

孟祥飛不認同地說：「我不這麼認為，你們的條件實在是太苛刻了，我沒有辦法向我們松山市的市委班子交代，更沒有辦法向松山市的老百姓交代。」

孟祥飛站起身，收拾起桌上的公文，顯然孟祥飛這是在送客了。

柳擎宇眉頭一皺，身體向後揚了揚，直接問道：「孟書記，我這個人喜歡直來直往，不喜歡拐彎抹角，咱也別兜圈子了，您就說你們需要什麼樣的條件才會加入三省交通樞紐這個項目中吧。」

孟祥飛等的就是柳擎宇這句話，既然柳擎宇問了出來，他也就不藏著掖著了，說道：「我們的條件呢，並不複雜，只有三條，第一條，涉及到我們松山市這邊的項目，具體的資金必須劃撥到我們松山市，由我們這邊進行管控；第二，涉及到我們的工程不能叫『三省聯通工程』，必須要冠上一個新的名字：『松山直通工程』；第三，高速公路建成之後，我們松山市必須要獲得百分之廿五的收益。」

柳擎宇聽完，原本還帶著笑容的臉立刻沉了下來，孟祥飛這三個條件隨便拿出來一個都是相當苛刻的，柳擎宇根本不可能答應，要是按照這三個方案去執行的話，也就意味著松山市一分錢不出，還可以獲得巨額資金的掌控權，這個條件太過分了。

另外，除去這第一個條件中的不合理因素不談，對於松山市官員會不會貪墨這筆款項，柳擎宇也十分的擔心，從孟祥飛的秘書小吳貪得無厭的行為來看，柳擎宇相信這絕對不是個案，也因為這樣，他對孟祥飛本人的操守並不信任。

其次，松山市的胃口太大了，不僅想要掌控資金的權利，還要享有命名的權利，很明顯，他們的目的就是要撈取政績。柳擎宇雖然不是一個看重政績的人，但也不是一個隨隨便便就願意把政績拿出來與人分享之人，更何況是這種強盜的方式，**他不想也不會做冤大頭**。

第三個條件，柳擎宇就更加無法接受了，松山市一分錢不出，還想要獲得百分之廿五的投資收益，這簡直是癡心妄想，畢竟，如果松山市獲得百分之廿五的投資收益，那麼瑞源縣、赤江省肯定也會有同樣的要求，如此一來，三方佔了百分之七十五的投資收益，投資商只有百分之二十五的利益可分，哪個投資商是傻瓜啊，他們投資一千多億卻只能分得四分之一的利潤，根本不可能願意的。

柳擎宇不禁說道：「孟書記，看樣子你們一點合作的誠意都沒有啊。」

孟祥飛一本正經地道：「合作我們當然願意，但是這種合作絕對不能以犧牲我們松山市幾百萬老百姓的正當權益為代價，我們松山市市委市政府必須要替我們的人民爭取合理正當的利益。」

孟祥飛表現出一副大義凜然的樣子，好像他為了百姓的利益，完全不怕得罪人一般。

柳擎宇恨不得狠狠抽他兩個大嘴巴，這傢伙簡直是無恥到極點了。不過柳擎宇不好點破，只好淡淡地道：「孟書記，你知道這個項目總投資是多少錢嗎？」

孟祥飛搖搖頭。

柳擎宇說道：「孟書記，我還想問，你們松山市準備拿出多少錢來投入這個項目？」

「我們以土地和政策作為股份。」孟祥飛大言不慚地說。

柳擎宇冷冷的說道：「孟書記，我可以明確的告訴你，這個項目總投資高達一千兩百億，百分之廿五的股份也就意味著三百億的投資，你認為你們松山市付出的土地資源值三百億嗎，你以為投資商們投入一千兩百億後，會願意只拿到四分之一的收益嗎？孟書記，你的條件實在是太過分了，別說我不會答應，就是投資商也不會答應，我只是負責居中協調各方的人而已。至於你的另外兩個條件，也都很過分啊，孟書記，請你記住，不要把別人都當成是冤大頭，沒有誰是傻瓜。我最後問你，你能給出一些比較合理的條件嗎？」

孟祥飛搖搖頭，顯得十分堅決。對於柳擎宇的話他也十分認同，但他就是要提這樣的條件，只有如此，他才可以在以後的談判中佔據主動，逼著柳擎宇不斷的讓步，為松山市爭取最好的條件，至於這個項目何時啟動，能否啟動，他根本不著急，因為對他而言，如果不能藉由這個項目充分撈取政績和各種好處的話，那麼這個項目做與不做都無所謂，人都是無利不起早的。

看到孟祥飛的表情，柳擎宇不禁眉頭一皺，**他看出孟祥飛的意圖，卻沒有想到孟祥飛竟然如此貪婪，政績和好處都想要**，還想要博得一個好名聲，怪不得小吳那麼貪婪，恐怕和這個主子有十分密切的關係。他看向孟祥飛的眼神變了。

柳擎宇沉吟了一下，微微笑道：「好，既然孟書記這樣說，那麼我也就不勉強，我有時間再來拜訪您。」說完，便轉身離去。

孟祥飛揚著頭看著柳擎宇離去，心中暗道：「柳擎宇，不管你多麼狡猾，你最終還是得向我屈服，沒有我的支持，你們這個項目根本就啟動不起來。而且這裡面更深一層的原因，也不是你能夠想得到的，哼，得罪了趙家，你們的項目還想動起來？你真是太天真了！」

走出松山市市委大院，柳擎宇望著天空陰沉的天氣，心情也變得陰暗起來。

他知道，從目前的情況來看，要想從孟祥飛這裡打開協調的大門基本上是沒戲了，而孟祥飛又是松山市的一把手，自己找其他人協調也是無濟於事的，在這種情況下，只能改變思路。

好在來之前，柳擎宇就做好了充分的準備，在看到松山市協調無望之後，立刻乘車趕往吉祥省的省會：通達市。

他先撥通好朋友田先鋒的電話：「老田啊，你在吉祥省混的時間比較久，幫我瞭解一下吉祥省這邊高層領導們對於三省樞紐工程的態度，看看他們有沒有意思在這個項目上與我們白雲省展開合作。」

田先鋒沒有絲毫猶豫，立刻說道：「好，柳老大，我立刻幫你調查此事。」

掛斷電話後，田先鋒立即打電話瞭解情況。

柳擎宇之所以找田先鋒，主要是因為田先鋒的先鋒集團在多個省分都有投資，在吉祥省的投資更是不菲，所以田先鋒在吉祥省有極其廣博的人脈，打探消息對他來說易如反掌。

松山市離通達市只有兩個小時的車程，柳擎宇的車剛剛進入通達市，田先鋒的回覆電話也打了過來。

「老大，我已經打聽清楚了，對於三省樞紐項目，吉祥省意見並不統一，有人認為可以配合白雲省搞這個項目，但是也有人認為這個項目根本就不可能成功。不過，聽說最近吉祥省似乎意見一致了，據說是北京趙家向吉祥省的一些領導施加了壓力，因此一面倒的傾向於不合作。但是由於省委書記楚國材還沒有表態，所以這只是私下的會商階段，並沒有拿到常委會上進行討論。不過呢，最近也有一些風聲傳出，據說是吉祥省的常務副省長芮國棟準備在常委會上就這件事情談一談。」

「芮國棟，他為什麼要站出來？」柳擎宇問道。

田先鋒道：「芮國棟是趙家的人。」

柳擎宇這才恍然大悟，想起趙家在吉祥省擁有不小的影響力，他不由得想起了諸葛豐叔叔曾經提點他的話，讓他做事前一定要先關注高層的訊息，雖然他初步做了一些工作，但是現在看來，這工作做得還是不夠。

沒想到自己只是和趙志勇、趙志強兄弟產生了一點齟齬，他們竟然動用趙家的力量來打壓這個項目，這兩兄弟是不是心胸也太狹隘了，有點大炮打蚊子的意味。

如果是以前，柳擎宇也許會這樣認為，不會再多想，此刻，他不得不再深入的去想一想這件事情的背後是不是還有別的意思。

趙家在北京不算是個小家族，照常理，對一個小小的縣委書記，他們有必要動用整個家族的力量來操作此事嗎？

絕對不可能！柳擎宇相信，趙家之所以要這麼做，肯定有其中的深意，那麼，他們的深意是什麼呢？是針對自己，還是針對白雲省？

就在柳擎宇百思不得其解，反覆糾結的時候，遠在千里之外的北京，劉飛坐在辦公室內，正在聽取諸葛豐的彙報。

「老大，擎宇在瑞源縣的工作雖然大有進展，但是現在卻卡在與吉祥省的溝通上了。」

劉飛聽了，不禁陷入長思：「卡在吉祥省了？不應該吧，按理說這個三省樞紐工程如果完成，吉祥省老百姓也會大大受益的。」

諸葛豐直言道：「是趙家在背後出手的。」

「趙家出手了，他們出手想要做什麼？」劉飛皺眉問道。

諸葛豐說：「如果我分析得不錯的話，他們有兩個意思，一是藉由此事阻礙擎宇的仕途，如果是這個意思的話，說明他們已經清楚擎宇的真實身分，表面上看是針對擎宇去的，實際上是衝著你來的。」

劉飛點點頭：「趙家最近動作不斷，大有想要扯我後腿的意思。第二個意思呢？」

諸葛豐道：「第二重意思比較簡單，就是他們趙家看上了這次擎宇所主導的三省樞紐工程的政績，想要下黑手巧取豪奪，現在可能只是在逐步的布局而已，等到時機成熟，趙家一定會採取行動。」

劉飛臉色沉了下來，不管趙家的目的如何，他們的做法都是十分卑鄙的。

諸葛豐擔憂地說道：「老大，這次擎宇的情況不樂觀，你要不要出手幫他一下？如果讓趙家如此搞下去，恐怕擎宇未必能夠承受得住啊，畢竟他進入官場的時間很短，面對趙家那些老狐狸，只有吃虧的份。」

劉飛卻堅決地搖搖頭：「不，我倒是想看看，趙家到底想要做什麼！而且擎宇要想走得遠，就必須經歷層層磨難，男人只有經歷挫折和考驗才能變得成熟，就先讓擎宇去見識見識社會上的險惡吧。」

諸葛豐苦笑說：「老大，這樣是不是對擎宇太狠了啊。」

劉飛恨鐵不成鋼地說道：「男人就必須得對自己狠一點，對自己的子女也是一樣，要想成功，不付出怎麼可以！那些躺在父母功勞簿上貪圖享樂的人，沒有多少能夠成功的。」

聽劉飛這麼說，諸葛豐也就不再說什麼了，心裡對這位老大如此放手去鍛煉兒子充滿了欽佩。

此刻，柳擎宇躺在吉祥省省會「吉祥大酒店」內的大床上，雙眼望著天花板默默出神。面對趙家插手的局面，柳擎宇的確感覺到異常的棘手，不得不好好思考，尋找對策。時間一分一秒的過去。

柳擎宇已經想了四個多小時了，連晚飯都沒吃，只是靜靜思考著。

在隔壁房間早就饑腸轆轆的程鐵牛卻沒有過來催促柳擎宇的意思，他雖然人有些憨厚，但不傻，有時甚至很細心，他看出柳擎宇似乎心事重重，所以並不打擾他，只是關注著旁邊柳擎宇的房間，默默等待著。

又過了兩個多小時，柳擎宇這才從床上一躍而起，他的臉色從先前的凝重變成了輕鬆，在經過長達六個多小時的思考後，他終於想到了一個辦法：**他山之石，可以攻玉。**

起身後，柳擎宇立刻叫上等得已經頭暈眼花的程鐵牛一起吃了晚飯，回來之後，柳擎宇立即拿出筆電寫起報告來，這篇報告他用了兩個小時一氣呵成，經過修改校正後，立刻用電子郵箱發給了內參（**編按：即內部參考，簡稱內參，指在黨政系統內部不公開發行的文件。**）編輯部的編輯。

本來柳擎宇以為自己所寫的這份報告得過幾天才有可能會刊登到內參上，甚至根本不會刊登，沒想到，他的文章〈論以瑞源縣為核心建立三省樞紐工程的必要性〉在第二天的內參文件上便刊登了出來，還附上了他的名字，以及一段很長的附文。

附文裡特別稱讚這是一個非常不錯的思路，也是一個大膽的思路，身為年輕幹部，就必須要具有開拓創新精神，要有敢為天下先的勇氣和魄力，隨後，又介紹了一下柳擎宇的經歷。

北京，劉飛辦公室內。

諸葛豐手中拿著內參坐在劉飛的對面，說道：「老大，擎宇發表的那篇文章你看到了嗎？」

劉飛點點頭道：「看到了。你覺得這篇文章寫得怎麼樣？」

諸葛豐評論說：「我覺得寫得還真是不錯，看著能讓人渾身熱血沸騰，不管是論點、數據都很充分詳實，從文章本身來講，算得上是一篇難得的精品。」

就在這時候，劉飛接到了首長的電話：「劉飛啊，擎宇的這篇文章寫得不錯啊，論文筆，可比你當年要強上不少，真是後生可畏啊。」

劉飛謙虛地說：「首長，文章雖好，關鍵是也得有人重視啊，理論畢竟只是理論，只有真正的落實了，才能成為為國為民的利器。」

首長笑道：「劉飛，你還是那麼狡猾，你不就是嫌吉祥省和赤江省那邊一直沒有回應這個項目嘛，其實大家心中都很清楚，項目是好項目，只是誰都不甘心成為配角罷了。這樣吧，近期就要召開交通會議了，我會在會議上強調一下交通建設的重要性的。」

聽到首長這樣說，劉飛的臉上露出了微笑，他知道首長對於交通項目十分重視，尤其是對於那些利國利民的交通項目，更是不遺餘力的給予支持，看來擎宇的這篇文章的確打動了首長。

掛斷電話後，劉飛忍不住對諸葛豐說：「擎宇這小子還真是挺有頭腦的，他和吉祥省溝通無果，竟然玩起了迂迴戰術。」

諸葛豐也大讚道：「是啊，我想擎宇要是知道首長不僅看了他的那篇文章，還十分欣賞，肯定也會十分高興的，老大，要不要我通知他一下啊？」

劉飛搖搖頭：「通知就不用了，年輕人，還是讓他繼續磨礪吧，雖然他這次戰術玩得不錯，但是事情卻並沒有完，如果他只有這麼一招的話，這件事就算是首長關注了也無濟於事，重要的是得引起吉祥省主要領導的重視才行，我很想看看他還有沒有其他的備案。」

諸葛豐點點頭：「是啊，我也想看看他會帶給我們什麼樣的驚喜啊。」

柳擎宇的確有後招。

因為他在把文章寄給內參後，便分析到，即便是吉祥省的那些領導們看到了這篇文章，也未必真的會採納自己的意見，因為很多時候，**官員做事的動力往往來自於政績和官聲**。所以，自己要想讓三省樞紐這個項目能夠順利推動，必須還得**在輿論上搶佔制高點**。

第二天上午，柳擎宇確定文章在內參上發布之後，便立刻在各大論壇、微博上以實名發布了那篇文章的精簡版，以更加通俗易懂的內容，陳述如果建成三省交通樞紐工程後，三個省的老百姓能夠獲益的情形，並且提出了預估的遠景，更指出項目已經募集到了前期資金，也得到了部裡審批，直接點名希望吉祥省和赤江省的領導們能夠重視這個項目，也歡迎各個省分前來投資或者給予支持。

在他透過各種途徑把訊息發布出去之後不到兩個小時，各大門戶網站便在頭條新聞上報導了這個消息，標題幾乎大同小異：「縣委書記拋出橄欖枝，邀請吉祥、赤江兩省共建三省交通樞紐工程」，下面還有一個副標：「一千兩百億的大項目能否被成功啟動成謎」。

隨著這條新聞的出現，在論壇裡的討論度也是人氣破表，一路飆升，幾乎所有人都在議論著這件事。

有人認為柳擎宇是想政績想瘋了，也有人稱讚柳擎宇是個年輕有魄力的幹部；甚至有軍事迷指出，一日項目成功的話，瑞源縣很有可能會成為新的軍事戰略要點；自然也有人點出柳擎宇是想要用這種隔空喊話的方式，達到協調三省的目的。

林林總總，不一而足，各種說法都有，各種分析層出不窮，柳擎宇流覽著網站和論壇裡的各種評論，嘴角露出淡淡的微笑，僅僅一天時間，三省交通樞紐工程便成功超越其他熱門話題，成為當天搜索關鍵字的第一名，柳擎宇的名字則位列第二。

此刻，在吉祥省松江市吉安縣，縣長趙志勇正在和白雲省南華市青峰縣的縣委書記趙志強進行通話。

趙志勇憤怒地說道：「哥，這個柳擎宇也太囂張了，他怎麼敢把三省樞紐項目直接實名發布到網路上啊，他這是違反相關規定的，這一招太陰險了！」

趙志強安撫弟弟說：「柳擎宇這招的確大大出乎我們的意料，不過他這一招還不算是最陰險的，你知道嗎，柳擎宇在內參上寫了一篇文章，論述三省交通樞紐項目的必要性，這份內參已經被很多大領導看到了，現在很多人都在私下裡悄悄的議論著這件事，柳擎宇在網路上發布的內容只能算是對內參的一種補強動作。」

「什麼？柳擎宇把這個項目還發布到內參上去？他有那麼大的膽量？」

趙志勇語氣中充滿了強烈的質疑，在他看來，柳擎宇是個粗人，因為真正的文明人是不會拿著喇叭跑到人家的會場發布消息的，但是這種事柳擎宇卻做得出來。

趙志強苦笑道：「據我得到的消息，這條消息是昨天下午才發到內參編輯部的，昨天下午之前，編輯部已經把投稿都審核完畢了，也就是說，柳擎宇的那篇文章是後來補加進去的，不管柳擎宇的能力是大還是小，對這個人絕對不能輕視，尤其是柳擎宇這一招的確玩得很漂亮，你今後和柳擎宇對陣的時候一定要小心，這傢伙不好對付。另外，你要密切關注你們吉祥省上層領導的動靜，及時和家族保持溝通。」

趙志勇使勁的點點頭。

此刻，吉祥省省委大院內。

吉祥省省委書記楚國材手中拿著內參，正在逐字逐句的閱讀著，還不時的拿起紅筆在上面勾勾點點，等看完第二遍後，楚國材手指輕輕叩擊著桌面。

在楚國材對面的，是吉祥省省委秘書長常志平。

常志平還是第一次看到楚國材如此游移不定，他能夠感覺到此刻楚書記的內心肯定在進行著激烈的交戰，他曉得這個時候，自己唯一能夠做的就是等待。

良久之後，楚國材緩緩抬起頭來，臉上充滿了淡定釋然之色，看向常志平說道：「老常啊，你說對咱們這些當官的來講，到底是什麼最重要，政績，官聲還是名利？」

常志平思索了一下，緩緩說道：「我認為最為重要的是我們官員的心，一顆為國為民之心，只有心存百姓，心懷天下，這才是最重要的。」

楚國材點點頭：「老常，你說得不錯，只是面對政績和官聲的誘惑，這天下又有幾人可以從容處之呢，就連我也猶豫了好久才下定決心的。」

常志平一愣：「楚書記，您的意思是要支持瑞源縣縣委書記柳擎宇的提議？」

楚國材微微一笑：「柳擎宇的提議是利國利民的大好事，一旦三省交通樞紐項目建成，必將會讓三省彼此間的融合更加緊密，發展更加快速，這對老百姓們來說絕對是一件好事。」

常志平不禁說道：「楚書記，很多事情，說是一回事，做又是另外一回事，據我所知，咱們省裡，有不少常委對三省樞紐項目仍然有著相當程度的排斥情緒，認為這是由白雲省，尤其是由瑞源縣來主導的項目，參與其中對我們吉祥省恐怕沒有多少好處。

「我剛剛得到消息，柳擎宇曾經跑去松江市，和市委書記孟祥飛進行談判，孟祥飛希望拿到資金的主導權等，被柳擎宇拒絕了，眼看談判破局，柳擎宇就發動了第二波攻勢，利用內參和輿論攻勢引起注意，這個柳擎宇真是不簡單啊。」

楚國材語重心長地說：「說實在，孟祥飛開出的條件的確是過分了些，他既想要撈取政績，又想要撈取利益，柳擎宇是絕不可能答應的。孟祥飛這麼做有點**懶政思想**，他把**大部分的心思全都用到了勾心鬥角上面**，根本就沒有好好想過怎麼樣才能真正的融入這個項目，其實，他真的應該好好研究一下柳擎宇的這份內參報告，上面說得十分清楚，目前項目籌集了五百多億，但是資金缺口仍然有七百多億，如果他能夠想辦法說動本地有眼光的投資商來投資，這絕對是一個多贏的項目，他卻只想著撈偏門不想著做好工作，這樣的幹部需要仔細考察考察。」

楚國材立即宣布道：「老常，你通知所有的常委們，一個小時後到會議室集合，討論吉祥省加入三省交通樞紐項目的事。」

常志平一愣，震驚的看向楚國材。

因為楚國材一直對這個項目保持著沉默的態度，很多人將之解讀為沉默就是不同意，沒想到，楚國材卻突然要召開常委會，確定吉祥省要參與三省交通樞紐這個項目，這其中的味道就頗耐人尋味了。

常志平不禁提醒了一句：「楚書記，常委會上恐怕反對的聲音會很高。」

楚國材不以為意地說：「反對的聲音？我看是趙家的聲音才對吧？這吉祥省雖然是他們趙家的發跡之地，但是吉祥省可不是他們家的，而是國家的、人民的，他們趙家有什麼目的、什麼打算我不想管，但是吉祥省的發展必須要按照該有的節奏去走，必須要以廣大民眾的利益為重，任何人都不能阻擋我們吉祥省的發展。」

楚國材這話一說，常志平就明白他的意思了。

楚書記雖然到吉祥省才一年多的時間，但是他正在逐漸將他的執政理念展現出來，那就是堅決回應中央的指示精神，以百姓的利益為根本。

常志平不再多說什麼，立刻下去通知去了。

一個小時之後，吉祥省省委常委會正式召開。

在常委會上，楚國材開門見山的說道：「同志們，不知道今天的內參你們看到了沒有，誰沒有看到的話，我這邊有一份，你們傳閱著看看。」

眾人全都表示看完了。

楚國材輕輕點點頭：「好，既然大家都看完了，那我也就開門見山的說了，看完內參上柳擎宇所寫的文章後，我感覺非常震撼，非常欣賞，我認為，柳擎宇所提出的三省交通樞紐項目是一個非常好的項目，這個項目一旦建成，勢必會大大促進白雲省、吉祥省和赤江省三省的發展，提高三省的運輸效率；在這份內參中，柳擎宇指出，整個項目資金缺口尚有七百億，我認為我們吉祥省應該要積極的推動有戰略眼光的商人參與這個項目。

「也許有人會說吉祥省如果參與這個項目只能淪為配角，得不到什麼政績和實惠，我只能說一句：你的目光太短淺了。我也絕不允許某些人藉由這個項目去撈取個人的政績及私利。」

常務副省長芮國棟臉色立時黑了下來，因為他感覺楚國材這番話似乎是針對自己來的，立刻說道：「楚書記，我認為這個項目我們必須要慎重……」

芮國棟洋洋灑灑的說了足有十多分鐘，陳述很多理由來證明自己的觀點。

然而，等芮國棟說完，楚國材只說了一句話：「芮同志，我想問你，這個項目如果成功了，我們吉祥省的老百姓會不會得到實惠？」

「會是會，但是……」

芮國棟還想說什麼，楚國材直接打斷道：「好，只要你承認這個項目對吉祥省的老百姓有利就好，這就夠了，我們做官的人凡事必須以老百姓的利益為出發點，不要成天只想著自己的小算盤，更不要總是搞什麼小圈子。好了，下面大家舉手表決吧。」

在這種情況下，誰還好意思表達反對意見！開玩笑，那豈不是等於當官的不用為老百姓謀取利益?!因此很快的，會上便以八票贊成、三票棄權、兩票反對通過了楚國材的提議，吉祥省正式確定參與三省交通樞紐項目。相關談判事宜則交給吉祥省交通廳和松江市聯合談判小組負責。

吉祥省交通廳派出的是副廳長鄭建仁，松江市派出的是松江市市委副書記羅洪剛。

在羅洪剛出發前，松江市市委書記孟祥飛親自把羅洪剛喊到了辦公室內面授機宜，而鄭建仁出發前，也接到了一個指示電話，隨後，鄭建仁和羅洪剛見面商量了一下之後，立刻由鄭建仁直接撥通了南華市市長黃立海的電話。

電話接通了，鄭建仁說道：「黃市長，我是吉祥省交通廳副廳長鄭建仁，我剛剛接到省委通知，吉祥省已經正式決定在三省交通樞紐項目上與你們南華市合作，你看你們南華市方面誰負責和我們接洽一下？」

黃立海有些尷尬地說道：「鄭廳長您好，這個項目在我們南華市的地位比較特殊，我們省裡和市裡並沒有插手，一直由瑞源縣在負責推動此事，如果你要想談這件事，可以直接找瑞源縣縣委書記柳擎宇，他具體負責這件事情。」

聽到黃立海這樣說，鄭建仁就是一愣：「這麼大的項目竟然是由一個縣委書記來負責？黃市長，你不是在忽悠我吧？」

鄭建仁可真是有些吃驚了。

請續看《權力巔峰》14 與狼共舞

權力巔峰 卷13 兩雌爭鋒

作者：夢入洪荒
發行人：陳曉林
出版所：風雲時代出版股份有限公司
地址：10576台北市民生東路五段178號7樓之3
電話：(02) 2756-0949
傳真：(02) 2765-3799
執行主編：朱墨菲
美術設計：吳宗潔
行銷企劃：林安莉
業務總監：張瑋鳳

初版日期：2020年5月
版權授權：蔡雷平
ISBN：978-986-352-810-4
風雲書網：http://www.eastbooks.com.tw
官方部落格：http://eastbooks.pixnet.net/blog
Facebook：http://www.facebook.com/h7560949
E-mail：h7560949@ms15.hinet.net
劃撥帳號：12043291
戶名：風雲時代出版股份有限公司

風雲發行所：33373桃園市龜山區公西村2鄰復興街304巷96號
電話：(03) 318-1378
傳真：(03) 318-1378
法律顧問：永然法律事務所 李永然律師
北辰著作權事務所 蕭雄淋律師

行政院新聞局局版台業字第3595號 營利事業統一編號22759935

定價：270元

國家圖書館出版品預行編目資料

權力巔峰 / 夢入洪荒著. -- 初版. -- 臺北市：風雲時代, 2020.03- 冊； 公分

ISBN 978-986-352-810-4（第13冊：平裝）--

857.7 109000686